U0115250

文學研究叢書‧現代詩學叢刊

江河的奔向
——席慕蓉詩學論集 II

陳靜容、羅文玲、蕭蕭　主編

序
大江大河自有大江大河的奔向

　　明道大學於二〇一五年九月開始舉辦以詩人席慕蓉為文學活動主軸的「濁水溪詩歌節」，召開「席慕蓉詩歌學術研討會」，出版《草原的迴聲——席慕蓉詩學論集》（萬卷樓，2015），論集主題涵蓋席慕蓉詩學研究的多重面向，貫串時空、詩畫、虛實、真假、感性理性、國族認同等，涉及的學術論述包含意象學、現象學、原型心理學、敘事學、生態學、讀者接受理論等，是華文漢語詩壇全面對席慕蓉及其詩作進行別開生面探究的第一本學術性論述，開啟學術界以學術觀點審視席慕蓉詩作的先聲。

　　《草原的迴聲——席慕蓉詩學論集》重要作品，包含李癸雲藉席慕蓉《以詩之名》討論寫詩的鍊金術，林淑貞以席慕蓉詩與畫論融攝與互襯，余境熹近年來所發展的誤讀美學在席慕蓉分行詩中作另類的閱讀驗證。另有四位大學教授不約而同分別探討席慕蓉詩作的時空呼應：洪淑苓論述席慕蓉的時間與抒情美學，羅文玲則以席慕蓉《我摺疊著我的愛》追索時空，陳靜容引〈離騷〉「時繽紛其變易兮」論席慕蓉詩作中的時間意識及其與〈離騷〉的對應，李翠瑛則進入席慕蓉詩中的夢、焦慮與追尋去看她的「夢的時空擺盪」，各出奇招，各見奇觀。年輕學者陳政彥觀察席慕蓉詩作敘事模式，見其轉變；李桂媚則以席慕蓉詩作的雨意象，讚其情絲不斷、情詩不斷；謝三進以裸山狐望為題，轉向探索一般人忽略的席慕蓉的生態詩。大凡席慕蓉詩的各個面向，都有所觸及，標舉了席慕蓉詩研究的寬度與高度。

但明道大學年輕的詩學研究者認為歷年來尚有許多論述席慕蓉的專文，散佚各處，卻極具參考價值，二〇一五年當日明道大學「席慕蓉詩歌學術研討會」上也有兩篇論文未能及時納入，因而興起續編《席慕蓉詩學論集 II》的建議，原則上排除收錄在圓神出版的席慕蓉詩文專集中的序跋、評述，依序收入楊宗翰的「席慕蓉現象」，汪其楣所探索的席慕蓉與瓦歷斯·諾幹的〈邊緣光影〉與〈想念族人〉；多年來關注席慕蓉詩發展的三位《臺灣詩學》季刊社學者，李癸雲所論席慕蓉詩中花的意象使用，陳政彥所析「席慕蓉現象論爭」，李翠瑛所解席慕蓉詩中的歷史圖象，盡皆備妥。其次尚有年輕學者蔡明諺以臺海兩岸席慕蓉和舒婷詩作為例所設計的現代詩教學與詮釋，陳義芝與蕭蕭新論：〈席慕蓉為何敘事？〉、〈席慕蓉的「詩」字與神秘詩學〉，亦有可觀。最後納入甚具啟發性的詩話、側寫：張默的感覺與夢想齊飛，孟樊的臺灣大眾詩學，吳當所悅聽的平易與深沈的旋律，向陽所側寫的席慕蓉與草原月光。二書合觀，席慕蓉其人其詩的相關論述，於焉大備，後之論述者由此出發，必有康莊大道呈現眼前。

席慕蓉曾寫作歌詩〈父親的草原母親的河〉（烏蘭托嘎作曲及編曲），歌詞有云：「父親曾經形容草原的清香；讓他在天涯海角也從不能相忘。母親總愛描摹那大河浩蕩；奔流在蒙古高原我遙遠的家鄉。」草原與大河是她生命裡的父與母，是她詩中容許她放縱的空間，因此這兩部詩學論集分別以《草原的迴聲》、《江河的奔向》命名，呼應席慕蓉的蒙古大名，也呼應她日夜繫念的父母家鄉。第一集《草原》選「迴聲」不選「回聲」，因為她的詩是新時代的創作，不是蒙古歌謠的應聲器，早已在廣大的漢語、蒙語詩歌界迴繞不絕；第二集《江河》選「奔向」不選「流向」，「奔向」的自主性大於「流向」，從詩中、論中，我們都可以見識到席慕蓉很清楚自己該在的位

置，她不隨江河而流，奔馳出新詩史上屬於她的大江大河。值得後之
學者繼續審視。

明道大學人文學院院長　蕭蕭
二〇一六年詩人節前夕寫於明道大學開悟大樓

目次

詩說與側寫

學術論文

詩藝之外
──席慕蓉與「席慕蓉現象」

楊宗翰

淡江大學中國文學系助理教授

摘要

「席慕蓉現象」之所以會被提出，與其詩集傲人的銷售成績密不可分。詩評家與部分詩人慣以「純情浪漫」、「十分暢銷」或「廣受歡迎」來評價席慕蓉詩作，但若要他們真心佩服席慕蓉的詩藝，相信絕非易事。臺灣現代詩史／文學史家究竟如何「再現」詩人席慕蓉及其詩作？本文指出，席慕蓉可說是以下列四種姿態登上詩史／文學史的：暢銷詩人、女性詩人、蒙古詩人、非詩社成員的（非）詩人。此四者其實頗可相繫，互相牽扯間正形塑了文學史閱讀者的「席慕蓉想像」。此四者亦提供了解剖詩史／文學史家「觀賞之道」（ways of seeing）的絕佳案例。本文也將對席詩最引人注意（也是最惹人爭議）的「暢銷」或「流行」現象提出看法，部分見解或可提供來日詩史／文學史撰寫者參考。

關鍵詞　大眾詩學、女性詩人、臺灣新詩史、詩界瓊瑤、蒙古詩人

一

　　在臺灣現代詩史中，席慕蓉（1943-）是個非常特殊的案例。很少有詩人能夠像她一樣，自首部詩集出版後就不斷在創造現代詩集銷售的新紀錄；以一現代詩寫作者而能躍為當代評論家筆下的「某某現象」，席慕蓉亦堪稱第一——雖然這群評論家在使用「席慕蓉現象」一詞時，多少都帶有幾分批判檢討的味道。

　　現代詩在臺灣向來不為「市場」及其資本主義運作邏輯所喜；時日漸長，現代詩人居然也習慣自棄於其外，不敢「過問『市』事」——一旦己作與「商品」、「銷售」、「市場」等詞彙稍有牽扯，即視為奇恥大辱，欲去之而後快。有趣的是，「席慕蓉現象」之所以會被提出，卻又與其傲人的「市場表現」密不可分。我們可以發現：以量而計，席詩的確擁有為數眾多的讀者。[1]然而，所謂「詩壇中人」（泛指寫詩者、評詩者、推動詩運詩教者……）對席詩真正表現出喜聞樂見態度的，畢竟絕少。此一情況持續多年，未見改變。直到近期國文教科書開始選錄席慕蓉詩作，在此一正典化運作下，這些「詩壇中人」無可避免地得對席詩投以更多關愛的眼神。[2]不過總的來說，要臺灣的現

1　據圓神出版社二○○○年新版重印的《七里香》所載：「直到今天，她的三本詩集《七里香》、《無怨的青春》、《時光九篇》仍在不斷的再版中。在中國大陸最保守的估計，已有五百萬冊數。讀者之眾多，影響之深廣，創下了當代詩壇前所未有的紀錄。」其實在圓神出版社重印《七里香》與《無怨的青春》之前，光是臺灣，兩書的印量皆早已超過了五十版——這個數字不僅在臺灣現代詩中可謂空前（希望不要也是「絕後」），置諸於其他文類亦堪稱突出。

2　南一版高中國文課本第二冊及東大版高職國文課本第四冊就收錄了席慕蓉詩作〈一棵開花的樹〉。不過，這仍是教科書開放民間業者編輯出版後的事，不能代表國家權力的代理機構（如早期之國立編譯館）已「承認」席詩為「正典」。況且，既然已開放民間業者自由競爭，南一版或東大版課本之受眾就無法像從前國立編譯館主掌時期那樣龐大及廣泛，它的權威性也很可能會遭到其他品牌國文教科書掠奪分享。

代詩人們自己對席詩作出評價，恐怕還是不脫「純情浪漫」、「十分暢銷」、「廣受歡迎」這類字句。不難想像這群人多少會羨慕席慕蓉詩作的際遇；但若要他們真心佩服席慕蓉的詩藝，相信絕非易事。

身為一個詩人，席氏詩藝難道真的不足為訓、無甚可觀？那倒未必，早出的幾篇相關評論都曾談及席詩動人之因由。鑒於有些部分已屬老生常談，自然無意於此一一重錄。我們關注的還是那個問題：臺灣現代詩史／文學史家究竟如何「再現」詩人席慕蓉及其詩作？筆者發現，席慕蓉可說是以下列四種姿態登上詩史／文學史的：

> 1. 暢銷詩人席慕蓉
> 2. 女性詩人席慕蓉
> 3. 蒙古詩人席慕蓉
> 4. 非詩社成員的（非）詩人席慕蓉

此四者其實頗可相繫，互相牽扯間正形塑了文學史閱讀者的「席慕蓉想像」。筆者以為，此四者正提供了我輩解剖詩史／文學史家「觀賞之道」（ways of seeing）的絕佳案例。本文也將對席詩最引人注意（也是最惹人爭議）的「暢銷」或「流行」現象提出看法，部分見解或可供來日詩史／文學史撰寫者權充參考之用。

二

1 暢銷詩人席慕蓉

前已言及，席慕蓉之所以會受人矚目，與其詩集所創造的驚人銷售量關係密切。在臺灣，能夠不斷獲得再版機會的現代詩集並不多見，余光中（1928-）和鄭愁予（1933-）兩位男性詩人的出版品或可

歸入其中。兩人的詩選集出版後，數十年來通過多次市場考驗，將之
列入「長銷書」名單應無疑義。至於在知識分子閱讀群中掀起一股熱
潮的女詩人夏宇（1956- ），一開始就蓄意不採傳統之「出版社→經銷
商→書店門市」通路，改以自印自銷方式面世，有一部分還是限量特
製版本。因其不易取得的特性，反倒增加了讀者的好奇心與想要進一
步擁有、珍藏的意願。[3]儘管如此，上述三位無論在銷售數量的紀錄
或讀者分布的廣泛上，都實難與席慕蓉相抗。[4]這般廣受歡迎，卻成
了詩人席慕蓉在詩史／文學史中的一大「過失」：

> 席慕蓉成為臺灣詩壇異數的另一個內涵是，她一出現便成了臺
> 灣詩壇的「暴發戶」，創造了「軟性詩」的「席慕蓉現象」。她
> 的詩集成為暢銷書排行榜上的顯位；她的作品成為大、中學校
> 女生手中的瑰寶；她的名字成為報刊、電臺的熱門話題；她甚
> 至被看成是臺灣「詩中的瓊瑤」。這一切都成為臺灣詩壇從未有
> 過的新鮮事。到了八十年代中後期，她又越過海峽，在祖國大
> 陸揭起一股「席慕蓉旋風」，成為許多青年詩愛好者心目中的偶
> 像。不僅她的詩集被眾多出版社盜版，養肥了許多並不懂得詩
> 的人，而且出現了不少「冒牌」產品。「席慕蓉旋風」作為詩壇
> 上的一種奇特現象，詩歌發展史自然不能視若無睹和迴避它。[5]

3　筆者這段陳述純就讀者心態立論，並無絲毫對詩人不敬之意。況且同樣採自印自銷
　　方式面世的現代詩集所在多有，卻罕見有類夏宇如此際遇者，可見其詩確實有著獨
　　特的魅力。不過夏宇後來出版的詩集卻又有轉回傳統書籍通路的傾向，甚至進入了
　　某連鎖書店的年度排行榜──此一現象究竟應視為被體制收編還是棲身於體制內的
　　異音／抗拒，值得另行撰文討論。

4　余光中和鄭愁予的個人詩集出版年代較席氏早上許多（詩選集則是略早數年），不過迄
　　今在印量或銷量上與席氏詩集仍有好大一段差距。夏宇的讀者則多為中、高階知識
　　分子，屬於社會構成中的金字塔頂端，自然難以像席慕蓉般吸納更為廣泛的讀者群。

5　古繼堂：《臺灣新詩發展史》，二版（臺北市：文史哲出版社，1997年），頁528-529。

古繼堂此段陳述頗能代表對岸文學史家的觀點，在對席慕蓉「定位」之餘也不忘於行文間冷嘲熱諷一番。倘若詩史之所以「不能視若無睹和迴避」所謂的「席慕蓉現象」，僅是因為其驚人的銷售紀錄與受歡迎程度，不也等於間接告訴讀者「席氏詩藝實無甚可談」？

有意思的是，像古繼堂這類擁抱教條馬列主義美學殘骸的學者，見到文學讀物廣受普羅大眾接受應該無上歡欣才是，怎麼在這裡又擺出一副教育者／教訓者的架子？原來他認為席詩「是以通俗的語言表現淡淡的哀愁；短小的結構負載淺淺的思索。讀起來哀而不悲，不費神思而有所收穫」、「一般都是表現小市民、小知識分子和處於青春幻想期的少女情調，因此最容易喚起這個最大讀者層的心靈共鳴」（頁529）。易言之，在古繼堂眼中，席詩澆灌給廣大人民的不但不是現代詩的養分，還有可能是毒素。至於席慕蓉被視為「詩中的瓊瑤」，當然也是源於其著作之暢銷而得此名[6]；不過，小說家瓊瑤（1938-）在評論者與文學史家筆下早已被污名化多年，冠上「詩界瓊瑤」此稱究竟是褒是貶，不難推知。[7]

至於臺灣的史家又會賦予席慕蓉何種定位呢？很不幸，他們不是選擇避而不論（如彭瑞金），就是將之安插於「大眾文學」之列，成為一部文學史中小小的三個字。[8]臺灣的文學史家選擇如此「再現」

6　文學史家中並非只有古繼堂獨採此稱，公仲與汪義生合撰之《臺灣新文學史初編》（南昌市：江西人民出版社，1989年）亦在評介完席慕蓉作品後，於最末另起一段文字：「席慕蓉是近年連續幾屆暢銷書的佼佼者，獲得了『詩界瓊瑤』之美稱」（頁337）。此句有總結與定位席氏一生文學創作功過的味道。

7　晚近學界真正能一新視野、開啟瓊瑤小說之思考與對話空間的研究，請參見林芳玫：《解讀瓊瑤愛情王國》（臺北市：時報文化出版公司，1994年）。

8　如「大眾文學的提倡方興未艾，其未來發展動向值得注意。杜文靖、劉還月、林佛兒、黃海、席慕蓉、三毛等作家，在這大眾文學的推展中，將會扮演怎樣的一個角色，也值得注目。」（葉石濤：《臺灣文學史綱》，二版〔高雄市：文學界雜誌社，1993年〕，頁169）。

席慕蓉，一部分原因當然是客觀環境上的篇幅限制，另外一部分恐怕就與史家自身的鑑別與判斷有關了。

大眾也好，暢銷也罷，筆者都將在下一節裡詳加探討，此處暫且不贅。

2 女性詩人席慕蓉

將生理性別（sex）、社會性別（gender）、性慾取向（sexuality）一概化約為父權異性戀霸權視野下的「性別」，一直是多年來兩岸文學史家共通的陋習。我們必須指出：早期的臺灣文學史相關著作，正是一件件壓抑與封閉性別及情慾流動可能性之「經典示範」。這方面的相關批判與本文要旨離題太遠，只得留待他處再議；不過詩人席慕蓉之所以會被批判，卻與其寫作中強化乃至於僵化了生理性別（女性）與社會性別（陰柔特質）的連結不無關係。筆者這麼說，並非要求所有的寫作都得有性別與情慾流動，如此「方為上品」。我所要強調的是：席氏早期寫作中，以情詩所佔比例最高，其中佳作「大抵文字流利，節奏明快，寓意明白，常用大自然意象，時而用詩詞典故，加上纏綿的語調，故很吸引人」[9]。但這些詩作中的女性角色幾乎都不脫柔順、等待、退讓等等刻板形象，在權力位階上總是自甘低男性一等，強調女人的陰柔特質時卻又完全陷入父權社會認可、鼓勵的傳統女性定位與身分認同……。凡此種種，應可斷言詩人席慕蓉在彼時並未感知到已於臺灣漸次展開的婦女運動，遑論對之有何等反思。當然，諸如對婦女運動是否有所認識這類問題，絕非成為一個優秀詩人的必要條件，否則寫詩不就成了符合「政治正確」的無趣勞作？但正

9　鍾玲：《現代中國繆司——臺灣女詩人作品析論》（臺北市：聯經出版事業公司，1989年），頁342。

如鍾玲所言，席慕蓉所用的語調「是最容易令讀者介入的第一人稱對
『你』的傾訴體，即女子對意中人傾訴心中愛意（偶爾有些詩對調過
來，詩中的『我』是男子）。讀者既享有探知別人愛情隱私的樂趣，
又可認同詩中的女主角或男主角，滿足自己浪漫的幻想」（頁341-
342），這就很容易讓讀者經由對詩中男、女主角的「認同」，進而演
變成「接受」席詩裡刻板僵化的性別想像與權力位階——這也是筆者
初聞席詩進入中學教科書後，最感到憂慮的一點。

　　在劉登翰、莊明萱、黃重添與林承璜合力主編的《臺灣文學史
（下卷）》中，朱雙一負責執筆席慕蓉的詩創作部分，他卻提出了相
當不同的見解：

> 席慕蓉詩中的抒情主人公雖飽嚐愛情醡酒的苦澀，但多表現出
> 雖九死而不悔，甘為愛情犧牲奉獻的執著，將愛情的悲劇性發
> 揮到極致。即使愛情失落，也不改其志，即使自己受到傷害，
> 承受永世的痛苦，也無怨無悔，「因你而生的一切苦果／我都
> 要親嚐」（〈苦果〉）。這種心態看似謙卑，實乃現代女性自主意
> 識的產物。不管對方有情無意，她們更多地從自己的感情與願
> 望出發，把自己對愛的追求和奉獻，當作自我價值的實現，而
> 非把自己託付給男性的傳統女性式的企望，也非受封建禮教壓
> 迫的一種被動行為。即使同樣寫苦苦的等待，它亦非古代閨怨
> 詩中那種婦女從一而終，依仗夫婿的心態投射，而是對愛和美
> 的等待和追求。這種區別所顯示的，正是現代女性對自身價值
> 的自覺。[10]

---

10 劉登翰等主編：《臺灣文學史（下卷）》（福州市：海峽文藝出版社，1993年），頁652-
　653。

朱氏這裡的陳述未見於其他本臺灣文學史著作，可謂觀點相當獨特。顯然他極力要捍衛席詩在性別議題發言位置上之正當性，欲以現代女性意識的顯露與追求來定位席詩。但朱氏卻沒有舉出更好、更具說服力的例子來充實己說。以上文中之引詩〈苦果〉為例，其實是個相當失敗的「證據」。此作收於席慕蓉第三本詩集《時光九篇》，通篇未見朱氏所謂「現代女性對自我價值的自覺」。朱雙一恐是過度誇大了席詩在性別意識與自覺上的「成就」──相反地，這正是筆者認為席詩最該檢討的地方。[11]

3 蒙古詩人席慕蓉

　　白少帆等人主編的《現代臺灣文學史》中，特別闢有一章「臺灣少數民族文學」，這在坊間各本臺灣文學史裡確屬罕見。此章雖標為「少數民族文學」，其實只討論了兩個對象：一是「高山族文學」（包括口傳文學與作家創作），一是「蒙古族女詩人席慕蓉」。依如此的配置，這本文學史的編撰者可謂相當重視席慕蓉；但在其文學史敘述中，這般的「重視」似乎又沒有那麼簡單：

> 席慕蓉是蒙古族，自生以來從未到過她的故鄉內蒙古，但她的詩、散文中卻表現了鮮明的蒙古民族的意識。這種民族意識具體表現為那種與蒙古草原和歷史文化相聯繫在一起的鄉愁和具有蒙古民族哲學宗教特徵的佛禪觀念；這是迥異於其他民族的

---

11 當然，我完全沒有要放過男性霸權自身應負罪責之意，畢竟這樣的「環境」正是前者所打造出來的。而且一味批評席慕蓉在性別意識認知上的闕如，似乎有全盤抹煞她所有相關寫作的努力之嫌。至少在九○年代寫作的散文〈她的一生〉（收入《黃魚‧玫瑰‧飛魚》〔臺北市：爾雅出版社，1996年〕，頁160-167）中，可以看到完全相反的例子。

作家的。[12]

鄉愁，是席慕蓉詩的另一重要主題。「溪水急著要流向海洋，浪潮卻渴望重回大地」，表達了一個身在臺灣的詩人對於故國的懷戀和呼喚。……

席慕蓉詩中所抒發的鄉愁，代表臺灣廣大人民對祖國大陸、家鄉故園的思念深情，具有普遍的典型意義。但是，作為一個在典型的蒙古族家庭環境中生活和成長的少數民族詩人，席慕蓉詩所表現的鄉愁不能不染上一層鮮明的民族特色。[13]

上引兩段歷史敘述中，我們首先必須承認兩點：第一，以祖籍而論，席慕蓉是蒙古族人；第二，席詩中的確有部分作品主題正是鄉愁。除此兩點，上引文的其他部分（特別是史家妄自外延的推論）通通值得檢討。第一則引文強調席慕蓉詩文中表現了「鮮明的蒙古民族的意識」，試問：史家是從席氏哪首詩裡看出此一「蒙古民族的意識」？又說此意識具體表現於兩處：一是鄉愁、二是「具有蒙古民族哲學宗教特徵的佛禪觀念」——此一頗具特色的「佛禪觀念」又是從何作中推知？第二則引文更有意思：本書既已先將席慕蓉歸入「臺灣少數民族文學」之列，又如何能用她來「代表臺灣廣大人民」？甚至還能斷言席詩中的鄉愁「具有普遍的典型意義」？

其實席氏的「鄉愁」，最早散見於她前幾部出版的詩文集。一直要到一九八八年《在那遙遠的地方》面世，她才將與此主題相關的新舊作品一齊收入書中。不過以數量而計，九〇年代前席氏以情詩為主題的詩作，依然遠比這類抒發鄉愁的詩要來得多上許多。再觀察其詩

---

12 白少帆等主編：《現代臺灣文學史》（瀋陽市：遼寧大學出版社，1987年），頁850。

13 白少帆等主編：《現代臺灣文學史》，頁864-865。

語言的使用，席慕蓉確實「不曾浸染於現代詩掙扎蛻化的歷程，她的語言不似一般現代詩那樣高亢、奇絕，蒙古塞外的豪邁之風很適合現代詩，卻未曾重現在她的語字間，清流一般的語言則成為她的一個主要面貌」[14]。綜上所言可知：席詩之魅力應與詩人是否為「少數民族」無多大關係。過度強調後者甚至還依此外延出其他推斷，有論證失當的危險，非智者所當為。不過文學史家在此也不是無事可作：筆者建議可由離散文學（diasporic literature）的角度來解讀席慕蓉的詩文，應有益於從事更為學術化的議題研究。

4 非詩社成員的（非）詩人席慕蓉

《二十世紀中國新文學史》是由臺灣本地學者合作下繳出的成果，其中錄有臺灣現當代文學的歷史敘述。當代文學（此書自一九八〇年算起）的詩部分由潘麗珠執筆，列為本書第三十二章。此章分為兩節，分別為「七、八〇年代的臺灣現代詩壇」與「八、九〇年代的臺灣詩壇」。每節之下先以詩社為歸類依據，其次才來分述詩人風格；至於未加入詩社者，則分別以「鄉土詩人吳晟」與「其他重要詩人」置於文末權作交代（頁431-432、438-440）。這種處理方式當然是相當粗糙的，以一種便宜行事的「詩社」充作分類、討論之出發點更是弊多於利；但最要命的還是，它不意間竟揭露了文學史家長久以來對「詩社」的迷信態度。筆者曾指出：「迄今為止，『詩社』組織的興衰生滅依然是『詩史』撰述、架構的重點所在。其實還有另一個值得批判的現象，那就是『詩刊』幾乎收攬了所有治詩史者的目光，讓後者不時忽略了其他媒體在推展詩潮詩運乃至詩藝上的貢獻。」況且，「詩社」居然能取代詩人詩作與詩藝的光輝，這應該是非常不可

---

14 蕭蕭：《現代詩縱橫觀》（臺北市：文史哲出版社，1991年），頁246-247。

思議的奇幻夢境，不幸卻在臺灣文學史學界日漸變成恐怖的事實。那些「社性」不強或根本未曾想過參與任何詩社、團體的創作者，難道就只能永遠屈居「他者」的位置嗎？

詩人席慕蓉並未列名於這本《二十世紀中國新文學史》（她的散文倒是在其中，見頁442-444），這是史家判斷、選擇後的結果，我們自然應該尊重。不過席氏一向未曾參加任何詩社，甚至不見得與這些團體的成員有什麼往來；反向而觀，這些菁英色彩與自我意識濃厚的詩社成員是否願意承認席慕蓉的「詩人身分」（還是視其為只有本事迷倒少女與學生的暢銷書製造者？），實也不無疑義。[15]對這位不曾拜入哪一詩社門下、「只不過寫了幾首簡單的詩，剛好說出生命裡一些簡單的現象」、於詩「從來沒有強求過」[16]的寫作者，詩史應該如何安置她呢？難道可以再用近乎多數暴力式的「詩社」來分類、組織、構成文學史敘述與寫作的基調嗎？那些因此而被排除出去的（非）詩人，又豈會只有席慕蓉一例呢？

三

上一節裡，筆者已指出席慕蓉是以下列四種姿態登上詩史／文學史的：暢銷詩人、女性詩人、蒙古詩人、非詩社成員的（非）詩人。只要檢驗每位史家選擇以何種策略「再現」席氏，即不難窺得她／他的「觀賞之道」為何。而在本節中，筆者想討論席詩最引人矚目，也是最惹人爭議的「暢銷」或「流行」現象。究竟文學史家要如何面對、處理與安置席詩及其引發的「席慕蓉現象」呢？

---

15 不過，這些詩社的成員似乎也從未曾開口問過大眾（當然包括那些嗜讀暢銷書的少女與學生）：「喂，妳／你承認我是詩人嗎？」問題在於：他們真敢開口嗎？

16 席慕蓉：《時光九篇》（臺北市：爾雅出版社，1987年），頁196-197。

　　在已面世的相關討論裡，孟樊〈臺灣的大眾詩學——席慕蓉詩集暢銷現象初探〉一文可說是對此議題用力最深者。此文以席氏詩集的暢銷現象來推論所謂的「大眾詩」在臺灣已經出現，並且「似乎」（？）有意對此現象提出批判。不過，因為作者孟樊自身發言位置的混淆與論旨的失當，此一批判工作並未能盡如其意地開展。[17]特別是他文中所標舉的「大眾」與「大眾詩」諸詞，其實在概念層面與實際運用上都會遭逢不少問題。誠如張大春所言：

> 孟樊先生說明他執意用「大眾」而不用「通俗」一詞的原因之一是後者含有明顯的貶義，然則，脫略此一貶義的話，孟樊先生實仍然是從「通俗」的角度（也就是「被大眾所喜歡或接受」）去理解「大眾」的。雖然孟樊先生也提出了「量」的問題來補充「大眾」的意涵，不過，這又使「大眾」一詞在孟樊先生的論文中僅僅具有「常識範疇」的解釋性，而無法就「學術範疇」的確證性得到滿足。[18]

　　不過，關於「大眾」一詞所衍生的問題還不止於此。孟樊所採用的「大眾」，是由英文 "mass" 翻譯而得，也因此才有所謂的「大眾詩」（mass poetry）。他文中也提及了 "popular poetry"，並用「流行詩」一詞作為其中文譯名。至於「通俗詩」，文中並沒有刻意交代譯自何詞，不過依常理不難推斷應與 "popular poetry" 同義。換言之，「大眾＝"mass"」與「流行（通俗）＝"popular"」這兩個等式，在

---

17 張大春對此文的講評已準確地點出問題所在。
18 張大春：〈講評意見〉，收入林燿德、孟樊編：《流行天下——當代臺灣通俗文學論》（臺北市：時報文化出版公司，1992年），頁365。

孟樊此文中是可以成立的——當然，這種幼兒程度的中英文對譯，乍看之下似乎也沒有什麼問題。

但我們由上引文可知：作者孟樊在文中選擇用「大眾」（與「大眾詩」）而不用「通俗」此詞的原因之一，正是後者含有明顯的貶義。其實不然：在英語中，"mass" 與 "mass culture" 才是真正帶有輕蔑意味的詞彙。後者是由德語 "Masse" 與 "Kultur" 所組成，意指「缺乏文化教養的多數人所用之象徵產品」（the symbolic products used by the "uncultured" majority）。相較之下，"popular culture" 或 "popular arts" 卻是較積極正向的詞彙。[19]依此，孟樊此文立論的基本預設就頗值得商榷。

符徵（signifier）與符旨（signified）間關係的建立是武斷的（這幾乎已成了我們這個時代的常識），它更多地是與約定俗成或共同習慣有關。職是之故，欲於論述中使用「大眾」或「大眾詩」，應該也要尊重此一經年累積而成的「習慣」。其實僅就中文文義而考，「通俗」、「流行」、「大眾」諸詞不見得適合放在同一個天平上來衡量。所謂「通俗」是就性質而論，「流行」則是一種現象；而「大眾」指的是多數或某一類群體——三者間既有交集卻又各自獨立，豈能輕易視為同一？筆者對文學史家的建議是：不管是「通俗詩」、「流行詩」抑或「大眾詩」，史家都應該更審慎地評量與考慮將席詩置入其間的危險。筆者這麼說並不是要否定席詩所引起的銷售熱潮與「席慕蓉現象」的存在事實，而是要提醒史家切勿在歷史編纂中錯誤或失當地「再現」詩人詩作。很不幸，這類錯誤與失當早已潛藏於臺灣詩史／文學史的編纂工程中。

---

19 Herbert J. Gans, *Popular Culture and High Culture: An Analysis and Evaluation of Taste* (New York: Basic Books, Inc., 1974), pp. 9-10.

以「席慕蓉現象」為例：我們可以發現，在文學史敘述中強調席詩之驚人銷量與讀者數目的史家，其實皆不脫欲襲用瓊瑤入史之模式來安置「席慕蓉現象」的企圖。「詩界瓊瑤」一詞屢次被提出，應與此有關。不過史家這種做法，並非沒有可議之處。坊間各本臺灣文學史在論及瓊瑤時，一概將之歸於「暢銷通俗言情小說家」。席慕蓉想必也是在暢銷、通俗與言情這些方面，被視為與瓊瑤相類。不過筆者認為，兩人作品雖然同樣造就了驚人的市場銷售量，卻不宜在這一點上將她們歸為同類。原因很簡單：瓊瑤「除了參與過《皇冠》的編務以及自組電影公司，可說不曾真正在社會上有過正式職業。她是純純粹粹的專業作家」[20]。席慕蓉卻正好相反，她長期在新竹師範學院任教，教書是她的本業，繪畫是她一生執著的追求；至於寫詩，既非她的專業，更不是她的工作。顯然，作為一個專業／職業作家，瓊瑤必須肩負的市場壓力是相當巨大的。她既已進入此一文化消費市場的機制，縱使她後來還擁有半個老闆的身分，卻無助於抵抗或推翻整個龐大市場機制的要求與宰制。明乎此，會有增量、趕製、公式化加工等等情況的出現，實不足為奇。

在學院教書的席慕蓉相形下卻幾乎沒有這個困擾。無論在創作與出版上，席氏都享有相當大的自由。或許正因為沒有直接感受到龐大市場機制的壓力與驅迫，她的詩創作量實在算不上多。[21]動輒以對暢銷作家的刻板印象來批判她「粗製濫造」、「大量生產」者，可以休矣！

---

20 林芳玫：《解讀瓊瑤愛情王國》（臺北市：時報文化出版公司，1994年），頁26。

21 席慕蓉統計自己的詩創作，「從一九五九到一九九九，四十年間，雖然沒有中斷，寫的卻不能算多，能夠收進這四本詩集裡的詩，總數也不過只有兩百五十二首而已」。見《七里香》（臺北市：圓神出版社，2000年），〈生命因詩而甦醒──新版序〉，頁VI。

四

在〈論席慕蓉〉一文中，席氏憤憤不平地說：

> 為什麼總喜歡說：這人是暢銷作家，那人是嚴肅作家，似乎認
> 定只有這兩者，而且兩者必然對立！其實，除了某些刻意經營
> 的商業行為之外，書的銷路，根本是作者無法預知也不必去關
> 心的。因此，我們可以批評一本暢銷書寫得不好，卻不一定可
> 以指責這個作者在「迎合」大眾，因為，這可能會與實情不
> 符！[22]

身為一個自問「在寫詩的時候，我一無所求」[23]的寫作者，她的憤怒
當然應該被傾聽。論者或史家一味強調其「暢銷」現象，除了可以反
覆陳述席詩的確受到相當多讀者歡迎這項事實，似乎也未能再生產出
何等高見。因此筆者建議，除了原有的提問（譬如：席詩受歡迎的原
因為何？），我們應該還可以嘗試去追問：席詩既然如此暢銷與受讀
者歡迎，它對「臺灣現代詩體制」（the institution of modern Taiwan
poetry）究竟有沒有產生過影響？若有，此影響如何發生？影響的程
度又是如何？若無，則為何沒有發生影響？

此外，我認為史家或研究者在討論席詩時，幾乎都自動抽離了
「時間」這項因素，恐有視詩人之創作技巧與風格演變為「停滯」或
「無變遷」的傾向。難道真是如此嗎？筆者難以苟同。自八〇年代末
期起，席慕蓉陸續開始挖掘新的主題，處理手法上也更見細緻，具巧

---

22 席慕蓉：〈論席慕蓉〉，收入《黃魚・玫瑰・飛魚》（臺北市：爾雅出版社，1996年），
  頁110。
23 席慕蓉：《七里香》，〈生命因詩而甦醒——新版序〉，頁VI。

思而凝鍊之作亦日益增多。如今，這些成果都收錄於其第四本詩集
《邊緣光影》中。[24]與前三冊詩集相較，我們至此方能看出何謂一個
詩人的成長——可惜坊間各本文學史不是來不及注意席詩的變化，就
是完全忽略了席詩還有變化的可能。至於未來的臺灣詩史／文學史，
自然再沒有藉口將目光停留於前三本「暢銷詩集」及其迷思中。

　　對一個「堅持要記下那些生命裡最美麗的細節」[25]的詩人來說，
在文學史裡被輕易地安插在「暢銷作家」的榮耀／罪名之列，並不見
得能令她感到滿意。我相信，文學史的讀者們應該也不會就此滿足。
因為這些（包括筆者此篇）都是在討論詩藝之外的事；待這一切處置
妥當，也應該來好好談談席慕蓉的詩藝（之內）了。

　　——本文原刊於《竹塹文獻雜誌》第十八期（2001年1月），頁64-76

24　不知何故，此書與席氏前三本詩集剛出版時相較，在銷售量上有相當顯著的差距。
　　難道這就是詩藝成長的「代價」？
25　席慕蓉：《邊緣光影》（臺北市：爾雅出版社，1999年），頁7。

參考文獻

Gans, Herbert J. *Popular Culture and High Culture: An Analysis and Evaluation of Taste.* New York: Basic Books, Inc., 1974.

公仲、汪義生　《臺灣新文學史初編》　南昌市　江西人民出版社　1989年

白少帆、王玉斌、張恒春、武治純主編　《現代臺灣文學史》　瀋陽市　遼寧大學出版社　1987年

古繼堂　《臺灣新詩發展史》（二版）　臺北市　文史哲出版社　1997年

皮述民、邱燮友、馬森、楊昌年　《二十世紀中國新文學史》　臺北縣　駱駝出版社　1997年

林芳玫　《解讀瓊瑤愛情王國》　臺北市　時報文化出版公司　1994年

林燿德、孟樊編　《流行天下——當代臺灣通俗文學論》　臺北市　時報文化出版公司　1992年

孟　樊　〈臺灣的大眾詩學——席慕蓉詩集暢銷現象初探〉　收入林燿德、孟樊編　《流行天下——當代臺灣通俗文學論》　頁335-363

席慕蓉　《時光九篇》　臺北市　爾雅出版社　1987年

席慕蓉　《在那遙遠的地方》　臺北市　圓神出版社　1988年

席慕蓉　《黃魚‧玫瑰‧飛魚》　臺北市　爾雅出版社　1996年

席慕蓉　〈論席慕蓉〉　收入《黃魚‧玫瑰‧飛魚》　頁108-110

席慕蓉　〈她的一生〉　收入《黃魚‧玫瑰‧飛魚》　頁160-167

席慕蓉　《邊緣光影》　臺北市　爾雅出版社　1999年

席慕蓉　《七里香》　臺北市　圓神出版社　2000年

葉石濤　《臺灣文學史綱》（二版）　高雄市　文學界雜誌社　1993年

張大春　〈講評意見〉　收入林燿德、孟樊編　《流行天下──當代
　　　　臺灣通俗文學論》　頁363-368

蕭　蕭　《現代詩縱橫觀》　臺北市　文史哲出版社　1991年

劉登翰、莊明萱、黃重添、林承璜主編　《臺灣文學史（下卷）》
　　　　福州市　海峽文藝出版社　1993年

鍾　玲　《現代中國繆司──臺灣女詩人作品析論》　臺北市　聯經
　　　　出版事業公司　1989年

探索席慕蓉及瓦歷斯‧諾幹
——「想念族人」中的「邊緣光影」

汪其楣

學者／藝術工作者

摘要

　　本論文發表於民國九十年十一月，國立臺灣大學中國文學系所舉辦之「臺靜農先生百歲冥誕學術研討會」。並於民國九十一年，由主編向明先生分上下兩篇轉載於《藍星詩學》雜誌。本文亦流傳到蒙古，由學者希儒嘉措先生翻譯為蒙文，在內蒙古包頭市雜誌《蒙科土拉嘎》第三期刊登。

　　本文從臺灣重要詩人蒙古人席慕蓉及泰雅族瓦歷斯‧諾幹的作品，解析二人書寫之寓意與詩情，分別以原鄉的追尋，歷史的迷霧，及建立族人的認同等面向，用他們的詩文互為佐注呼應，讓讀者認識邊遠族人在漢文化籠罩下的感受與情懷，歷史與生活境況，並探索二位詩人作品中所流露的普世價值。

關鍵詞　席慕蓉、瓦歷斯‧諾幹、臺灣現代詩、原住民文學、原鄉書寫、比較詩學、蒙古人、泰雅族

一　前言

　　蒙古人席慕蓉女士和泰雅族瓦歷斯・諾幹先生是臺灣文學界不可
忽視的寫作者；由於政治與地緣的關係，二位作家自幼及長受到完整
漢人體系的教育，皆以漢語寫作，且在文壇上佔有舉足輕重的地位。
席慕蓉生於一九四三年，出身於師範藝術科系，先後畢業於臺北師範
及臺灣師大，留學比利時布魯塞爾皇家藝術學院。返國後，任教於新
竹師院美術教育系直到退休。教職之外，專事繪畫的她，更以詩文著
稱，自一九五七年開始投稿以來，擁有五冊完整詩集，及數種選集，
二十餘本散文集、詩畫集及論述，亦有不少版本為中國大陸出版的。
她的文學作品除了有令人吃驚的再版速度，如《七里香》、《成長的痕
跡》、《有一首歌》都是出版一個月內就再版，還有龐大的流通數量，
如《無怨的青春》、《七里香》已印到六十幾版，《時光九篇》也已印
到卅幾版，在大陸，她的幾本詩集名著也已發行到五百萬本以上。

　　瓦歷斯・諾幹出生於一九六一年，臺中師專畢業後，任教於花
蓮、臺中、豐原及家鄉的雙崎自由國小，是一位臺灣原住民文化運動
的重要推動者；他從一九七七年開始投稿，與席慕蓉都屬於自發而早
慧的詩人，而瓦歷斯・諾幹更為神奇，生長在偏遠的山區，直到國中
畢業前才看到第一張文學副刊，是鄰長家的青年戰士報，自稱「宛如
發現新大陸」。然而至今他已擁有四本詩集、六本散文及論述，還有
新書正在付梓。令人刮目相看的則是他獲獎的次數和密度，如八十二
年、八十三年、八十五年度的時報文學獎，八十七年度聯合文學小說
獎，聯合報文學獎，八十一年現代詩社年度詩獎，及第一屆（1998
年）臺北文學獎等等。

　　兩位受到大眾讀者及文壇權威的青睞未必由於他們身為「少數民

族」或「原住民」的身分，甚至有時還相反。[1]然而他們堅持為「族人」發聲，將一切思緒化做「想念」，化做不能取代的詩句[2]，為族群和諸多「他者」寫出歷史證言與文化情感，更重要的是他們在作品中所展現的非中心卻反而更為廣闊的視野，在臺灣這麼一個以「自我」為基準，充滿文化沙文觀念的社會裡，散發無法掩蔽、繼續感動讀者的「邊緣光影」[3]，反而成為一個引人注目的現象。

　　本文即從兩位詩人的作品中，認識他們在漢人文學社會裡書寫非漢族類的遭遇、心境，面對地處邊遠的蒙古人的感受，也許有助於了解身旁原住民部族的吟詠，由眼前鄰親的泰雅族之境況，也許更能想像成吉思汗後人的詩情。兩位作家筆下常能互為呼應佐注，遠近觀照相映之際或可探索他們訊息中所透露的普世價值。

二　原鄉的追尋

　　從小到老能在自己家鄉生活的人，可能不知道返鄉之路的渺遠，能自由出入各類文化與國界的現代知識旅人，也未必體會得了歸往土

1　陳素琰序《席慕蓉・世紀詩選》云：「……外祖母孛兒只斤光濂公主還是成吉思汗的嫡系子孫。有人認為席慕蓉的民族及家世的特殊性是讀者對她及作品產生興趣的重要緣由，要是存在這樣的因素，那也肯定不是主要的。」席慕蓉本身對「少數民族」一詞亦有所抗議和批判，她受楊澤之邀在《中國時報》人間副刊三少四壯集寫「離散的蒙古」，她第一篇寫的就是〈中國少數民族族〉。她認為這種通稱是一種被矮化，窄化的荒涼，「把非我族類都併入一族的奇怪心態」。這一系列文章後由九歌出版，書名為《金色的馬鞍》。又，吳晟在瓦歷斯・諾幹詩集《伊能再踏查》的序文中曾記述兩則文學獎評審在過程中對原住民題材或原住民作家的成見，而使瓦歷斯・諾幹一次出局未得獎，另一次差點又得不到獎。

2　《想念族人》（臺中市：晨星出版社，1994年）為瓦歷斯・諾幹之重要詩集，「將一切思緒化做想念，化做不能取代的詩句」二句，就放在封底。

3　《邊緣光影》（臺北市：爾雅出版社，1999年）為席慕蓉之詩集，收有甚多首以蒙古為主題的重要詩作。

地與文化內裡的困難，甚至痛苦；這種原鄉的追尋不僅是形體與實質
上的，更是心理和感情上的。

席慕蓉出生在重慶，隨她的蒙古人雙親遷往南京，念過小學一年
級，再流離到香港，一直讀到初一，然後才舉家定居臺灣，她也插班
進入北二女初中部就學。除了前往歐洲留學的六年，席慕蓉一直在臺
灣生活、工作，建立家庭和潛心創作，直到一九八九年，她四十六歲
時，才有機會得以安排返鄉之旅，第一次見到蒙古高原。此時她孩提
時教她說母語、唱蒙古歌謠的外祖母，以及孕育她家園感知力的母親
皆已逝世，安葬在臺灣。她在德國教授蒙古語文的父親也並沒有與她
同行。家庭中更懷念故土鄉情的三位長輩，也是口傳面遞了她許多家
鄉文化景象的親人，始終沒有回到蒙古。困於政治與戰亂的阻隔是歸
鄉的難題，而父親記憶中的家園府邸已成廢墟，外祖母和母親夢中的
森林「松漠之國」，也已成荒坵[4]，就如瓦歷斯・諾幹曾寫下的部落今
昔的景況，家園的意象「曾經如許溫暖……古老的記憶／宛如酒
釀」，長輩怎能回去看到「現實的生活／宛如刀刃」，家園的意象已
「竟然如許悲涼」。（〈家園〉，《伊能再踏查》，頁96）

而席慕蓉本身卻必須以歸鄉來消除自己心中無法解明的痛苦。她
常以「胡馬依北風，越鳥巢南枝」中的「胡馬」自比，認定了對家鄉
的思慕是一種出於本性、深植於血肉的追尋。她筆下的胡馬也是韋應
物「胡馬，胡馬，遠放燕支山下……迷路，迷路，邊草無窮日暮」中
的胡馬。她為蒙古人的「馬」寫過好幾則動人的文章，以及拍攝許多
馬群、馬姿的相片，放在她的散文集上；如在〈胡馬、胡馬〉一文中
就曾提到被遠送到越南作為禮物的馬兒（是六〇年代的蒙古人民共和
國送禮物給北越人民政府的），不顧一切的奔逃跋涉了千里回到蒙古

---

4 見席慕蓉：〈今夕何夕〉及〈松漠之國〉，收入《我的家在高原上》（臺北市：圓神出
　版社，1990年），頁103、149。

草原的主人牧場的感人故事。還有〈沙起額濟納〉中她寫道，額濟納綠洲因鄰省甘肅十四座水庫的攔截水流，而河道枯竭，草場沙化，鎮上的人養不起馬，十多年來只得漸漸把馬兒賣到別的地方去，最後一批馬兒走的時候，鎮上的人都到路邊流淚送別。[5]做一個漢人眼中的「胡」，她從逃避、抗議到認命、認分，而且富有使命感的發揮這個身分認同。席慕蓉早於《七里香》的集子裡，約於民國六十六到六十九年間，寫下〈隱痛〉、〈長城謠〉、〈高速公路的下午〉及〈鄉愁〉等詩作。彼時對家族、對族群歷史模糊及片面的記憶，使她把「隱痛」包藏在心底，

> 我不是只有　只有
> 對你的記憶
> 你要知道
> 還有好多好多的線索
> 在我心底
> 可是　有些我不能碰
> 一碰就是一次
> 椎心的疼痛

〈隱痛〉中照亮家鄉的月亮引起對原鄉的惦記、渴望。生活在臺灣的她駕車在高速公路上疾駛，迎面而來的是從蒙古高原吹來的風沙，也引起詩人的激動感傷，〈高速公路的下午〉中：

> 我的車是一支孤獨的箭

5　見席慕蓉：《金色的馬鞍》（臺北市：九歌出版社，2002年）。

射向獵獵的風沙

……

呼喚著風沙的來處　我的故鄉

遂在疾駛的車中淚滿衣裳

那時她的折磨和隱痛，她因思鄉而落淚的種種恐非詩境堪擬。她寫過連她帶兒女逛書店的一椿開心事，都會因獨自翻到與蒙古有關的圖文而淚流滿面。那是孩子小學時代，體貼的幼兒安慰她：「那我們今天就買這本回家」。她的漢人丈夫、兒女都熟悉且容納她的蒙古鄉愁，但在漢人的世界中，她仍是「孤獨」的，她只是沉默的想念，如瓦歷斯‧諾幹的形容，「也許想念正是一種深沉的病」。（〈溫泉鄉之念〉，《番人之眼》，頁24）

也如同〈狂風沙〉中，寫及她無法穿越形體和精神上遙遠，而具體表達出的傷痛和癥結，

一個從沒見過的地方竟是故鄉

所有的知識只有一個名字

在灰暗的城市裡我找不到方向

父親啊母親

那名字是我心中的刺

雖然有時她可以安靜的懷想，「故鄉的歌是一支清遠的笛／總在有月亮的晚上響起。」甚至平和地抒情：「鄉愁是一棵沒有年輪的樹／永不老去。」（〈鄉愁〉）

她也想像自己在草原上牧羊，度過年少青春，但經常在詩中出現的仍然還是這樣身心隔離的場景和對比，「迷失在灰暗的巷弄裡／而

塞外／芳草正離離」。此詩題名〈命運〉，可說是日後她一直在釐清面
對的：「這也是我最深的困惑整整一生都要在自己的家園裡扮演著永
遠的異鄉人」的這種命運和議題。（〈獨幕劇〉，《邊緣光影》，頁35）

　　由於異鄉人在多數人的教育體系和美感體系中失去了歷史，異鄉
人生活的地方環繞著別人的圖騰。所以席慕蓉唱不了〈長城謠〉，「為
什麼唱你時總不能成聲，寫你不能成篇」。所以瓦歷斯·諾幹、田雅
各、蒲忠成、孫大川[6]他們筆下的原住民孩子，帶著興奮和期盼歡喜
地去上國校，結果不僅驚愕且失望於與原住民相關的文化訊息全找不
到，碰到類似吳鳳神話式的問題，有著難以平復的傷害或抑鬱。

　　引起注意的是，席慕蓉這段期間的詩作中，有一首〈出塞曲〉曾
譜成民歌，得金鼎獎最佳作詞，動人的是破題那四句：「請為我唱一
首出塞曲／用那遺忘了的古老言語／請用美麗的顫音輕輕呼喚／我
心中的大好河山」，這也可說是她返鄉前給自己一種面對生活世界的
定音。

　　〈出塞曲〉為一般漢人讀者易解的情調，而詩中提到的顫音，則
是作者自己日後返回蒙古多次的旅程中終能反覆溫習親炙的唱法與美
聲。有關草原上特殊的發聲方式，蒙古民族傳統以來注重的口傳文學
史詩，以及各類歌者、詩人的身世傳奇，是她後期書寫中極為感人且
較為輕鬆的篇章。「輕鬆」指的是與她其他較重大的辯證，如歷史、
文化、語言、環境等議題相關的文字相比。

　　瓦歷斯·諾幹的論述中也是同樣的，有很多對漢人讀者再三昭
告、反覆叮嚀、細說從頭的重大訊息，包括千百年受侵占的土地和族

6　田雅各（族名：拓拔斯·塔瑪匹瑪），布農族，著有《最後的獵人》、《情人與妓女》
　等書。蒲忠成（族名：巴蘇亞·博伊哲努），鄒族，著有《臺灣鄒族風土神話》、《敘
　事性口傳文學的表述》等書。孫大川（族名：Paelabang danapan），卑南族，著有
　《久久酒一次》、《山海世界》、《夾縫中的族群建構》等書。

群的慘痛遭遇，漢人歷史中從不詳備載的傷挫與扭曲。當然這些文字並不是一般漢人讀者，以及原住民讀者能夠輕易進入或安然觀覽的。幸好他也喜歡寫到他善用諷諭、出語精謦的族人，這種泰雅幽默出現時，讀者才輕鬆得起來，才得以閃開「出鞘番刀」，而認識「越來越瘦的部落」，進一步接受「戴墨鏡的飛鼠」，舉著「不准狩獵」牌子的山豬，和九二一以後，還會錯覺果園仍舊在，常想去施肥的老人家等諧謔和荒謬的現實。

〈出塞曲〉成為一代風行之詩歌，是帶有一種大眾較能想像的邊塞豪情。相較於席慕蓉其他與蒙古相關的詩作的深沉、抗議和悲切，後者更接近她心中的濃重的鄉愁意想，而前者反而帶有某種書寫上的距離感。而另一個微妙的弔詭是：漢人對「大好河山」的觀點或聯想是屬於塞外蒙古人的，還是自己的？許多年後，席慕蓉在張家口的大境門城樓上看到這塊「大好山河」的匾額，自己有了恍然大悟的解題，原來那四個字指的是從塞外蒙古回到「中原」的漢人心聲。（見〈風裡的哈達〉）

而到了〈野馬〉詩中：

（有誰聽見我的嘶叫生命的悲聲呼號？）
無法止息的熱淚　無法止息的渴望啊
只有在黑夜的夢裡
我的靈魂才能復活　還原為一匹野馬
向著你　向著北方的曠野狂奔而去

（〈野馬〉，《邊緣光影》，頁142）

這是到了一九九四年，她已回到蒙古多次以後，原鄉和族人給她元氣，胡馬依北風了，她的靈魂不再壓抑、克制，才讓我們看到這種強烈而直接的句子。

　　此時的席慕蓉，其實就在同首〈野馬〉的前段，對於流離在他族統治下的「少數民族」的處境而言，她透露了心底的焦灼憂慮：

　　　　逐日進逼的　　是那越來越緊的桎梏
　　　　逐日消失的　　是那苦苦掙扎的力量
　　　　逐日封閉的　　是記憶的狹窄通道
　　　　逐日遠去的　　是恍惚中的花香與星光

　　　　逐日成形的　　是我從茲安靜與馴服的一生

這種加諸於被殖民者，被統治者身上的壓迫，以及本身逐漸習慣了被操控的屈服與屈辱，對瓦歷斯‧諾幹而言，也是最熟悉不過的了。瓦歷斯出生在祖先的家鄉，在泰雅族人建立之 Mihu 部落中度過童年，進入小學與附近的「少數」客家孩子一起上學。到國中時代，他搭客運車，或坍方時也必須走路，到十三公里外的東勢去就讀，初次嚐到變成少數民族以及被視做「番仔」的滋味。他卻很自然成為班上成績優異的好學生，也是唯一沒有補習而考上臺中師專的。

　　國中和師範的學習閱讀經驗中，他另有痛苦的來源和沉重的壓力，日後他回顧起來，由於教科書裡沒有原住民，更沒有泰雅的歷史、精神和人文。他覺得自己成為一個「空心人」，「無法知悉祖先的血汗」，「無法傳遞祖先的文化」，而且「失去了土地上的時空感」（《戴墨鏡的飛鼠》，頁37）。上師專後，他得開始離家住校，畢業後去金門當兵，退伍後開始教書，到花蓮、臺中、豐原等地的國小任教，總共十二年，「十幾年的時光像驚人的流沙吞沒自己的容顏。吞沒了泰雅孩子發出的族語，吞沒了對族群的記憶、吞沒了對族人思念的通道、吞沒了不再黧黑的膚色。」（《番人之眼》，頁44）但他仍然

化身為他所鍾愛的鮭魚,「紀律嚴明」、「善於辨認季節」,不畏艱難危難,不管如何「流浪或者遷徙」,一定要回到「出生的河谷地」,在家鄉繁衍下一代。(〈鮭魚〉,《想念族人》,頁133)

他一步步的三年一請調,逐漸靠向離家鄉比較近的地方教書,形體和心靈上以「逆流而上,溯源返鄉」的「鮭魚」自況。

比較他們兩位的用語,瓦歷斯用「流沙」「吞沒」,慕蓉用「桎梏」「進逼」,兩人同時用了對族群的「記憶」「通道」,對族人、對生活過往中的「思念」及「恍惚中的花香與星光」。瓦歷斯・諾幹前後兩次提出「容顏」和「黧黑的膚色」的被吞沒,做為原住民的血源泰雅族的傳承象徵的消失,席慕蓉卻直接吐露她的擔心,「從茲安靜與馴服的一生」。

對這二位作家而言,寄居在主流社會邊緣的生命如何產生意義?瓦歷斯・諾幹不但發生過類似對於自己安於現狀的不滿與不安,在〈在院校的午後,一、煙〉(《泰雅孩子・臺灣心》,頁22)中,他寫到:「愈來愈像安於屈辱的動物/只能安然退回講臺上/歷歷髮指某些遙遠的控訴/在慘白的粉筆灰裡度日/適於鞭打,適於退縮」甚至他自覺「三十歲之前,像一縷幽魂蕩漾在每一座不知名的城市。」(〈Mihu部落〉,《番人之眼》,頁112)並且借〈軌道〉(《山是一所學校》,頁95)一詩中的一個泰雅勞工之口,寫出痛苦的絕命句:「我已沒有名字沒有鄉愁/只能朝向死亡的終點出發。」

「若生命不能重新開始」,席慕蓉也嚴厲的寫下,「我終於發現,我什麼都不是,也什麼都不能是。」(〈汗諾日美麗之湖〉,《江山有待》,頁136)他們自我責難的嚴苛,乃出於對整體族群的負荷,其實歸鄉之前,四十六歲或三十三歲的席慕蓉與瓦歷斯・諾幹皆已完成不少重要的撰述。瓦歷斯・諾幹的《山是一座學校》、《永遠的部落》、《荒野的呼喚》、《番刀出鞘》等書陸續問世;其中《永遠的部落》所

收〈獵人〉一文是西子灣文學獎的首獎散文，涉及流離在城鎮工作的泰雅是否再也無法追及老獵人的沉著、技術與智慧？瓦歷斯‧諾幹自覺起碼可以為這種值得珍惜的傳統對內也對外發聲，寫出他回到泰雅文化中學習、體驗的感知紀錄，當作他的證言同時也是他的求證。「獵人文化」的名號也成為他與妻子利格拉樂‧阿𡠄[7]獨力支撐的原住民文化刊物。返鄉的道路的同時，他繞行走訪各地的原住民部落，擴張他的觸角、認知和關心，從八雅鞍部山到全臺灣，「把愛找回來」，「把尊嚴找回來」。(〈把愛找回來〉，《想念族人》，頁173)

與後期席慕蓉的書寫蒙古相似，瓦歷斯‧諾幹飛越家鄉 Mihu「狹隘的山口」[8]，他們的眼光從部落、譜系遠放出來，討論了少數面對多數，原對漢，甚至所謂「蠻夷」對「文明」的問題，也真實地讓讀者從文字撰述上去想像和接觸另一族群傳統中「人」的生活面貌，「人」的感情和思考，有何等的不同，又有何等的相近。其實任何一地原住民的議題就是全體住民和全人類的議題，對臺灣整體社會而言，他們的經驗，應該可以轉化為眾人可以就近學習的機會。

瓦歷斯‧諾幹終於在他三十三歲時定居家鄉，回到 Mihu 部落工作，在母校臺中縣和平鄉自由村的自由國小教書，其中九成都是泰雅族的小學生。他的長子飛曙‧瓦歷斯和長女麗度兒‧瓦歷斯都就讀這個小學。而如今飛曙已進入他父親瓦歷斯讀過的東勢國中上學了。

「重回泰雅」之後，「到現在，我也可以無懼於自稱是泰雅族人並且以這個名為榮」。他也在夢境中看到家鄉的雄河（大安溪），「每座部落或每一個獵場，至少都有一條屬於這個族群的『河流』。它是

7　利格拉樂‧阿𡠄，母系排灣族與父系安徽籍的臺灣作家，著有《紅嘴巴的 Vu Vu》及《誰來穿我織的美麗衣裳》等書。

8　部落 Mihu 之所以得名，與地形在地勢中突然變窄，形成山險水湧有關。Mihu 位於清廷屢攻不進的「埋伏坪」，亦是日警修築「隘勇線」佈下電流鐵絲網的所在。

記憶的河流、歷史的河流、命運的河流,乃至於是族群生命祭儀的河流。」(〈想念雄河〉,《番人之眼》,頁192)回鄉之後的瓦歷斯・諾幹與這條充滿記憶和部落掌故的河流更加親近,他大聲為文章作結,「想念一條河流是接近、接受族群生命的開始,接下來就是『溯河之旅』的實踐了吧。」原名大江河的穆倫,漢譯轉音後為慕蓉,也是帶著這樣的心境和體驗返鄉的。

雖然走到父親和母親的家宅原址,一切都改變了,是三、四十年人為的鉅變,府邸為廢墟,森林與草原成荒垆。「三百里地的原始松林在哪裡?」她走了兩三天,一直對別人重覆上面這個問題。結果由於人為的砍伐破壞。「竟然一棵樹也沒留給我!連一棵也沒有留下來給我!」(〈松漠之國〉)但是,她的傷心卻因族人的面貌而受到撫慰,看到一大群族人,和她臉龐五官相近的蒙古人,「我忽然發現我和面前的這些朋友長的多麼相像啊!」她按照傳統的禮儀飲酒,祭天、地、祖先。和初次見面的親戚同坐時,由於她的出現,背後亦有太多的線索,引人想起自己的長輩而掩面拭淚。回鄉之旅中,終於有一天她在年輕族親的協助下找到了從小聽過無數次的「希喇穆倫河」。她赤腳站在冰冽的河水中,俯首掬飲源頭水,「我終於在母親的土地上尋回了一個完整的自己」。「生命自此再無缺憾——感謝上蒼的厚賜」。宛如完成瓦歷斯・諾幹早已宣告的鮭魚溯河之旅,

> 也許我們是一條條放牧的鮭魚
> 那一天把洶湧的、冰冷的和
> 黑暗的浪潮統統還給大海
> 沿來時的路回到最初的源頭
>
> (〈迷魚〉,《泰雅孩子・臺灣心》,頁40)

席慕蓉也有自己的新認知:「還鄉並不是旅程的終點,反而是條探索長路的起點,千種求知的願望從此鋪展開去」(〈黑森林〉,《江山有待》,頁205)。

席慕蓉返鄉之後,繞著她悲喜交加的返鄉主題寫了一年,出版了《我的家在高原上》,序文的題目,即以蒙古文和漢文同時寫著:「我手中有筆」。回到臺灣之後,她的筆帶領讀者和她自己不斷地而且更深刻地尋找蒙古,述說蒙古。同樣,身在原鄉,心繫族人的的瓦歷斯‧諾幹其實也就「番刀出鞘」地,設法化為歷史的刀筆,一直刻寫個不停,他接受魏貽君訪問時說道:「希望藉由作品不斷見報,能夠改善原住民的社會地位,……可是,我發現這樣拚命寫了兩三年,好像一點回應卻沒有……」[9]。他們的書寫是否增加了「民族與民族之間的了解」,並不易計量,席慕蓉在書末虔誠地寫到:「筆的力量實在微不足道,我還是要慢慢寫下去」,去解開歷史的迷霧,以及為族人寫出願景。

三 歷史的迷霧

「霧漸漸散去的時候」,文學的精純價值與族群的生命史就會顯現真貌,從一八九五年到一九九五年,或一九四五年到一九九五年,每逢近當代的百年文化回顧、或五十年之文化回顧中,臺灣文學對漢人生命史而言,的確有著各種花果根葉的成績。[10]然而對泰雅或其他原住民而言,霧陣並不見得因時代的推移,就那麼容易消散。常在瓦歷斯‧諾幹的詩中見到這樣的句子:

---

9 見《想念族人》附錄。

10 齊邦媛:《霧漸漸散的時候:臺灣文學五十年》(臺北市:九歌出版社,1998年)。

假如歷史是雪

原住民的苦難則尚未融化

　　　　　（〈庚午霧社行之三，山頭有雪〉，《想念族人》，頁90）

霧社的霧依然升起

歷史如夢，有沉重的黑夜

　　　　　　（〈關於1930年‧霧社〉，《想念族人》，頁85）

圍繞部落的並非只是山霧

我推開窗戶望見微微顫動的歷史

　　　　　　　　（〈山霧〉，《想念族人》，頁110）

每次回頭西望，潺潺流水

流不盡百年前遺失的史實。

……

當泰雅成了島嶼的逐客

誰故意遺忘了歷史，不是風聲。

　　　　　　　（〈每次回頭西望〉，《想念族人》，頁49）

最難承受歷史的夢魘侵逼

混亂的時空、錯置的景象

　　　　　（〈庚午霧社行之一，冬之眠〉，《想念族人》，頁86）

等待是我們最後的武器

……

把一顆顆的淚水取下，深深埋藏

多年以後，它們將次第發芽──

……

等待是凝聚離散的種子破損的意志

等待是集合受傷的土地失怙的人群

（〈等待〉，《伊能再踏查》，頁26）

席慕蓉也寫著，

不能穿越的

是我心中的迷霧

（〈大霧〉，《邊緣光影》，頁154）

總是在尋找著歸屬的位置

雖然

漂浮一直是我的名字

（〈鹽漂浮草〉，《邊緣光影》，頁138）

用沉默去掩埋一生的錯愕

用漂泊來彰顯故鄉

（〈顛倒四行〉，《邊緣光影》，頁160）

永生的蒼天　請賜給我們

忍耐和等待的勇氣　求祢讓這高原上的

每一顆草籽和每一個孩子都能知道

枯萎不是絕滅，低頭也絕不等於服從

（〈高高的騰格里〉，《邊緣光影》，頁148）

他們「流浪」、「漂泊」、或「遷徙」，用「沉默」、「遺忘」和「等待」，來面對別人書寫的歷史中泰雅或蒙古的模糊面貌，以及歷史上的傷痕，血淚和屈辱。

十三世紀之後的蒙古人，在忽必烈所建立的元帝國朝廷被漢人復起打敗後，就在我們的歷史概念中失去了蹤跡。與明代並存的北元黯淡無光，被清廷先後征服的戈壁南北的蒙古，更分別形成蒙古人心中的刺痛，卻是中國人隨意稱呼為內蒙、外蒙的邊疆。

不要說對於中原幾千年來北方草原上的鄰人，如秦漢以來的匈奴，南北朝的鮮卑，隋唐代的突厥，兩宋時的契丹、女真等各族系及疆域都是怎麼樣的更迭興替，那大片土地上的生態、習俗與文物又都有些什麼特色，也是相當陌生；對於近代史上幾百年來的強權者蘇俄、中國及日本又都在政治和文化上對這片土地和族群做過些什麼樣的箝制或高壓，恐怕也很少人了解或關心。歷史常是勝利一方的獨白，對尚且有一個蒙古國的蒙古人，或在中華人民共和國制度下的內蒙古自治區，從多數變為少數的蒙古族是如此，對於在臺灣歷遭侵占和剿擊的九萬泰雅人更是如此。

與漢人的文化傳統（包括血統、語言、信仰、社會制度及生活方式等等）迥然不同的臺灣原住民，早在六、七千年前就活躍於臺灣的平原和山麓，其中泰雅族也是較早的族群之一，在中、北部大約海拔五百公尺到一千五百公尺的山岳，生活了至少也有五千年，他們的族名 Atayal 就是人，真人、勇敢的人的意思。

泰雅和蒙古，同樣以擁有勇猛、強悍、不屈不撓的性格聞名於外族。清廷道員林朝棟，奉劉銘傳之命率軍渡過大安溪，進攻泰雅北勢群，也就是瓦歷斯・諾幹祖居之處，兩千人遭到埋伏，折損七、八百人而返。泰雅部落所在的平臺就叫「埋伏坪」，是漢人紀念客家墾戶和「棟字營」在此遭到埋伏而來。

　　而馬偕博士來到此處時，說泰雅人有「風的意志」，就如同歐洲人形容成吉思汗鐵騎的速度和猛烈吧。而伊能嘉矩初渡大安溪，走上泰雅奇險的竹橋，也寫下過他的驚嘆。日本佔領臺灣的五十年中，曾遭遇漢人和原住民頑強的抵抗，泰雅族卻是臺灣武裝抗日中最長久也是最慘烈的。從一八九六年到一九三〇年，三十五年間不下一百五十次的大小事件，日人用臼砲、飛機、毒氣、地雷、電流鐵絲網等強大的武力和龐大的人力，對付「凶番」泰雅及賽德克亞族，每一出動，日方死傷無算，而結果泰雅等也遭遇到強迫遷村，集體屠殺或自殺，以及全面性的封殺傳統祭典，當然是元氣大傷。留給漢人社會的，恐怕只有一個一知半解的霧社事件。為此，瓦歷斯‧諾幹較後期（如多首收在《伊能再踏查》詩集中的）詩作，常在詩後為讀者加上註腳，簡扼卻生動地解釋許多漢讀者感到陌生的人名、地名、掌故，和泰雅文化，免得讓原住民的歷史「在風中掩面疾哭」：

> 部落的歷史在夢魘裡輾轉反側，
> ……
> 苦難的靈魂，在浩瀚的書冊裡
> 只留下野蠻的模糊面貌，
> 歷史的灰塵從來不吝惜停留。
>
> （〈在風中掩面疾哭〉，《伊能再踏查》，頁54）

近代的第二次世界大戰，包括之前及其後，蒙古人和泰雅人皆被捲入，兩位作者對族人的「想念」，起於一個個道不盡，講不完的故事，更由於族群全面性的創傷，無論是中、日的征戰權奪，或是德、俄的攻防戰壘，席慕蓉的親長和族人都成了被騙殺擄虐的對象。時而承認過後又否決蒙古人建國自主或自治與否的荒謬劇，在強權國之間

也上演了幾十年，接下來的資源掠奪，殘害菁英的行為，就是蒙古人流離和受苦的源頭。

瓦歷斯‧諾幹的族人也難逃被送到南洋，成為一場不屬於自己的戰爭的犧牲者，一九四〇年三月，整個臺中州原住民青年三十二個團體，一千八百餘人組成「高砂族聯合青年團」，之後他部族中的長輩、親戚就披掛著「武運昌隆」的紅彩帶，在東勢留影後出發，成為「高砂義勇軍」。

在他的詩集《想念族人》中，家族第三〈三代〉、第七〈最後的日本軍伕〉、第八〈清明〉、第九〈終戰〉、第十〈穿山甲〉，寫的都是從太平洋戰爭回來後，扭曲而受傷的生命，詩中的人物經常沉默、緊張、甚至精神不太正常，孫輩對他們的經歷並不能完全體貼或了解，詩人也是到國中時才第一次看到地圖上的「南洋」，要他們如何追索長輩的心境呢？

〈清明〉中：

> 我們決定穿越芒草，跑步到適合對話的空曠的沼澤，讓聲音漸漸溶解如歷史，梅雨卻沒有為我們搭築橋梁。我們靜靜穿過芒草，細心揣摩你在南洋奮戰的經過，春天始終並不曾佩戴在你太陽旗的袖口。必定後悔不該隨便成為小日本步兵班長。所以我們穿過芒草，讓肌膚親臨等溫的屈辱，來到沼澤中心繼續接受責難。梅雨並沒有⋯⋯顯得沉默而哀傷的梅雨是否寄出責難的信？我們張望，卻聽不見。

即使是在家鄉柔和的霧雨迷濛中，一切都沒有發生，心中事從未解碼。老一輩的族人為什麼沉默、哀傷，下一代如何體會、承接過往的屈辱，或光榮或傷痛？並自覺應受到責難。在祭祖悼亡的「清明」，

遠離先人的新生代是如此無奈與無力。

對照席慕蓉在〈飄蓬〉、〈舊日的故事〉等文中，以及詩作〈雙城記〉和〈大霧〉等首中，也表達過她無法解碼的心中疑團，沉重的面對她的外婆、母親、父親的如何滿懷希望、夢想，卻只能漂泊、流離，卻在邊緣上度過一生的無力與無奈。

瓦歷斯・諾幹在〈家族第五〉中寫他的祖母，「終日搬一張椅子佔據大門出口晒陽光／遇雨的日子就爬上小閣樓的窗口凝望／那模糊已極的冬日雨景。」

雖然，全世界各個種族都可能擁有這樣一位永恆的老祖母，瓦歷斯・諾幹卻更在〈家族第四〉中，不僅為祖母寫出那深邃，衰老的期盼，此詩更可作為家族史與族群命運相貼合的一種無聲的呼喊。

> 某個秋日黃昏，祖母牽著我的右手
> 忽然感到莫名的不安。當我們越過
> 無人的樹林，抬著頭試圖微笑著卻
> 突然僵住的我，聽到祖母凝望一棵
> 野生的半枯的棕樹輕輕呼喚祖父的
> 小名，忽然一張悲戚的容顏像天空
> 一角湧動的烏雲不斷地不斷地撲來
>
> 多年以後當我重新來到祖母的墳塋
> 早已熟悉的臺灣近代史隨著秋日的
> 晚風，一字一句地白底黑字突然自
> 墳塋中央迅速飛奔，直到黯夜完全
> 暗下。

百年史事的動態濃縮在兩段幾乎靜謐無聲的畫境之中，童年與祖母在樹林中慟然記起祖父的瞬間，與成年後在祖母墳前的理性懷想，情念神馳又倏忽貼合，祖母生前死後兩段相繼出現的並陳力量，加上從黃昏到烏雲撲來的光影，從晚風到黯夜全下的鉅變，令人不忍卒讀，更不忍釋卷。

〈家族十一〉是面對現實的新生代，眼看「老人依舊醉臥草叢／小孩守著電視守著黑夜／……／男的當船員鷹架工／女的躲在都市一角」，知道自己沒法子像其他年輕人一樣，過著事不關己的日子。就如席慕蓉所言說的境況：

> 取走了我們的血　取走了我們的骨
> 取走了我們的森林和湖泊　取走了
> 草原上最後一層沃土
> 取走了每一段歷史裡的真相
> 取走了每一首歌裡的盼望
> 還要　再來　取走我們男孩開闊的心胸
> 取走我們女孩光輝燦爛的笑容
>
> （〈高高的騰格里〉，《邊緣光影》，頁148）

那麼心懷理想的原住民青年，能為部落做什麼？能有什麼力量對抗多數的漠視與壓力？對抗不公平、無正義的體制，以及族人本身得不到尊嚴和失去信念？甚至失去面貌和靈魂？如果什麼都做不到，還好，還有他自己，瓦歷斯・諾幹在〈家族第十二 ── 如果我死在部落〉就是一首發自對族群生命絕望的溫柔的輕歌，

> 如果我死在部落

親愛的，請為我高興。
遠涉都會的泰雅女孩
假如受到不義的屈辱
請你帶回部落的土地上
誠實的泥土將為你療傷。

如果我死在部落
親愛的，請為我欣喜。
遠遊都會的泰雅男孩
假如受到不平的創傷
請你帶回部落的土地上
故鄉的泥土將為你治癒。

在黑暗潮濕的地層下
我將化成土地的養分

此詩與排灣族詩人莫那能名作〈鐘聲響起時〉可並稱為世上在絕望中謳歌的絕唱。而瓦歷斯‧諾幹詩中的聲音雖然卑微，愈顯出蘊含在屈辱絕滅之內的一絲再生的希望，來自對部落族群的誠敬，對族中同輩的親愛體貼與包容。就如〈部落之愛〉中，他寫道：以「灰燼般的」、「憐蛾般」或「螳螂般的」愛，擁抱、碰撞、承受「垂老得失去華顏的老婦」般的部落。（《想念族人》，頁124）

卑微的聲音也同樣來自席慕蓉：

我依然渴望
一點點的牽連

一點點的默許
一塊可以彼此靠近的土地
讓我生
讓我死
⋯⋯
在迎風的岩礁上
讓我用愛來繁殖

（〈鹽漂浮草〉，《邊緣光影》，頁138）

他們也都希望重寫歷史，改寫現實。

他們告訴我⋯⋯唐朝的時候／一匹北方的馬換四十匹絹／我今
天空有四十年的時光／要向誰去／要向誰去換回那一片／北方
的　草原

（〈交易〉，《邊緣光影》，頁132）

有誰能再給泰雅百年前的歲月？
有誰能再給泰雅百年前的平原？

（〈每次回頭西望〉，《想念族人》，頁49）

甚至希望一切能重新開始，

整個世界還藏著許多新鮮的明日／還藏著許多許多／未知的
故事

（〈烏里雅蘇臺〉，《邊緣光影》，頁136）

　　　那時，我們又重回到歷史的起點／天還未明，島嶼仍在沉睡。

　　　　　　　　　（〈在想像的部落〉，《伊能再踏查》，頁62）

　　有時願望是單純的，輕小的：「多希望時光能重回，我仍是那個四、五歲的幼兒，可以唱一首首的蒙古歌」（〈飄蓬〉，《有一首歌》，頁70）。瓦歷斯‧諾幹也這樣說：「假如給我這樣的教育」，唱歌、雕刻、寫作、作曲、跳舞、喝酒、講話、說故事種種都是原住民的，「我希望馬上變成小孩，先學習做個泰雅人」。他很清楚地表述本身身分認同的層次，以及他所致力對抗的是加諸於自身族群的漠視、偏見或錯解，而不是相對地去對付或仇視另外「族群」，「進而成為愛鄉愛土的臺灣人，也才有條件成為健全的社會人」。（〈重回泰雅〉，《戴墨鏡的飛鼠》，頁38）

　　為下一代重建了歷史的未來，不僅會有清新的開始，更有壯闊的前景。

　　席慕蓉在高原上和她兩個稚齡的姪孫女，用簡略的蒙古單字交談，聽她倆細聲唱起歌謠，就覺得，對失去母語的她，世界已經不那麼絕望。牽著一個叫薩如拉（意為明亮），另一個叫通戈拉格（意為清澈）的小女孩的手，在草原上奔跑，補償了她自己不能在草原上生長的憾痛，「土地還在，親人還在，幼小的孩子們還會一天一天地慢慢長大」，幾代未竟之夢，「將來會以不同的方式由他們實現也說不定」。（〈薩如拉，明亮的光〉，《我的家在高原上》，頁111）

　　也無怪，瓦歷斯‧諾幹對班上的同學上課時，若是問幾個部落附近景點的歷史實況，學生們清脆大聲回答之後，瓦歷斯‧諾幹「就覺得這一日的課室豐富已極」。（見〈散步在原鄉〉，《迷霧之旅》，頁90）

　　席慕蓉和瓦歷斯‧諾幹一樣，他們的教學專職，使他們的文字裡充滿了無數篇章對於學生，對年輕的心貼近，有著孩子的天真、信

賴、快樂、擔心以及他們都厭惡的制式，都看重的個別差異。瓦歷斯·諾幹《山是一所學校》詩集，到《番人之眼》及更近期的《迷霧之旅》兩本散文集，其中孩童們的容顏、聲音，讓人讀來更覺希望十足，也讓人更尊敬這個受盡傷害，征伐的族群。

他們透露的這種對孩童的珍惜和呵護，來自山林或草原生活傳統，然而更重要的是未來世代的蒙古和泰雅，該有機會從歷史的迷霧和黑夜中走出來，與居住在一起的其他族群，對天地之間的「我」，和「我們」，擁有同樣平衡的理解和憧憬。

四 認同的令名

認同，和溝通、接納、交往或擁抱一樣，最好有著雙向同等的互動。兩位作家對臺灣的認同，都有發乎自然的各種因素，也各自在筆下寫得十分周致。

《泰雅孩子·臺灣心》就是瓦歷斯·諾幹自己用電腦排版，自費出版的詩集的題名，收錄他一九八五年至一九九〇年之間的作品；有著他對整個臺灣政治與現實的了解，對其他族裔和文化背景的人群對臺灣的付出與關懷的共鳴。席慕蓉也十足是一個「臺灣蒙古人」，她寫過無數情深意遠的臺灣景物山水和「人」，也寫出在這個家園的生活態度和生命經驗。其實他們兩位都珍重看待生命中的人，他們寫過各種各樣詩友、親長、鄰人或相熟與不識之人，情懷和議題亦常有共鳴。筆下突出的人物之一是英年早逝的鄒族青年領袖高英輝，不約而同地，兩位作家分別為文紀念了他在祭儀傳承中煥發如鷹的風度和悠遠莊嚴的歌聲。

席慕蓉也曾為文呼籲不要蓋發電廠，不要讓太魯閣枯竭，不要使一代又一代的年輕人失去對美景的感動。她甚至為國內修車廠的檢修

服務伸張正義，不惜寫一封投書去和崇洋貶臺的陌生人理論。對於她生活大半輩子的島嶼，「我所有的記憶都與這島嶼有著關聯」，她要繼續走下去，帶著熟悉和了解，繼續參與，她點名了自己的「選擇」與「堅持」。

這是一九八五年結集的《寫給幸福》中的臺灣情感，和她回到原鄉蒙古之後的「心」並無二致；她第一次看到高原上的日出、日落，聽到馬頭琴和牧歌，讀到蒙古現代詩人的詩篇，「在最初的狂喜之後，緊跟著的念頭就是想要在回去的時候，說給臺灣的朋友聽」，如此「心中所有的感動才能穩定，才能成行」。站在無邊無際的大草原上，她了解「一個小小的南方島嶼，是怎樣親切地端坐在我心中」。

誠然，國中時代的席慕蓉和瓦歷斯・諾幹都有過在課堂上因為自己的長相、籍貫而被分類，而引起班上同學的排斥和羞辱的經驗。所有他人對自己族群「野蠻」、「落後」、「怪異」的歷史想像，其實是一直背負在身上的「污名」。在這南方島嶼，泰雅歷經「番仔」、「黥面番」、「雞爪番」、「高砂族」、「山地人」以及「山地同胞」。在那北方草原，蒙古人也經歷了「玁狁」、「匈奴」、「乃蠻」、「韃靼」，到「少數民族」、「邊疆民族」等等，譯音的選字，代表觀點和價值，名稱的定義，更透露了權力和思想。他們家鄉的名字都曾被一改再改，「明安」，蒙文的意思是一千隻羊，就是羊多草肥的地方，現在這個名字地圖上已經找不到的；Mihu和許多原住民的家鄉一樣，都頂著仁愛、信義、自由、和平這樣的名字，至今仍是。泰雅北勢群和察哈爾盟明安旗的「民風強悍」，只能說是常被改名的結果，對異族文化和別人世居土地的不尊重才是原因。

瓦歷斯・諾幹的詩文中對 Mihu 原名的堅持與稱頌，亦佔相當的比重，然而抗議與憤怒皆已過去，現在他們已對「他者」的立場，有著另一層次的了解。席慕蓉曾寫〈疑問〉等文道盡她對「污名」在教

育上的污染（《大雁之歌》，頁106）。到二〇〇〇年她又寫了〈誠實的紀錄〉，她寧可接受中原與北方長期共存及為敵的狀況下所寫出「胡虜」之野蠻，而不能接受中國學者硬要將「少數民族」拗進一個「自古以來」就「統一的多民族國家」。她開始領會「歷史的本質」，應是各自「誠實的紀錄」，她願意悉知「昨日曾經為敵，才能知道今日如何為友」。

失去的疆域，失去的主權，是讀史必要尋找的線索，失去了對過去歷史的詮釋權，才是她的最在意。免得「我們所知道的歷史永遠只是編寫歷史的這一群人的歷史」，瓦歷斯・諾幹也曾如是說；「要通過線索，證據」來寫自己的歷史。他也一樣，對隘勇線等等的防堵及侵略紀錄，他不再在意，「沒有記憶才是最糟糕的」，寬心自在的去大聲回應、討論對埋伏坪這一類的名稱，早就沒有因字義上凜然的「殺戮想像」而「升起毛毛的不快之感」（〈歡喜埋伏坪〉，《番人之眼》，頁170），他遍覽過去百年的史料，從漢人、日人的紀錄「耙梳字裡行間透露著平凡而真實的族人的興衰」。因為漢人對原住民的侵占史，就是原住民的大撤退史，「通過被喚醒的記憶，使我們正視腳踩的每一畝土地」。對原住民如是，對漢族，對目前所有強勢和多數亦如是。

「少數民族」蒙古族在全世界約有八百萬人。獨立的蒙古國內有兩百多萬，內蒙古自治區內有三百多萬，但相對於漢人大量移民在內蒙古落戶的兩千四百多萬人，中國內蒙的蒙古族就成了少數。臺灣的原住民約四十一萬人，佔臺灣總人口不到百分之二，其中泰雅族約有九萬人，算原住民各族中的第二名。少數與多數又有什麼關係？如果認識夠深，「彼此相容」，是能相安無事的（〈少數與多數〉，《大雁之歌》，頁238）。然而漢人大量移民、濫墾，將游牧草原硬變為農耕地，使草原沙化，也造成幾百年來蒙古的「風飛沙」，演變為今日的「沙塵暴」。在臺灣也是一樣，大量移民及不當興建，到原住民的山

林之中，開山濫墾等諸種流弊，改變原始生態，如今到處發生的「土石流」，就是大地反撲的事實。無人在意長久累積與大自然共同生存了千百年的少數民族或原住民的意見和智慧，土地被毀壞之後，共同居住在一起的多數和少數都受到殃害，當然受害最深的還是最邊疆、最邊緣的，或最少數的原住民。

瓦歷斯‧諾幹為蘭嶼的四千位達悟（雅美）人在一九八二年所「分享」到的十萬多桶核能廢料，寫過〈在蘭嶼〉（《想念族人》，頁61），並在〈伊能再踏查〉等首詩作中再三寫出其中的荒謬不堪與文明世界的「粗暴」、「野蠻」。席慕蓉也不只一次提到中華人民共和國與西德簽約，在一九八七年把四千噸的核能廢料埋進戈壁灘，「也把深沉的劇痛埋進每一個蒙古人的心中。我們的戈壁是在那一個夏天逝去的，從此永不復返。」（〈夜渡戈壁〉，《江山有待》，頁194）

當少數和多數相遇，且必將共同相處的時候，如何讓多數的統治者不要再犯更多的錯誤，可能是兩位作者所期許於漢人閱讀者，喚醒共同的掌權者，和影響大社會中思考問題、協助解決問題的人的要項。而認同，才不是單向的。

泰雅和蒙古生活傳統中，無盡的生命經驗和生存之道都由前人和智者代代傳遞，以繁衍子孫，興旺族群；因此他們敬重長輩、珍惜孩童，而祖宗的訓示和部落共同遵守的禮義法則，是兩位作家筆下全心所嚮往的人與人之間，和人與自然之間的紀律和節制。

然而在現代臺灣社會邊緣的泰雅，若無法守著部落，而離開家鄉到城市，除設法維護一家人的溫飽之外，仍然在尋求與社會主流的平衡點，以及高貴的心靈寄託。瓦歷斯‧諾幹曾藉著一個貨櫃搬運工，一個年輕的父親，訴說一個卑微而充滿人文情懷的夢境，題目就叫〈我的重量輕如鴻毛〉（《想念族人》，頁142）。

……
　　在筆直的高速公路上
　　我的重量輕如鴻毛
　　生命也微微地被搖撼
　　像嬰兒在搖籃內晃動著
　　深怕極微的失誤，突然
　　落在陌生而漆黑的荒漠
　　此時，我還能辨析昨夜
　　雙掌溫暖過的孩子嗎？
　　我還能夢到二十年後
　　因進學而爾雅的孩子嗎？

在起早摸黑，又全無保障的勞力付出中，為了家人的生活，只有遠離
部落，一方面寫他離鄉時，

　　我步下熟悉的產業道路
　　依然堅信還有一撮泰雅族人
　　尋幽撥草穿越迷離的霧陣

另一方面「他」躺在穿梭於各大都市的貨櫃車上，醒睡於不屬於他的
都市的街道，仍試著描摹心中對家人妻小的願望：

　　我有個泰雅族的妻子
　　在加工區上班，回家總得
　　燒飯，在刻板的生活裏
　　依然耐心詢察孩子的課業；

> 我有一個泰雅族的孩子
> 清晨越過天橋上小學
> 和所有的學童用國語發音
> 懂得攙扶跛腳的王美莉，
> 這兩人是我所有的希望。
> ……

山林中的泰雅青年，到都市中顛沛流離地討生活，雖然他仍然懷有對往昔的夢境，仍然堅信「祖先」和「最後的獵人」將會從歷史的迷霧中走出來，然而他自己、他的妻小，都已經從邊緣適應現代社會系統，都能在主流價值中生活和競爭。古老的部落隱隱然仍舊是他們的依憑，年輕的父親把希望寄託在「進學而爾雅的孩子」身上，能讀書，也懂得照顧弱勢，以及期盼有一天，能回到部落；不只是「凝視部落」，瓦歷斯‧諾幹說：「部落也在凝視著我們」。此詩雖仍以「見證我們永遠是／堅忍而優秀的族人」，作為結語，而全詩在過去與未來之間，在南北高速公路間，娓娓傾訴，卻流露出無限溫柔的人文胸懷。在今日臺灣，這種情調已很罕見。

多年後本身已成為三個小孩的父親的瓦歷斯‧諾幹，在一次獨宿墾丁之時，想念他的部落，及投宿附近朋友家的妻小，「還好，部落無事／……／還好，妻子無事／還好，女兒安睡／還好，有大武山」（〈來到陌生的墾丁〉，《伊能再踏查》，頁158）。然而飛曙已上小學，沒有請假跟父母出來，他具體的摹想：「他在部落小學讀二年級／不知道今天學什麼母語？／舞跳會了沒有？／假日是否上山看陷阱？九九乘法會不會使用？／童書臺灣史繪本讀了沒有？」這個泰雅小學生有著來自傳統的樂趣和負擔，母語、跳舞、學著做一個懂得「放夾子」捕動物的小獵人，擁有這樣的全人教育，出於泰雅爸爸的思念和

期許，也足以引起臺灣多族群社會更多家庭的認同。

〈Bei-Su 上小學〉（《伊能再踏查》，頁136）是瓦歷斯·諾幹為飛曙的大日子而寫的一首得獎之作；長子帶著媽媽送的「多功能鉛筆盒」，爸爸送的「小番刀」，和祖父更充滿想像和體悟的「一座八雅鞍部山脈當作獵場」為禮物去上學。臨出門時，媽媽叮嚀：「學習與每個小孩作朋友」，爸爸期盼：「學習用文字傳出泰雅的好名聲」，而祖父說出更雋永的學習：「成為一座山吧！」此詩得到教育部文藝獎，也許末四句更不容忽略：「Bei-Su 要與陽光一同上學／與千萬個臺灣的孩子一同邁出腳步／一同用力地／滾動地球。」然而在壯闊的圖象之內，祖父、母親、父親的聲音交會，反映了甚多從殊異到普同的價值觀。而〈蒙文課——內蒙古篇〉（《邊緣光影》，頁150）是席慕蓉常被不同性質的選本收入的名作，不僅從殊異與普同雙管入手，也寫到個人身上的普世價值及人間共有的美好嚮往，如何在群體的對立中消失。

> 斯琴是智慧　哈斯是玉
> 賽痕和高娃都等於美麗
> 如果我們把女兒叫做
> 斯琴高娃和哈斯高娃　其實
> 就一如你家的美慧和美玉
> ……
> 我們給男孩取名為奧魯絲溫巴特勒
> 你們也常常喜歡叫他　國雄

她從認識一個個蒙古名字和漢語名字開頭，命名中傳遞父母的心思，族人的願望。然而：

> 鄂慕格尼訥是悲傷　巴雅絲納是欣喜
> 海日楞是去愛　嘉嫩是去恨
> 如果你們是有悲有喜有血有肉的生命
> 我們難道就不是
> 有歌有淚有渴望也有夢想的靈魂

學習人人皆有的情感與反應，愛、恨、悲、喜等語詞後，從大家都擁有這樣有血有肉的生命，再進階認識異族與我族實則皆同享那精神境界更為豐沛，文化意涵更為複雜的歌、淚、渴望與夢想。

到了第四段後，這些祖先曾獨有，人與自然彼此曾善待的「蒼天」、「大地」、「高原草場」一一出現，即為到了後世也必須與各族人群共用的疆域，卻刺眼痛心地必須學到「消滅」、「毀壞」，以及「尼勒布蘇無盡的淚」，因為對他人，他地、他者併吞、侵占、輕賤的結果，則是相異相對者終皆面對生存空間的毀滅，「一切的美好成灰」的慘痛苦果。

也許「少數民族」在面對存亡接續時才會發出像席慕蓉在〈黑森林〉（《我的家在高原上》，頁208）那樣的吶喊：「要怎樣的堅持才可以讓草原重生？讓森林再現？讓我們重新擁有那曾經是多麼豐饒又美麗的家園？」但如果多數如少數一樣看清曾因強勢而擁有的大地的現實景況，聽到蒙文課語言裡更悲涼壓抑的聲調，因而也孳生如此強烈的心願，那麼人類何處不能重建回歸自然的美麗家園？

瓦歷斯‧諾幹在九二一之後為震傷的家園寫出五十幾首尚未發表的詩作。到了今天，浩劫和驚恐逐漸交疊淡出於更多災難與不安之外，這些顫抖的聲音、深情的關注、和面對大自然虔誠又親切的反省，是能成為吾人一時的善念之後，更多永續「善後」的思考與作為嗎？

　　臺灣原住民各部落中有不少有關矮黑人存在的傳說、遺址和紀錄。較著名的賽夏族矮靈祭的版本外，布農族作家拓拔斯‧塔瑪匹瑪（田雅各）在小說〈侏儒族〉中，對乘桴浮於海的矮人發出悔恨、省思和警語，「我們好像也一天比一天矮了，到後來，會不會，也只到別人的肚臍眼呢？」族群競爭、衝突之後，異己如何共存？從這些少數，或所謂邊緣身分，卻又發揮自身雙重文化特質的作者身上，以及他們為族人與鄰人書寫的筆下所見，若互相尊重，共同珍惜，並能進而彼此認同，幸運的話，拓跋斯‧塔瑪匹瑪的提示和警告或許能免於發生。

　　席慕蓉最近的一首詩〈旁聽生〉（載二○○一年九月二十三日《聯合報》副刊）中，自稱在「故鄉」的課堂裡是個沒有學籍、沒有課本，遲來的旁聽生。

　　　　只能在最邊遠的位置上靜靜張望
　　　　觀看一叢飛燕草如何茁生於曠野
　　　　一群奔馳而過的野馬　如何
　　　　在我突然湧出的熱淚裡
　　　　影影綽綽地融入夕暮間的霞光

雖然她仍然渴求「山河的記憶」或擁有「記憶的山河」，但對於這位遲來的旁聽生，她在邊緣，「慎重而堅持地」返回故鄉的歷史與文化，仍然值得所有的族群的羨慕和欽佩。瓦歷斯‧諾幹不是也說：「只要認為是自己的部落，他就會住在一寸見方的心房，你走到哪裡，部落就跟著到哪裡。」（〈Mihu 部落〉，《番人之眼》，頁112）

　　最後，在此覽讀瓦歷斯‧諾幹所寫〈回到世居的所在〉（《伊能再踏查》，頁190），他描述一趟從臺灣北中部到南部，再繞向東臺灣而

北上的精神旅途。從他「在溪谷腰帶的部落，有人看到／千年以前傳遞的光影」開始，那是他眼中所見泰雅家鄉群山之間不同的自然色塊交織而成的符碼，「有人說那是黥面，我說那是／山靈的魂魄。」接著是平埔的西拉雅人彷彿還留在嘉南平原田疇間的氣息，大武山、花東縱谷、蘭陽平原的其他族群，如 Pujuna（普悠瑪，即卑南族）與 Bantsa（邦查，即阿美族）與噶瑪蘭等，一地一處隱然涵蓋了祖靈的護祐，後世的流散，古老部落的消失，而傳統尚武訓練「激越的刺擊聲」，阿美老人從東海岸一直傳唱到亞特蘭大（指一九九六年奧運會的傳播片頭）的歌聲，又間雜出現在海山地名與族群更迭的議題意象之間，一直寫到臺北市，有一條「忽忽墜落城市中心」的「凱達格蘭大道。」

　　這首詩結合歷史的腳蹤和現實的魅影，從頭到尾描繪令席慕蓉和讀者動心、欽羨的充滿記憶的山河：

　　　　讓我們回到世居的所在
　　　　像河流溯回山林的窗前
　　　　讓雲豹棲息森林
　　　　像落葉融入根部底處
　　　　回到世居的所在
　　　　讓我們擦亮生鏽的名字
　　　　一如鷹隼擦亮天空的眼睛

兩位詩人筆下的文學願景，他們從原鄉及歷史的殘缺中所面對，所了然於胸的體悟和希望，是否能取代得了現實中可望而不可即的願景？答案在當前這個複雜而冷酷的政經情勢及戰事對立中變得更難掌握。對於邊緣的光影而言，至少有部分可取決於人們無法自外於這種文學

經驗所喚醒的省思或感動。對於身為多數的讀者，如漢人而言，認識
原住民的原鄉及歷史，或認識其他任何一個個族群的原鄉及歷史，在
今日世界中，不但也是認識自己的一部分，而經由文學所引發的對家
鄉、故土、族人、母語及文化意涵中的一切生命需求與生命態度，難
道不是人們所共同追求的普世價值？

參考文獻

巴蘇亞・博伊哲努（蒲忠成）　《臺灣原住民的口傳文學》　臺北市
　　常民文化出版社　1996年

巴蘇亞・博伊哲努（蒲忠成）　《敘事性口傳文學的表述》　臺北市
　　里仁書局　2000年

王嵩山　《臺灣原住民的社會與文化》　臺北市　聯經出版事業公司
　　2001年

　　《阿里山鄒族的歷史與政治》　臺北縣　稻鄉出版社　1990年

王嵩音　《臺灣原住民與新聞媒介》　臺北市　時英出版社　1998年

尤稀・達袞（孔文吉）　《讓我的同胞知道》　臺中市　晨星出版社
　　1993年

瓦歷斯・諾幹　《永遠的部落》　臺中市　晨星出版社　1990年

瓦歷斯・諾幹　《荒野的呼喚》　臺中市　晨星出版社　1992年

瓦歷斯・諾幹　《番刀出鞘》　臺北縣板橋市　稻鄉出版社　1992年

瓦歷斯・諾幹　《想念族人》　臺中市　晨星出版社　1994年

瓦歷斯・諾幹　《山是一座學校》　臺中縣　臺中縣立文化中心
　　1994年

瓦歷斯・諾幹　《泰雅孩子・臺灣心》　臺中縣　臺灣原住民人文研
　　究中心　1994年

瓦歷斯・諾幹　《戴墨鏡的飛鼠》　臺中市　晨星出版社　1997年

瓦歷斯・諾幹　《番人之眼》　臺中市　晨星出版社　1999年

瓦歷斯・諾幹　《伊能再踏查》　臺中市　晨星出版社　1999年

瓦歷斯・諾幹　《迷霧之旅》　臺中市　晨星出版社　2003年

伊能嘉矩原著　楊南郡譯註　《臺灣踏查日記》　臺北市　遠流出版
　　社　1996年

利格拉樂・阿𡠅　《誰來穿我織的美麗衣裳》　臺中市　晨星出版社　1996年

利格拉樂・阿𡠅　《紅嘴巴的VuVu》　臺中市　晨星出版社　1997年

李壬癸　《臺灣南島民族的族群與遷徙》　臺北市　常民文化出版社　1997年

李順仁、黃提銘、林秀美主編　《族群的對話》　臺北市　常民文化出版社　1996年

依憂樹・博伊哲努（蒲忠勇）　《臺灣鄒族生活智慧》　臺北市　常民文化出版社　1997年

拓拔斯・塔瑪匹瑪（田雅各）　《最後的獵人》　臺中市　晨星出版社　1987年

孫大川　《山海世界》　臺北市　聯合文學出版社　2000年

孫大川　《夾縫中的族群建構》　臺北市　聯合文學出版社　2000年

席慕蓉　《七里香》　臺北市　大地出版社　1981年

席慕蓉　《成長的痕跡》　臺北市　爾雅出版社　1982年

席慕蓉　《無怨的青春》　臺北市　大地出版社　1983年

席慕蓉　《有一首歌》　臺北市　洪範書店　1983年

席慕蓉　《寫給幸福》　臺北市　爾雅出版社　1985年

席慕蓉　《時光九篇》　臺北市　爾雅出版社　1987年

席慕蓉　《在那遙遠的地方》　臺北市　圓神出版社　1988年

席慕蓉　《我的家在高原上》　臺北市　圓神出版社　1990年

席慕蓉　《江山有待》　臺北市　洪範書店　1991年

席慕蓉　《河流之歌》　臺北市　臺灣東華書局　1992年

席慕蓉　《寫生者》（新版）　臺北市　洪範書店　1994年

席慕蓉　《黃羊・玫瑰・飛魚》　臺北市　爾雅出版社　1996年

席慕蓉　《大雁之歌》　臺北市　皇冠文化出版公司　1997年

席慕蓉　《邊緣光影》　臺北市　爾雅出版社　1999年

席慕蓉　《席慕蓉‧世紀詩選》　臺北市　爾雅出版社　2000年

席慕蓉　《金色的馬鞍》　臺北市　九歌出版社　2002年

莫那能　《美麗的稻穗》　臺中市　晨星出版社　1989年

游霸士‧撓給赫（田敏忠）　《天狗部落之歌》　臺中市　晨星出版
　　社　1995年

達西烏拉灣‧畢馬（田哲益）　《臺灣的原住民：泰雅族》　臺北市
　　臺原出版社　2001年

齊邦媛　《霧漸漸散的時候：臺灣文學五十年》　臺北市　九歌出版
　　社　1998年

鄧相揚　《霧社事件》　臺北市　玉山社出版事業公司　1998年

鄧相揚　《風中緋櫻：霧社事件真相及花崗初子的故事》　臺北市
　　玉山社出版事業公司　2000年

謝世忠　《認同的污名：臺灣原住民的族群變遷》　臺北市　自立晚
　　報社　1987年

窗內，花香襲人
——席慕蓉詩作「花」的意象研究

李癸雲

清華大學臺灣文學研究所教授

摘要

　　本文從「花」的原型涵義出發，整理成三種意象的情感投射內容，以此呼應席慕蓉詩歌裡花的意象之使用，進而剖析席慕蓉慣用意象的幾點意義、詩人的風格之形成、花的意象與女性書寫，最後重新審視席詩的既有評價。本文試圖提出女性書寫的力道未必得仿效陽剛，女性作家所提供的意義也不必然指涉權力符號，或追求繁複與理性，可以只是提醒自然的秩序，人心的結構，力求閱讀行為裡的交感互生。

關鍵詞　席慕蓉、意象研究、花的象徵、女性詩歌

窗外園中，有四季花樹，都是他在辛勤照料。

窗內，在偌大的居所裡，逐日，逐年，他慢慢騰空了

每一間房間，然後，再慢慢騰空了每一個抽屜。

臥室裡，空空的白牆，只有一張床。一個古老的木

製書架上放了幾本，她的詩集。

窗外，有豐富的四季。[1]

　　　　　　　　　　　　　　　　　——席慕蓉〈四季〉

一　前言

　　文學中的意象，呈現文學創作者的心靈與語言風格，意象研究是摸索作家心靈結構和風格形成的一種可能方式，因此本文欲聚焦於討論席慕蓉詩中花的意象的使用，由此將探究其詩主題與風格的相關問題。詩的意象群使用與作家風格，有著無法切割的關聯性，以席慕蓉為例，她常被以柔弱、傷逝、愛情至上等風格來評價，這與席詩常用的花、樹、月、歌等意象，有隱然相關的線索。本文因篇幅限制，只就席詩最頻繁使用的花的意象來作探討，應已能窺測其風格之基調，並希望能對其風格有更深入的了解與分析。

　　論證意象的主體影射，也是本文立意之所在。意與象的結合，心與物的互感此一文學表達的傳統，在中國文學裡，從最古老的詩歌總集《詩經》時代，就不斷被演練，當古人見花之嬌艷，不免道出：「桃之夭夭，灼灼其華。之子于歸，宜其室家」（〈周南‧桃夭〉）的人之比擬，或見樹上梅實漸熟漸少，女孩的年紀漸長，兩者起了和諧的共鳴，道出待嫁的焦慮（〈召南‧摽有梅〉）。這樣「比」和「興」

1　席慕蓉：《我摺疊著我的愛》（臺北市：圓神出版社，2005年），頁77。

的文學手法，是意象傳達的主要型態，將物作為譬喻，或作為聯想的觸媒，最後都不脫詩人主體的內心投射。

詩相對於其他文體，更是一種自我指涉意味濃厚、與現實縫隙較深的語言，可靈活的轉化外象來刻畫自己，自由的重構主體性。因此我們讀詩，在每個意象中都隨時可能遭遇作者的身影。詩人利用意象的隱喻、象徵，來自我抒發、思索主體、表達主體意識，這其中意象本身的原型影響力，傳達到讀者心裡時，「誰講到了原始意象誰就道出了一千個人的聲音，可以使人心醉神迷，為之傾倒。」[2]在討論席慕蓉自身的書寫問題之外，可順帶解釋暢銷的「席慕蓉現象」。沈奇以為：「在兩岸新詩界，恐怕沒有哪一位詩人像席慕蓉這樣，遭受閱讀之狂熱與批評之冷淡的尷尬境遇。」[3]其實批評者並不少，只是多數集中於其暢銷問題，以及幾首名詩的評析之上，對席慕蓉的觀感則大多偏重於前三本詩集的印象，關於青春，關於愛情，以及軟性的語調。因此本文認為可以透過觀察席詩單一意象的使用，放入此意象原型涵義內觀察，整理出幾種意象的情感投射內容，由此觀察意象與書寫的幾點意義、詩人的風格之形成、花的意象與女性書寫，最後重新審視席詩的既有評價。

二　花的象徵

大自然的事物經常成為詩人感發己身境遇的觸媒，以物象點出人心之內容是文學最普遍的手法。至於，選擇何物來隱喻主題，物象如

2　容格：〈論分析心理學與詩的關係〉，見葉舒憲選編：《神話——原型批評》（西安市：陝西師範大學出版社，1987年），頁100。

3　沈奇：〈邊緣光影佈清芬——重讀席慕蓉兼評其新詩集《迷途詩冊》〉，見席慕蓉：《迷途詩冊》（臺北市：圓神出版社，2002年），〈附錄〉，頁159。

何呈現，或者如何描繪物象和人心之吻合，此過程才是詩人風格與功力之所在。花草樹木等植物意象，所代表生命力和生育力的意義非常明顯，其所暗示的女性身分也相當常見。在中國古老詩歌《詩經》裡的運用即與婦女有密切的關係，「從中國文學發展史上來看，這些植物意象與女性的關係，或形或神，依微擬義，深具原創性，不僅成為女性意象，更成為文學母題。」[4]在埃及傳統藝術裡，主要的形象之一就是女神作為靈魂營養的樹，「但樹的母親身分不僅在於營養，還包括養育後代，而且太陽即為樹女神所生」[5]，因為在外形上，樹牢牢的栽植於土地之中，向上生長，並在空中舒展它的枝葉，為生命擋風遮雨，用果實餵美生命，果實繁多，有很強的生育力。樹的母親身分在現代詩裡最強烈的表現，莫如陳秀喜的〈嫩葉〉與〈覆葉〉了，她以生命樹的身分道出母親犧牲奉獻的精神。

當植物的象徵意義只集中於花時，生命力和生育力的涵義仍保留著，另外呈顯的具體意義卻有些變形：「女人與植物之間的關聯可以在人類象徵的全部階段中去尋找。靈魂作為花朵，作為蓮花、百合花和玫瑰，在厄琉西斯（希臘古城），處女作為花朵，都象徵著如花朵般綻放的心理與精神的最高發展」[6]。花朵是一株完整的植物中最純淨和精神性的部分，加上其嬌艷動人的形貌，由此引申出來的是少女／處女的生命樣貌，母性擔負的色彩大大減少。花因此成為青春女性的代名詞，花的形象頻繁出現在古今中外男女文學家的筆下，當女性作家也如此自擬時，其與主體意識的互涉現象更具有探討的意義。

4　林明德：〈《詩經》的植物意象〉，《輔仁國文學報》第12集（1996年8月），頁58。

5　埃利希・諾伊曼（Erich Neumann）著，李以洪譯：《大母神──原型分析》（北京市：東方出版社，1998年），第十三章〈植物女神〉，頁248。

6　埃利希・諾伊曼（Erich Neumann）著，李以洪譯：《大母神──原型分析》（北京市：東方出版社，1998年），第十三章〈植物女神〉，頁273-274。

　　綜合花的特質與原型的意義，花的意象在文學作品裡的象徵，可以有以下幾個層次的觀察：第一層，花的表象是美麗而短暫的，又代表少女純淨的精神，所以花同時具有青春與時間流逝的象徵；第二層，花的美麗之外，它的香氣迷人，它的姿態嬌弱，花朵綻放的青春年華正是追求愛情的年紀，因此花也有女性愛情的象徵意涵；第三層，花朵是植物的精神，花的嬌弱被動的陰性特質，花與女人密不可分的關係，女性作家以花自擬，直寫花就是女人心情，花就是我。這三個層次並非截然分類，只是方便梳理花的意象的具體呈現內容，以下就從這三個層面來探討席慕蓉詩中花的意象使用。

三　席慕蓉詩作中花的意象呈現

（一）青春，逝去的時間

溪水急著要流向海洋
浪潮卻渴望重回土地

在綠樹白花的籬前
曾那樣輕易地揮手道別

而滄桑的二十年後
我們的魂魄卻夜夜歸來
微風拂過時
便化作滿園的郁香[7]

7　席慕蓉：〈七里香〉，《七里香》（臺北市：大地出版社，1998年），頁34-35。

這首詩的花香就像是「我們」青春的魂魄，在二十年前烙印在嗅覺記憶裡，二十年後，詩人透過「滿園郁香」來暗示青春年華的「降靈」。花和花香象徵的就是年少時光，那是永恒的，不死的精神，甚至到現在還是無所不在的。詩人不斷的書寫花，不斷的對青春作召魂。〈夏日午後〉：「想妳　和那一個／夏日午後／想妳從林深處緩緩走來／是我含笑的出水的蓮／　／是我的　最最溫柔／最易疼痛的那一部分／是我的／聖潔遙遠／最不可碰觸的華年」[8]；〈如歌的行板〉：「是十六歲時的那本日記／還是　我藏了一生的／那些美麗的如山百合般的／秘密」[9]；〈少年〉：「請在每一朵曇花之前駐足／為那芳香暗湧／依依遠去的夜晚留步／　／他們說生命就是週而復始／　／可是曇花不是　流水不是／少年在每一分秒的綻放與流動中，也從來不是」[10]；〈備戰人生〉：「如薔薇如玫瑰如梔子花的芳馥美麗／都要無限量地供應給十六歲的少女」[11]。不管是哪一種花，都暗示一去不復返的華年，而那一段歲月幾乎成為生命中最美好的一段，作者以花相喻，以花的意象來書寫，來召喚，如果時間不是周而復始，可循環的，那麼詩人以詩的書寫來讓時間循環，讓記憶在詩行間回返拉回那花般的歲月，再以深情來端詳。

花香是最可怕的記憶方式，席慕蓉寫花香的魅惑勝於寫花容的動人，花香的暗示，讓美麗而固執不逝的少年歷歷在目：〈四月梔子〉：「往事歷歷在目啊　包括／所有光影與細節　悲傷和喜悅／　／牆外一樹雪白的梔子正在盛開／　／這芳香濃烈　比我的夢境還要瘋狂／

8　席慕蓉：〈七里香〉，《七里香》（臺北市：大地出版社，1998年），頁82-83。

9　席慕蓉：《無怨的青春》（臺北市：大地出版社，1985年），頁21-22。

10　席慕蓉：《時光九篇》（臺北市：爾雅出版社，1987年），頁72。

11　席慕蓉：《邊緣光影》（臺北市：爾雅出版社，1999年），頁174。

比我的記憶還要千百倍固執的花香啊」[12]；〈光陰幾行〉：「昨天一旦進入歷史就開始壓縮變形／沒有任何場景可以完全還原一如當年／除了月光和花香」[13]；花香的還原能力極其驚人，它潛伏，它再現，幾乎讓人不分昔今：〈鯨‧曇花〉：「十六朵曇花一起綻放的這個夜晚／生命　正以多麼敏感的肌膚／向幸福碰觸　而月光如此明亮／我們的胸臆間充滿了／如此清冽又如此熟悉的芳香」[14]。十六歲，多麼敏感，多麼幸福，多麼明亮，卻短暫如曇花，芳香如曇花，當下一有美麗如彼時的時光片刻，十六歲便以幽幽香氣再現。

　　雖然年少最美，年少讓人流連，永遠往前的時間殘酷性也讓詩人帶有醒悟的感傷，這傷逝中，花的意象仍然扮演時間的橋樑，青春之花只開那麼一次，如今所見相同之花，反諷的提醒了詩人，花開花謝的時間推移性。〈千年的願望〉：「總希望／二十歲的那個月夜／能再回來／再重新活那麼一次／然而／商時風／唐時雨／多少枝花／多少個閒情的少女／想她們在玉階上轉回以後／也只能枉然地剪下玫瑰／插入瓶中」[15]；〈年輕的心〉：「每個夏季　仍然／會有茉莉的清香／／可是　是有些什麼／已經失落了／在擁擠的市街前／在倉惶下降的暮色中／我年輕的心啊／永不再重逢」[16]；〈十六歲的花季〉：「我也知道／十六歲的花季只開過一次」[17]；〈成長的定義〉：「如果　如果再遇見你／我會羞慚地流淚／為那荒蕪了的歲月／為我的終於無法堅持／為所有終於枯萎了的薔薇」[18]。

12　席慕蓉：《迷途詩冊》（臺北市：圓神出版社，2002年），頁32。

13　席慕蓉：《迷途詩冊》，頁73。

14　席慕蓉：《我摺疊著我的愛》，頁56。

15　席慕蓉：《七里香》，頁52。

16　席慕蓉：《無怨的青春》，頁27。

17　席慕蓉：《無怨的青春》，頁40。

18　席慕蓉：《時光九篇》，頁53。

花的意象的表現，到席詩較近期的作品，有些詩作已不膠著於青春年少的感傷，而是擴大為對時間本身的感懷。如《邊緣光影》詩集裡，我們看見生命與時間的互相背棄。〈鳶尾花〉：「到了最後　我之於你／一如深紫色的鳶尾花之於這個春季／終究仍要互相背棄」；詩人的心情從沉痛的青春不再，轉而成看透時光真相的澄澈，〈鏡前〉：「一如那　瓶插的百合／今夜已與過往完全分隔／既喜於自身的／玉潔冰清　又悲／時光的永不回轉」。到了最近一本詩集《我摺疊著我的愛》，席慕蓉仍愛用花的意象，但是那花的濃稠情結，也可以從個人年華的象徵，轉換成的民族視野裡的「華年」，〈契丹舊事〉：「『這裡曾經開滿了大朵的牡丹，英雄凱旋歸來，君主以花相贈，是榮耀，也是神恩。』／還有荷與柳，遍野的玫瑰，傲世的繁華，以及天下第一的鞍轡。」

因此，由個人的青春到民族的青春，花對席慕蓉而言，真正本質的象徵意義應該是時間吧，如張曉風對她的詩畫觀察：「看妳的畫讀妳的詩，覺得妳急於抓住的卻是時間——妳怎麼會那樣迷上時間的呢？妳畫鏡子、妳畫荷花、妳畫歐洲婚禮上一束白白香香的小蒼蘭，妳畫雨後的彩虹，妳好像有點著急，妳怕那些東西消失了，妳要畫下的寫下的其實是時間。」而席慕蓉表達了對時間的焦慮：「我仍然記得十九歲那年，站在北投家中的院子裡，背後是高大的大屯山，腳下是新長出來的小綠草，我心裡疼惜得不得了，我幾乎要叫出來：『不要忘記！不要忘記！』我是在跟誰說話？我知道我是跟日後的『我』說話，我要日後的我不要忘記這一剎！」[19]詩或畫，都是一種「不要忘記」，以花香帶領，重溫時間歷程的芳香，或將那芬芳帶到現在來審視。

---

19 以上兩段引文錄自張曉風：〈江河〉，見《七里香》，〈序〉，頁24-25。

（二）愛情綻放，思念飄散

　　花是美麗的，花是青春少女的等待姿態，花是生命最精神性的部分，這些象徵意義來到席慕蓉的詩筆下，隱然匯聚為讓花代表人間最美的情感——愛情，因為「暗暗羨慕那四月的蘋果花開／可以將一切說得那麼明白」[20]。

　　花隱喻著愛情，這種關係在詩中是昭然若揭的，花與愛並置互喻，花總在愛情思維的現場：「如果能在開滿了梔子花的山坡上／與你相遇　如果能／深深地愛過一次再別離」[21]；「我的渴望和我的愛在這裡／像花朵般綻放過又隱沒了」[22]；「我　原是因為這不能控制的一切而愛你／　／無從描摩的顫抖著的欲望／緊緊悶藏在胸中　爆發以突然的淚／　／繁花乍放如雪　漫山遍野」[23]。花開的意象說明著愛情成熟，等待綻放；花開的美麗畫面，就像那已經準備好的愛情心緒；花開的短暫，又讓人深怕來不及愛，或愛的落空，空餘美麗自賞。花瓣一旦無人欣賞，飄落土地，如同愛情的終止，「在你身後落了一地的／朋友啊　那不是花瓣／是我凋零的心」[24]。這麼直接明白的抒情，到了席慕蓉最近這一本詩集，花的愛的關係，變得疏遠一點，以曖昧滲透的聯想、暗示來傳達：

> 她說：
> 柚子花開了　小朵的白花
> 那強烈的芳香卻緊抓住人不放

---

20 席慕蓉：〈明信片〉，《迷途詩冊》，頁41。

21 席慕蓉：〈盼望〉，《無怨的青春》，頁24-25。

22 席慕蓉：〈長路〉，《時光九篇》，頁27。

23 席慕蓉：〈婦人之言〉，《邊緣光影》，頁172。

24 席慕蓉：〈一棵開花的樹〉，《七里香》，頁39。

在山路上一直跟著我
跟著我轉彎
跟著我　走得好遠。

他說：
我從來沒聞過柚子花香
我們這裡雪才剛停

然後　談話就停頓了下來
有些羞慚與不安開始侵入線路
他們都明白　此刻是亂世
憂患從天邊直逼到眼前
只是柚子花渾然不知
雪不知　春日也不知[25]

這樣的愛非常含蓄，有許多未說出來的心情，柚子花開，香氣襲人，
是女子成熟的愛意，它強烈而糾纏，而他只認知了冬日的雪，從未不
解柚子花香。於是，花香就傳達不出去，南與北，不是空間的阻隔，
而是心意的誤植，北地裡開不出南方的柚子花。然而，愛情本身是純
淨自足的，即使是亂世，柚子花仍要開，雪還是會融化的，春天還
是會到的。這首詩擺脫了第一人稱的抒情，以他／她來講述一段委婉
的愛情故事，最終要提出的是愛情是不知也不畏亂世的，只要有人
們，就是要愛，愛就像四季流轉裡的柚子花，與世無爭卻濃烈糾纏著
人心。

---

25 席慕蓉：〈南與北〉，《我摺疊著我的愛》，頁26-27。

　　花開出了愛情的想像，自然也吐露了思念的芳香，愛情與相思是一體兩面的主題，花的意象，在席慕蓉的詩中，常被聯想到相思之情。「在開滿了玉蘭的樹下曾有過／多少次的別離／而在這溫暖的春夜啊／有多少美麗的聲音曾唱過古相思曲」[26]；「風清　雲淡／野百合散開在黃昏的山巔／有誰在月光下變成桂樹／可以逃過夜夜的思念」[27]；「茉莉好像／沒有什麼季節／在日裡在夜裡／時時開著小朵的／清香的蓓蕾／　　／想妳／好像也沒有什麼分別／在日裡在夜裡／在每一個／恍惚的剎那間」[28]。誠如上節所析，花香是最可怕的記憶方式，席慕蓉此處所選之花都是香氣濃郁的，玉蘭花道出離別和相思；野百合是綻放的愛，經月光催化，變成永恒不死的桂樹，那不死卻寂寞的月桂，勢必逃不過夜夜的思念，因為桂花的香氣逼人；茉莉以小而多的方式，侵襲每一個恍惚思念的剎那間。

　　愛情似乎是年輕人的專利，民國七十年《七里香》問世時，席慕蓉三十八歲，已走入中年的她，仍執意寫花，寫那短暫又令人追求的美麗，寫無怨無悔的愛情。我不想從媚俗的角度看她，我認為那是個人獨特的心靈感動和心靈結構，讓她相信愛情是最值得書寫與歌詠的，因為她曾有過強烈的悸動，並且在心靈銘刻了下來。

　　　　那是個五月天，教堂外花開得滿樹，他給了我一把又香又柔又古雅的小蒼蘭，我永遠都不會忘記。……我一直相信，世間應該有這樣的一種愛情：絕對的寬容、絕對的真摯、絕對的無怨、和絕對的美麗。假如我能享有這樣的愛，那麼，就讓我的詩來作它的證明。假如在世間實在無法找到這樣的愛，那麼，

26　席慕蓉：〈古相思曲〉，《七里香》，頁41。
27　席慕蓉：〈月桂樹的願望〉，《七里香》，頁65。
28　席慕蓉：〈茉莉〉，《七里香》，頁74-75。

就讓它永遠地存在我的詩裡，我的心中。[29]

（三）女人，花心

> 讓我相信　親愛的
> 這是我的故事
> 就好像　讓我相信
> 花開　花落
> 就是整個春季的歷史[30]

誠如這首詩的雙重意指，整個春季最顯眼的象徵，就是花開花落，人生最繁華美麗的部分，是青春歲月，「我」的故事。花說盡了春天，也說盡了我的故事。席慕蓉用最多的筆墨來勾勒花與「我」的關係，花是那個盛然開放的「我」，美麗、多情、敏感的女人，同時花心也重疊了女子的心。

在眾多花卉種類裡，席慕蓉鍾愛使用蓮花意象來自我描繪，花已是生命最精神性的存在象徵了，出污泥而不染的蓮花，那亭亭挺立的姿態，更是將「我」的形象刻畫得清新、脫俗、不染世情。「我／是一朵盛開的夏荷／多希望／你能看見現在的我／　／風霜還不曾來侵蝕／秋雨還未滴落／青澀的季節又已離我遠去／我已亭亭　不憂　亦不懼」[31]；「在晨曦初上的田野間，有個女子獨自一人靜靜地走著，藍布的長裙拂過青綠的野草，拂過細長的阡陌，她微微仰首全神貫注地在搜尋一朵可以入畫的荷，卻全然不知，在那一刻，在生命的素描薄

---

29 席慕蓉：〈一條河流的夢〉，《七里香》，〈後記〉，頁190-191。

30 席慕蓉：〈四季〉，《無怨的青春》，頁80。

31 席慕蓉：〈蓮的心事〉，《七里香》，頁88。

裡，她自己正是歡然盛放的那一朵。」[32]女子形象倒映在生命的素描簿裡，繪成一朵歡然盛放的蓮花，女子與蓮花相映照。

　　蓮花之外，順應著詩人所察覺的「我」的心情，選擇了各式花朵來自況。如以脆弱需要呵護照料的薔薇，寫先生包容的愛，讓「我」得以在詩和淚的滋養下美麗而從容：「在快樂的角落裡　才能／從容地寫詩　流淚／而日耀的園中／他將我栽成　一株／恣意生長的薔薇」[33]；以開了迅即凋落的曇花，寫那來不及吐露的愛情心緒：「總是／要在凋謝後的清晨／你才會走過／才會發現　昨夜／就在你窗外／我曾經是／怎樣美麗又怎樣寂寞的／一朵」[34]；提到女子堅韌而不變的人生願望時，席慕蓉還是堅持以花來表現，但那花是一叢不易凋謝的「懸崖菊」：「我那隱藏著的願望啊／是秋日裡最後一叢盛開的／懸崖菊」[35]；至於許多幽微而狂野的年少渴望，如今寄託於蝴蝶蘭的形態，訴說無奈：「與那多雨多霧的昔日已經隔得很遠／如今她低眉垂首馴養在我潔淨的窗前／曾經是那樣狂野的／白色原生種的蝴蝶蘭啊／……／那如蝶翅般微微顫動著的花瓣只能／等待墜落　在一些無人察覺的時刻」[36]；近期，詩人對生命的省思裡，那內心裡的風景，仍然是花容顯影，生命已然是逝去的玫瑰、正要開放的金盞花：「生命是一場不得不如此的揮霍／確實是有些什麼在累積著悲傷的厚度／／暮色裡已成灰燼的玫瑰／曠野中正待舒放的金盞花蕊」[37]，需被養護的嬌弱玫瑰已逝，內心那片曠野是常見、耐寒、不揀土壤的金盞花。

32　席慕蓉：〈素描簿〉，《我摺疊著我的愛》，頁79。

33　席慕蓉：〈他〉，《七里香》，頁186-187。

34　席慕蓉：〈曇花的秘密〉，《無怨的青春》，頁98-99。

35　席慕蓉：〈懸崖菊〉，《時光九篇》，頁50。

36　席慕蓉：〈蝴蝶蘭〉，《邊緣光影》，頁168-169。

37　席慕蓉：〈回函〉，《我摺疊著我的愛》，頁32。

　　花語中盡是作者心聲，花心也與女人心心心相映，如花容清新、自然，不問塵世又含情脈脈的山百合開放在心裡，心裡那與世無爭、清香孤靜的心境也開放在詩裡：「與人無爭　靜靜地開放／一朵芬芳的山百合／靜靜地開放在我的心裡」[38]；朵朵百合，是朵朵女人心：「其實，她們每個人都有這樣的一條河。／彷彿野生的百合在山谷與山稜之間彼此相認」[39]，女人與女人之間的互訴，就如百合在山野間互傾花瓣。美麗多姿，花容繁盛的菖蒲花，是詩人蔓延的心事：「而此刻菖蒲花還正隨意綻放／這裡那裡到處叢生不已／悍然向周遭的世界／展示她的激情　她那小小的心／從純白到藍紫／彷彿在說著我一生嚮往的故事」[40]；而詩人最愛的還是那潔白清淨的蓮花：「而在心中那個芬芳的角落／你為我雕出一朵永不凋謝的荷」[41]；「你說　遲來的了悟／是那一朵　遲開的荷／困於冰　困於雪／困於北地的永夜」[42]，以及那花瓣底下的蓮子，粒粒被包藏的蓮子，都是詩人的紛繁心境：「這花瓣層層緊裹著的蓮房／這重重蓮房深藏著蓮子　這每一顆／蓮子心中逐漸成形的夢與騷動／是一種難以言說的憧憬／一種非如此不可的完成和再完成」[43]。

　　席慕蓉用花的形貌寫出了「我」，這些花容花貌也刻畫了許多女子的心靈圖象，詩的本質是抒情的，讀者在看到花的意象的剎那，也看見了席慕蓉。

　　「這些詩一直是寫給我自己看的，也由於它們，才使我看到我自己。知道自己正處在生命中最美麗的時刻，所有繁複的花瓣正一層一

38　席慕蓉：〈山百合〉，《無怨的青春》，頁124。

39　席慕蓉：〈寂寞〉，《我摺疊著我的愛》，頁71。

40　席慕蓉：〈菖蒲花〉，《時光九篇》，頁100-101。

41　席慕蓉：〈藝術家〉，《無怨的青春》，頁126。

42　席慕蓉：〈冰荷〉，《我摺疊著鄉的愛》，頁50。

43　席慕蓉：〈詩中詩〉，《迷途詩冊》，頁37。

層地舒開，所有甘如醇蜜、澀如黃蓮的感覺正交織地在我心中存
在。」[44]

四　花意繽紛

當春來
當芳香依序釋放

走過山櫻樹下
有些遙遠和禁錮著的
夢境　就會
重新來臨

諸如那些
未曾說出的話語
未曾實現的許諾

在極淺極淡的顏色裡
流動著　一種
無處可以放置的心情[45]

　　當春來，花開，在席慕蓉的筆下，我們可以看到花的意象呈現，
有幾點書寫意義。首先，上節所述的三類主題彼此滲透，三者傳達的

---

44 席慕蓉：〈一條河流的夢〉，《七里香》，〈後記〉，頁192。
45 席慕蓉：〈山櫻〉，《時光九篇》，頁42-43。

終點都是詩人「無處可以放置的心情」。花是華年,是「我」最美麗
的時候,此時最嚮往愛情,花香是青春的魂魄,愛情是生命的靈魂,
青春與愛情都是「我」的心事,花與花香都是女人的精神。當詩人以
詩句明白說出:「我相信　愛的本質一如/生命的單純與溫柔/⋯⋯
/我相信　滿樹的花朵/只源於冰雪中的一粒種子/我相信　三百篇
詩/反覆述說著的　也就只是/年少時沒能說出的/那一個字」[46],
愛本質即是生命的本質;萌發滿樹的花朵的那一粒種子是心;詩三百
反覆述說的就是年少未開口的愛字。這裡有許多並置的等號:愛=生
命=花=心=詩=青春之愛。因此,上節因討論方便,分類呈現花的
意象的意義指向,最後,這三者意義糾纏蔓延,可以再歸結的終極意
向,就是詩人的心。意象本來就是主體的投射,詩又是主觀抒情的文
體,我們該注意的是,席慕蓉若是以詩來思索主體、表達主體,甚而
重構主體性時,對花的意象的執著,是否意謂著她便是以此形象來定
義女性、定義生命、定義席慕蓉。那麼所有花的特質,便都觸及了席
慕蓉的心靈結構,花成為她獨特的個體意識了。

　　其次,雖然總體的「花」的描述在詩中有固定的指涉意義,細微
察之,不同的花種和花性有細緻的意義區分,如花香濃郁的梔子、桂
花、茉莉、玉蘭、桂花等,多用以抒發青春記憶的感傷和愛情心緒;
蘋果花和柚子花等有果實的果樹之花,象徵男女愛情的喻意明顯;描
述自身與心的主題,使用最多的是蓮花/荷花,著重的是花容與花
性,如蓮的出污泥而不染,亭亭而立,其次是百合,清新高雅,潔白
挺立,寄託詩人的自許,另外如薔薇的受人呵護、蝴蝶蘭的欲飛、菖
蒲花的叢生繁盛、菊在秋日裡的堅持等,花的種類較為豐富多樣。另
外,隱微的花香比婀娜的姿態更受席慕蓉的詩筆青睞,所以席慕蓉善

---

46 席慕蓉:〈我的信仰〉,《無怨的青春》,頁52-53。

於描繪生命中最幽微的心緒，並在詩裡彰顯情感與精神在生命中優於肉體的地位。花已是靈魂的象徵，花中之香，更是靈魂中的靈魂。如果要在眾多花語，擇一最能吐露席慕蓉心聲的，莫過於蓮／荷了，因為她是「花之君子」，宋人這段敘述，隱約點出詩人的自許：「出污泥而不染，濯清漣而不妖；中通外直，不蔓不枝；香遠益清，亭亭淨植，可遠觀而不可褻玩焉。」[47]

我們也許還可以再問問這個問題，花的意象書寫在不同詩人筆下，是否會相同複製？答案應是否定的，因為每個人有不同的心靈結構，即使是放諸四海皆準的原型意象，因應不同的歷史與社會，再取決於個人的詩眼所視，會產生具有差異性的表現形式。以同樣的愛情書寫研究來看，陳玉玲曾對陳秀喜的詩作有這幾點觀察：「女詩人大量地以花草樹木作為自我影像，具有詩學上重要的意義。第一、花草需要水的灌溉，一如作者內心渴望愛情的潤澤；詩中『花語』即是詩人的心情。第二、花木的嬌弱，如同詩人內心那個容易受傷的自我，是敏感脆弱，不堪一擊的……第三、花木被動，只能枯寂等待的特質，大不同於可以自由飛翔的鳥兒，這象徵了詩人在愛情中，只能扮演被動、被選擇，甚至被遺棄的角色。」[48]這段話與席慕蓉的詩作有部分共鳴，如愛情與嬌弱，但是花的被動特質，在席詩裡未必都是消極的意義，不畏亂世仍要開放的柚子花香、狂放爆發如繁花的熱情、娓娓以花香吐露無盡相思的纏綿，這也可以是主動刻畫女子愛的力量。朱雙一甚至認為「這種無怨無悔的追思反省，再次印證了席慕蓉詩中的『愛』並非盲目的本能欲望，而是一種深具主體意識的追求」[49]。除

---

47 周敦頤：〈愛蓮說〉。

48 陳玉玲：〈臺灣女性的內在花園──陳秀喜新詩研究〉，《臺灣文學的國度》（臺北市：博揚文化事業公司，2000年），頁17。

49 劉登翰等人合編：《臺灣文學史（下卷）》（福州市：海峽文藝出版社，1991年），頁653。席慕蓉的部分係由朱雙一執筆。

此,在花的意象使用裡,席慕蓉其實更敏感的是時間,愛情只是時間流程裡一種見證與惋惜:「整個四月,在開滿了相思花樹的疏林間,在桐花綻放又復落下的山道旁,我一次又一次地感受著那種『恍如有所失落又恍如有所追尋』的迷惘。整個大地的悸動,藉著濕潤飽滿的土壤,藉著萬物勃發的生機,藉著那細葉繁花每一分秒裡的細微變化,一點一滴又無所不在的滲進了我初老的身心,那惆悵因而時別的鮮明。」[50]不同的詩人使用花的形象,在基本的象徵意義之中,個人對花的意義的偏重,其實返照個人書寫與心靈的特殊性,也印證出意象成為「符號」的變異性。

最後,從個人的歷時性創作來審視,花的意象使用,在其六本詩集的演進中是否有些轉變?大致而言,使用花意象的詩作約佔全部詩作的三成[51],在《無怨的青春》中特別明顯可見席慕蓉對花的偏愛。席慕蓉較近期的作品加入許多現實性的主題,如《邊緣光影》裡的世情觀看,或特定對象的歌詠,副標多有「給國中少年」、「給『雲門舞集』」、「哀全斗煥」等,以及對於原鄉大漠的現狀哀嘆,筆觸較為直率強韌,句子也變長,意義較為繁複跳躍,心境似乎較為蒼老、沉靜,花的意象使用比例仍高。而《我摺疊著我的愛》中的花的意象則多為詩人自況,從早期詩作頻繁指涉的青春、愛和心之中,選擇了心而沉潛下來,並有歷史民族之思的加入。席慕蓉詩作風格的轉變,詩評家有些想法,「早、中期的席詩近於歌謠體,介在口語和純詩之間,因之反覆詠歎、悲情傷懷,賺盡青年女子的眼淚;晚近的席詩,離現代就近了一些,風花萎落,雪月溶去,頓然有繁華卸盡、淒然寂然之感。」[52]「歷史與地緣文化標題的加入,無疑大大擴展了席慕蓉

---

50 席慕蓉:《迷途詩冊》,〈自序〉,頁8。

51 席慕蓉六本詩集花的意象使用數量,可見本文附錄的統計。

52 白靈:〈懸崖菊的變與不變──小評《席慕蓉世紀詩選》〉,見《迷途詩冊》,〈附錄〉,頁156。

詩歌的表現域度，……詩人與新的素材以及由此生發的感受之迫抑沒能有效地拉開審美距離，……導致較多的指事、說理，減弱了意象的創化。」[53]我以為這些觀感與意象塑造與使用不無關係，席慕蓉的心境是有些轉變，從個體情感世界裡往外投射，這時，花的意象若要勉力將意義延伸成現實社會與歷史民族的圖象，便顯現不適切與力道不足。

不過，在席慕蓉的近期作品裡，主體的沉思仍然不間斷，並未因為開展了一扇民族情感之窗，而關閉其他愛與美的人生視野。所以，當我們回顧本文開頭的那首〈四季〉，因為有「他」的辛勤照料。窗外花開繽紛，而逐漸騰空的空間裡，幾本「她的詩集」便能充盈一切。席慕蓉仍然訴說著愛，訴說著詩是「她」的心意的體現。詩裡說，「窗外，有豐富的四季」，筆者要說，「窗內，花香襲人」，窗內窗外，都是詩人的身影與心靈。

五　花・席慕蓉風格・讀者

　　繩結一個又一個的好好繫起

　　這樣　就可以

　　獨自在暗夜的洞穴裡

　　反覆觸摸　回溯

　　那些對我曾經非常重要的線索

　　落日之前，才忽然發現

---

53 沈奇：〈邊緣光影佈清芬——重讀席慕蓉兼評其新集《迷途詩冊》〉，見《迷途詩冊》，頁172。

我與初民之間的相同

清晨時為你打上的那一個結

到了此刻　仍然

溫柔地橫梗在

因為生活而逐漸粗糙了的心中[54]

「有些心情，一如那遠古的初民。」

我們若把席詩花的意象再放回花的原型象徵意義來看，那麼席慕蓉風格裡的傷逝，青春與愛情的執著，女性自況等，便有了隱然呼應的結構。繁花意象是她的意象群，意象群構成她的詩風，這些意象群來自原型，再返回文學形式裡，成為象徵。

席慕蓉開始「席捲」書市時，詩論家是這樣為她的「風格」定調的：「作者對生命的禮讚，對愛情的歌頌，對青春的詠歎，應是這本詩集所包含的絕大部分的素材。……由於她的那些十分光潔晶瑩而又親切的詩句，正好渾渾擊中時下一些年輕人的心靈。……席慕蓉的詩，有些調子近似民歌，但比民歌更耐人回味。」[55]題材是生命、愛情、青春的抒發，語言是樸實親切的，而讀者是年輕人。到了當代，看法還是相去不遠：「輕柔、瑩潤、略帶傷感的純淨的抒情、青春、光陰、一剎那間的美與永恒的愛的題旨，以及較少難度的閱讀快感和容易輕近的語言形式——完全為個人烹製的燭光晚餐，一時成了詩歌大眾的夢中盛宴，席慕蓉由此陷入既驚喜又尷尬的境地。」論者所言的「尷尬」是指「當現代詩在急遽膨脹的商業文化擠迫下，陷於空前孤寂之時，不期而遇的『席慕蓉熱』難免令批評界生疑：她是否恰恰

---

54 席慕蓉：〈結繩紀事——有些心情，一如那遠古的初民〉，《時光九篇》，頁40-41。
55 張默：〈感覺與夢想齊飛：試評席慕蓉《無怨的青春》〉，《文訊月刊》第1期（1983年7月），頁89。

迎合了大眾消費的口味而有媚俗之嫌？」[56]暢銷成了席慕蓉的「原罪」，暢銷讓她的風格成為批判詩質的標籤，暢銷甚而也變成她的風格之一，孟樊曾從大眾詩學的角度提出這樣的觀察：「諷刺的是，速食式愛情的社會卻能接受席慕蓉這種不染煙塵的情詩」。接著他以阿爾溫・托夫勒的話：「現代人要求通過藝術消費來充實感情、復歸人性，尋找更高級的精神平衡」來說明「書籤席慕蓉化」的現象，因為「社會需要高情感」，「因為當今社會的男女已缺少真正而又濃厚的情感」[57]。

以本文的主題來探討這些評價時，「席慕蓉風格」可以有更「文本中心」的理解。席慕蓉的詩或直露或迂迴，都是在鋪陳自己的心境，而她感傷時間、眷戀青春、相信堅貞的愛情、理解自己與女人的處境種種主題，化作一些軟性語調的意象（如花）來傳達，語言自然洋溢這些意象的象徵。所以，我們看到詩有濃郁的青春緬懷，永恒的少女情懷，因為花是那最美好的季節，花香是片刻停留卻永遠銘刻的記憶；堅貞的愛情，又帶點悲劇性，因她相信有這種永恒不變的愛，但是這種愛被與花比擬，其命運便是美而短暫，令人悵惘；女子柔韌的心情，作者以第一人稱的敘述，那朵朵的花語，彷彿是她親口吐露的，那些意象的確也是她的化身，她相信美，也相信愛，也看見了時光與美都無法保存的真相。席慕蓉風格的確如此，我們不必諱言傷逝、追求愛情、柔弱細緻的詩特質，不必附會詮釋任何雄偉與力道，只是或許不該因為她老是寫青春與愛，老是讓年輕人捧卷閱讀，老是這麼容易被看懂，就疏忽了文學的基本意義，語言是否適切傳達，意義是否感人共鳴。

---

56 以上兩段引文同註55，頁162-163。

57 孟樊：〈臺灣大眾詩學——席慕蓉詩集暢銷現象（下）〉，《當代青年》1992年2月號，頁53。

再以原型的普遍性來看,席詩的語言簡單淺白,那是因為她已捕捉了人心的相同情感板塊,又何必曲折隱晦呢?席慕蓉帶著幾許辯白的說:「詩人能寫出觸動人心的詩,多半不是因為他在詩中放進了許多偉大的字,而是因為誠實。」[58]筆和心是乾淨、簡樸的,然而席慕蓉的情,始終是澎湃深濃的,很多人認為席慕蓉的詩太過浪漫,但是不妨說她的詩安慰了自己也安慰了他人的心靈,她只是悄悄的喚醒讀者心底那塊與她相通的部分,不管是浪漫或濫情,都是讀者自身賦予給詩的情緒。心裡的那塊相通的部分,也就是那個初民已打好的結,其實是席慕蓉不斷為自己的寫作定位時,所透露的心靈結構:「我當然還是在慢慢往前走,當然還是在逐漸改變,但是那是順著歲月,順著季節,順著我自己心裡的秩序。」[59]自然與人心的感應,心靈與寫作的呼應,莫過於此。最後這一段話,大概是席慕蓉已厭倦了評論者的定見,所發出的不平之鳴,值得我們思索。

> 如果有人感知了你所不能感知的世界,因而親近了你所不能親
> 近的「美」之時,請別忙著把他的詩作歸類為「夢幻」,因
> 為,有可能,他的每一字每一句都是「紀實」。[60]

六　花與女性主義

在肯定「夢幻」為一種「紀實」之後,筆者不免又陷入思考,就算是「夢幻」又如何?女性與花的意象使用,可否從性別書寫的角度加以詮釋?柔弱與嬌美的花可否有其他的柔性力量?在席慕蓉身上,

---

58　席慕蓉:《席慕蓉‧世紀詩選》(臺北市:爾雅出版社,2000年),〈序〉。

59　席慕蓉:《時光九篇》,〈後記〉,頁197。

60　席慕蓉:〈關於揮霍〉(代序),《我摺疊著我的愛》,頁13-14。

那與世無爭的特質非常明顯，花亦如此，傳統女性似乎也不得不如此。由此思考中，此節欲從生態女性主義角度來討論花的意象與女性的關係，同時再度強化席詩的書寫特色。

生態女性主義的訴求是從女性對自我、性別、社會結構的思考延伸至人與自然的關係。生態與女性結合的因素也有極切身的關係，一來女人生理與自然的周期性循環，彼此類似；二來人類文明發展過程中，女性與自然之間被建構出一種相連性，「在文明與自然二元的分化裡，女性如同自然，代表的是原始、被動、情感、柔弱與神秘，需要由進步、主動、理性和強壯的男性引導和開發。」[61]於是，生態女性主義者將自然與女性受壓迫的遭遇相提並論[62]。以此觀之，相對於以文明、思想、工業為主所建構的男性社會，女性在書寫中著重自然、花草、生態的關注，便具有反思和突顯對比的涵義。當生態關懷與女人處境結合時，便產生幾點共鳴：「生態女性主義不僅關心公害防治與生態保育，更進而探討女性與自然雙重被宰制之間的意識型態的關聯性，並企圖拆解所有的宰制關係，追求人與自然的永續共存」[63]。所以，在男性文明建構的象徵系統之中，女詩人選擇以花草自然入詩，可以說是以書寫追求更祥和、永恒、本質性的存在。

席慕蓉對於自然與女性的議題，或者「花」成為一種女性受宰制的符號，並不振臂疾呼，她只是以繁花濃情，傳達她對人生，對自己的看法。身為女性詩人，使用女性象徵強烈的意象，自然與人心產生

---

61 馮慧瑛：〈自然與女性的辯證——生態女性主義與臺灣文學／攝影〉，《中外文學》第28卷第5期（1999年10月），頁79。

62 除了女性自身的議題，生態女性主義者對外在環境也有一些共同信守的通則：一、共生互敬的新社會；二、敬重自然；三、生物中心觀；四、公共與個人層面同時改革；五、揚棄二分法認知；六、以行動實踐。（摘自顧燕翎：〈生態女性主義〉，《女性主義理論與流派》〔臺北市：女書文化事業公司，1996年〕，頁261-282。）

63 顧燕翎：〈生態女性主義〉，《女性主義理論與流派》，頁262。

交融感應，女性的心聲便與珍視自然的觀點，微妙的、沉默的匯流成一條淙淙合唱的情感河川，劉勰所言的「如川之渙」。詩人委婉的透露，花是自然裡值得珍視的靈魂，愛與真才是生命最高的價值。詩裡的空間是一處女性書寫開拓出來的桃花源或烏托邦，誠如花園的原型象徵：「花園：樂園；純真；未污損的美（特指女性）；生育」[64]。這裡是與世隔絕的，這裡生氣盎然，但是與現實主義的文學意義，或者是文學傳統裡的「美刺」，如此不同，讓第一本詩集《七里香》一問世，有了一些不解的驚嘆。蕭蕭說：「席慕蓉的詩是她自己擬設的世界，不會有炎夏酷冬，不會有狂風驟雨，就像她插畫裡飄揚的髮絲，和柔的女體，還有那不盡的細點彷彿不盡的心意。……她不受誰影響，看不出任何古今詩人的影子，她的詩是一個獨立的世界，自生自長，自圖自詩，不知有漢，無論魏晉，是詩國一處獨立自存的桃花源。」[65]未被世情打擾，綿延的情意散落於畫裡、詩裡，以及自然裡，太過純淨，讓好友張曉風甚至也有這樣的觀感：「記得初見她的詩和畫，本能的有點趑趄猶疑，因為一時決定不了要不要去喜歡。因為她提供的東西太美，美得太純潔了一點，使身為現代人的我們有點不敢置信。通常，在我們不幸的經驗裡，太美的東西如果不是虛假就是浮濫，但僅僅經過一小段掙扎，我開始喜歡她詩文中獨特的那種清麗。」[66]就像詩裡不斷出現的挺立的一枝荷花，其姿態與清香，訴盡了不被污損的美的堅持。

席慕蓉詩裡的世界也許是紛擾人世裡，人心得以歇息的住所，這

---

64 Wiffred L. Guerin, John R. Willingham, Earle C. Labor, Lee Morgan 編，徐進夫譯：《文學欣賞與批評》（臺北市：幼獅文化事業公司，1988年），第四章〈神話與原型的批評〉，頁136。

65 蕭蕭：〈綻開愛與生命的花街——評席慕蓉詩集《七里香》〉，《明道文藝》第69期（1981年12月），頁92-93。

66 張曉風：〈江河〉，見《七里香》，〈序〉，頁27。

樣的女性書寫，不也是一種柔韌的力量，提供理想的情感模式，補現實之不足。以自然花卉作為模型，在詩中描摩她們，語言盡量去貼近詩人心裡的觀念，最後，每一首作品都道出了危險的訊息——真善美的確實存在，那麼現實裡的缺無就顯得愈加尷尬。這樣的詩人席慕蓉，不知是否會被柏拉圖逐出理想國。確定的是，這樣的席慕蓉並不會被讀者趕出書市，上節所述孟樊的分析，速食式愛情的社會竟能接受席慕蓉這種不染煙塵的情詩，是因為「社會需要高情感」，「因為當今社會的男女已缺少真正而又濃厚的情感」，至此可再度印證。

　　女性書寫的力道也許可以不是陽剛的，女性所提供的意義也許可以不是權力符號的，不是繁複理性的，只是提醒我們自然的秩序，人心的結構，而且這兩者還是交感互生的。

七　結語：花與人

　　　　生命的場景正在互相召喚

　　　　時光與美
　　　　巨大到只能無奈地去　　浪費[67]

　　這三句詩，字字擊中本文的論述中心，花的意象所象徵出來的許多生命現象，如時間的流速，如美的精神追求，莫不是人生重要的課題，這在先民心中已綁了繩結，來到現代被席慕蓉以詩反覆觸摸後，綁得更牢，然後再梗在讀者的心中。所以，「生命的場景正在互相召喚」，一代一代的人們在召喚，積累心情，席慕蓉加入，然後，讀者

---

67 席慕蓉：〈燈下之二〉，《我摺疊著我的愛》，頁46。

們也加入,原來我們都是在透過書寫在彼此呼應共鳴。我們讀詩,讀到花,讀到席慕蓉,也讀到我們自己。以這樣來理解文學,理解詩,理解席慕蓉,暢銷與否,便會少一點嘲諷或批判,多一點對她召喚手勢的說明,多一點對詩文本的討論。

有兩位詩評家對席慕蓉的論述,相當值得後續討論,其中一位是楊宗翰,他全方位討論完席慕蓉之後,提出這個問題:「論者或史家一味強調其『暢銷』現象,除了可以反覆陳述席詩的確受到相當多讀者歡迎這項事實,似乎也未能再生產出何等高見。因此筆者建議,除了原有的提問(譬如:席詩受歡迎的原因為何?)外,我們應該還可以嘗試去追問:席詩既然如此暢銷與受讀者歡迎,它對『臺灣現代詩體制』究竟有沒有產生過影響?」[68]很巧的,大陸詩評家沈奇隱約的回答了這個問題:「對『席慕蓉詩歌現象』的重新解讀,旨在對整個常態詩歌寫作的重新正名與定位。長期任運不拘,一味移步換形的中國新詩,正在逐漸清醒中認領一個守常求變的良性發展時期,而常態寫作的重要性,也正日漸凸顯。從這一視點重讀席慕蓉,便可讀出一點尷尬中的啟示──市場將前衛姿態由主流推向邊緣,時代又將一抹『邊緣光影』推為市場的熱點;市場無罪,時代無常,席慕蓉只是被動充當了大眾詩歌選民們的『最愛』,並無意中開啟了人們對常態詩歌寫作價值的重新認識──而在這一價值領域中,席慕蓉無疑佔有重要的一席,並非錯愛與誤會。而說到底,『誰能為一束七里香的小花定名次呢?』(張曉風語)」[69]席慕蓉的暢銷,是否真的提醒現代詩的發展該往常態寫作前進?席慕蓉只是碰巧的位於這個敏感時代的暢銷位置?筆者認為現在來斷定現代詩該如何發展,或者常態寫作與前衛

---

68 楊宗翰:〈席慕蓉與席慕蓉現象〉,《臺灣現代詩史:批判的閱讀》(臺北市:巨流圖書公司,2002年),頁189-190。

69 沈奇:〈重新解讀「席慕蓉詩歌現象」〉,《文訊》第201期(2002年7月),頁10-11。

創新的主流／邊緣位置，甚而是優劣與否的價值，都也匆促。詩人們還在辛勤創作中，各種風格都值得鼓勵與觀察，邊緣裡必定有很多讀者未察覺的「珍寶」，市場與時代並不能用來作為現代詩風格的指標。

　　真正重要的是，評論嚴肅而寬容的對待詩，詩人認真而熱情的寫詩，最後從席慕蓉這一首以花語〈自白〉的詩末節，來作為本文的理解與期許：

　　　　我無法停止我筆尖的思緒
　　　　像無法停止的春天的雨
　　　　雖然會下得滿街泥濘
　　　　卻也洗乾淨了茉莉的小花心[70]

　　　　　　——本文原刊於《國文學誌》第十期（2005年6月），頁1-26

---

70 席慕蓉：〈自白〉，《無怨的青春》，頁79。

附錄

詩集名稱	七里香	無怨的青春	時光九篇	邊緣光影	迷途詩冊	我摺疊著我的愛	花種出現的總數量
出版時間	1981	1983	1987	1999	2002	2005	
七里香	1						1次
月桂	1						1次
蓮／荷	4	4		2	1	3	14次
玫瑰	1			1	1	2	5次
茉莉	2	3			1		6次
百合	2	5		1		1	9次
芙蓉	1		2				3次
菊	1		1				2次
薔薇	1	1	1	1			4次
梔子		2		1	1		4次
桃花		1					1次
曇花		1	2			1	4次
蘆花		1					1次
山櫻			1	2			3次
菖蒲花			1				1次
桐花			1				1次
芍藥				1			1次
野薑花				2			2次
鳶尾花				1			1次
山茶				1			1次

詩集名稱	七里香	無怨的青春	時光九篇	邊緣光影	迷途詩冊	我摺疊著我的愛	花種出現的總數量
含笑				1			1次
蝴蝶蘭				1			1次
木樨				1			1次
蘋果花					1		1次
紫丁香					2		2次
水仙					1		1次
柚子花						1	1次
金盞花						1	1次
蕉花						1	1次
忍冬						1	1次
牡丹						2	2次
其他（無花名之花）	3	10	5	9	2	2	31次
總首數	63首	70首	50首	69首	42首	42首	336首
花意象的詩作數量	17首＊	28首	13首＊	22首＊	10首	11首＊	101首
所佔比例	27%	40%	26%	31%	23%	26%	30%

註一：花的種類順序大致以出現在詩集中的先後順序排列。

註二：＊表示詩集中包含一首出現兩種花名的詩，《邊緣光影》中另有一首出現三種花名的詩，《我摺疊著我的愛》另有一首出現四種花名的詩。不論同一首詩出現幾種花，皆以一首計算。

「席慕蓉現象論爭」析論

陳政彥

嘉義大學中國文學系副教授

摘要

本文以皮埃爾‧布迪厄（Pierre Bourdieu, 1930-2002）的理論概念：場域（field）、習態（habitus）作為研究方法，透過分析「席慕蓉現象論爭」，我們可以看到現代詩的場域轉變，由過去代表前衛實驗，與大眾對立的現代詩人立場，受到國民政府主導的大眾文化品味挑戰，現代詩的評論者由排斥席慕蓉與其詩集暢銷的現象，到後來逐漸能以分析代替批判，最終正視席慕蓉現象的特殊性。

關鍵詞 席慕蓉現象、論爭、場域、現代詩

一 前言

　　席慕蓉最早的兩本詩集《七里香》與《無怨的青春》分別出版於一九八○以及一九八一年。出乎所有人的意料，一出版就大賣。據孟樊的調查，《無怨的青春》從一九八○年至一九八六年為止共銷了三十六版；《七里香》從一九八一年七月至一九九○年十二月共銷了四十六版；此外席慕蓉在一九八七年元月出版的《時光九篇》至九○年為止也銷到二十七版。這樣暢銷的紀錄，除鄭愁予的《鄭愁予詩集》與余光中的《白玉苦瓜》外，詩壇無人可以相比，這種暢銷的現象在詩壇既是空前，至今也沒人能打破這個紀錄。於是詩壇將此稱之「席慕蓉現象」。

　　席慕蓉詩集不但暢銷，也引起評論者的諸多意見。肯定者認為「席慕蓉現象」是種可喜的現象，代表現代詩終於被大眾接受，而席慕蓉功不可沒；反之，批評者認為席慕蓉的詩主題貧乏、矯情造作等等。甚至認為席慕蓉是故意創作此類「媚俗」詩作，來迎合大眾的胃口。這些負面批評最早是在一九八四年四月由渡也發表砲火猛烈的〈有糖衣的毒藥〉造成了密集的迴響，此後關於「席慕蓉現象」的評論不斷出現。布迪厄說：「文學競爭的中心焦點是文學合法性的壟斷，也就是說，尤其是權威話語權利的壟斷。」[1]席慕蓉現象引來鼓掌叫好的評論，也引發現代詩人的焦慮。到底席慕蓉的詩是不是「詩」，批評家與閱讀大眾圍繞著席詩展開了文學合法性的爭奪戰。

　　論爭焦點集中在席詩為何暢銷上，正反兩方互相批判討論。雖然前人尚未以「論爭」定論，但實質上這的確是一場論爭，因此本文嘗試釐清整個論爭的脈絡，呈現整個「席慕蓉現象論爭」的定位。除了

1　皮埃爾・布迪厄（Pierre Bourdieu）著，劉暉譯：《藝術的法則——文學場的生成與結構》（北京市：中央編譯出版社，2001年），頁271。

呈現評論家們「如何」論爭外，本文更關注的是評論家們「為何」要
爭議詩集暢銷的現象。「席慕蓉現象論爭」提供我們一個切入的角
度，透過分析評論家們為何論爭的過程中，我們可以發現背後的問題
是，現代詩生產體制是如何面對這個前所未見的變局。而皮埃爾・布
迪厄（Pierre Bourdieu, 1930-2002）的重要理論概念場域（field）、習
態（habitus）則提供了我們較佳的分析方式，避免了兩種常見評論方
式所造成的盲點——對評論者心態的臆測與事件的平面描述。

二　席慕蓉現象論爭經過

　　由於前人未以論爭看待這些討論席慕蓉現象的文章，相關資料也
未經彙整，因之本文先就時間順序將論爭經過作一整理說明：

　　最早注意到席詩並為之寫評論的是七等生，但最早注意到席慕蓉
詩集暢銷現象，並且嘗試回應的卻是曾昭旭。曾昭旭的〈光影寂滅處
的永恆——席慕蓉在說什麼〉中說：「當席慕蓉的第一本詩集『七里
香』造成校園的騷動與銷售的熱潮，我同時也開始聽到一些頗令人忍
俊不禁的風評。」[2]由此可見當時關於席慕蓉詩集暢銷之事，已經開
始有許多流言非議，只是沒有形諸文字表達，有所耳聞的曾昭旭才寫
下此文，說明席詩只是一種青春的象徵，「一種表示罷了！你又豈能
當真認定執著看死了呢！」[3]以此對席慕蓉是否故意言情媚俗的疑慮
作個澄清。

　　之後在一九八三年，蕭蕭也寫下〈青春無怨・新詩無怨〉，文中
提到席慕蓉的詩集，「締造了詩集銷售的最高紀錄，而且，繼續累增

2　曾昭旭：〈光影寂滅處的永恆——席慕蓉在說什麼〉，見席慕蓉：《無怨的青春》（臺
　　北市：大地出版社，1983年），〈跋〉，頁198。

3　同上註，頁199。

中。」⁴面對席慕蓉詩集的暢銷，蕭蕭持以肯定的態度「甚至於可以說，她是現代詩裡最容易被發現的『堂奧』，一般詩人卻忽略了。或許真是詩家的不幸！詩壇的不幸！」⁵同時蕭蕭解釋到，席詩暢銷是因為她詩中充滿現代詩人所不願意寫出的「情」、「韻」、「事」，因此席詩「是值得一探究竟的現代詩堂奧。」⁶

蕭蕭與曾昭旭都對席慕蓉詩集暢銷現象給予正面的評價，曾昭旭肯定席的用心真摯，蕭蕭則點出詩學層面的優點，鼓勵大家學習探究。但這些說法在隔年四月由第一個批判席慕蓉詩集暢銷現象的評論家渡也所分別反駁。他在四月八、九日《臺灣時報》副刊上發表了〈有糖衣的毒藥〉猛力抨擊席慕蓉。

這篇文章首先列出席詩的優點，接著分列主題貧乏、矯情做作、思想膚淺、淺露鬆散、無社會性、氣格卑弱、數十年如一日等七項缺點批判席慕蓉。文中渡也批判蕭蕭的說法，首先說：「包括蕭蕭在內的某些詩評家皆認為席詩『締造了詩集銷售的最高紀錄』，因此『她的出現與成功，都不應該是偶然。』筆者頗不以為然，一個作家的『成功』或失敗如完全由掌聲的多寡來決定，而非決定於作品的好壞優劣，實在可悲可笑。」⁷

另外蕭蕭以為席慕蓉敢於言情是她受歡迎的原因，渡也也不以為然，渡也說：「敢於犯諱犯忌而寫情詩者並非如蕭蕭所言僅有席慕蓉一人！蕭蕭以為席慕蓉敢於寫作情詩，值得褒揚，真是笑話。其實問題不是敢不敢寫，而是寫得好不好。」⁸渡也雖然批判蕭蕭的上述兩

4　蕭蕭：《現代詩學》（臺北市：東大圖書公司，1987年4月），頁485。

5　蕭蕭：《現代詩學》，頁486。

6　蕭蕭：《現代詩學》，頁494。

7　渡也：《新詩補給站》（臺北市：三民書局，1995年2月），頁27。

8　渡也：《新詩補給站》，頁29。

點，但是渡也亦提到蕭蕭分析席詩的音樂性是成功的，因此我們可以分辨出渡也對蕭蕭的批判，是集中在蕭蕭對席詩暢銷給予正面評價這件事上。

此外，曾昭旭所說席慕蓉的詩，必須當作一種象徵，不能當成事實來看。渡也反駁曾昭旭的說法，說：「席詩假若僅是『意境的營造』，則虛無飄渺，一點價值都沒有。看做事實的的陳述倒還好一點，雖然令人不舒服。」[9]

渡也自述其寫作動機為「希望能教沈醉於席詩者，大夢初醒；使席慕蓉本人，痛改前非。」[10]在渡也的批判範圍中，需要改正的，除了席慕蓉之外，也包括喜愛席慕蓉的讀者。同樣抱持這種看法的人還有詩人非馬。非馬在一九八四年八月十日發表了〈糖衣的毒藥〉這篇文章，文中除了認同渡也的說法外，更點出席慕蓉詩的暢銷現象是整個社會的共犯結構所造成：「我又想到那些評論家、出版家以及傳播界的人士，他們不好好利用他們的地位與影響力，去為改善社會與人群的工作出力，卻甘心淪為惡性循環中的一環──培養一批蒼白夢幻的作家，把他們的書吹捧上暢銷架，誘導易感的年輕人去讀去做夢去無病呻吟，因此培養出更多蒼白夢幻的作家⋯⋯」[11]

渡也的言論一出，隨即在《臺灣時報》副刊引起一場小論戰。張瑞麟發表了〈我讀「有糖衣的毒藥」〉，以一個不熟悉詩壇的一般讀者立場認為，席慕蓉的詩讓他能夠明白、感動，比起其他詩人而言好多了。羊牧的〈動聽的真話──為「有糖衣的毒藥」喝采〉則回頭批評了蕭蕭與曾昭旭不該為席慕蓉說話，又再次舉了瓊瑤的例子比喻席慕蓉，並且說：「認為這些作品就是『詩』，我認為有良知的文學工作者

9　渡也：《新詩補給站》，頁32。

10　渡也：《新詩補給站》，頁26。

11　非馬：〈糖衣的毒藥〉，見渡也：《新詩補給站》，頁45。

沒有沈默的權利。」[12]接著，賈化的〈我讀「我讀有糖衣的毒藥」〉則
批評了張瑞麟的大眾論點，把席慕蓉的詩比成黃色書刊，引起張又回
應了一篇〈有害的迷幻藥〉。這些文章也許沒有深刻論點，但是也反
映了閱讀大眾與詩人的兩派想法。

在這場由渡也所引起的論戰平息之後，到了一九九一年，孟樊在
當代臺灣通俗文學研討會上發表了〈臺灣的大眾詩學〉一文，則以不
同的角度來看「席慕蓉現象」。孟樊長期身處出版業的現場[13]，因此這
篇文章援引許多出版的實際狀況來加以佐證，加上孟樊善於使用社會
學理論，對於席詩受歡迎的社會面向有超越前人的深刻討論，是這篇
論文的可觀之處。

尤其迥異於其他的評論文章，孟樊試圖用分析性、解釋性的文字
來取代過去的論文中，評論家透過批判席詩所凸顯文化的理想與規範
功能。這正凸顯孟文在「席慕蓉現象論爭」中的過渡意義。這篇文章
已經將討論問題的焦點從個人詩藝的高下，是否具有媚俗動機等個人
批判，轉移到「席慕蓉現象」的社會意涵上。

但即使如此，孟樊仍對大眾詩有輕微的否定傾向。孟文雖然希望
能以不帶褒貶的立場來談席慕蓉現象，在行文中卻又可見對席詩帶有
貶抑的字句，例如：

> 若不是有強大的傳播媒體為之造勢（包括廣告、宣傳以及演講
> 等等），若不是由於進入暢銷書排行榜而能一砲而紅……則她

---

12 羊牧：〈動聽的真話──為「有糖衣的毒藥」喝采〉，《臺灣時報》副刊，1984年4月
23日。

13 孟樊曾任《中國時報》「人間副刊」編輯、《臺北評論》主編、時報文化出版公司主
編、桂冠圖書公司及石頭出版公司副總編輯、揚智文化事業公司總編輯、聯經出版
事業公司企劃主任等，豐富的編輯經歷使他從出版角度討論席慕蓉現象有深刻的分
析。

的詩也很難成為獨樹一格的大眾詩。她是出版商的『詩的寵兒』。[14]

席慕蓉如果繼續寫作這種類型的情詩，在出版商刻意的炒作下，不可能再進步，除非她敢於向生產機制反叛。[15]

這些說法仍然暗示席詩的媚俗傾向。又如，孟文一開始即定義何謂「大眾詩學」，意指「被大眾所喜歡或接受的詩……它較一般的詩能普獲大眾的青睞，反映在詩集的銷售上，即表示其銷售成績不惡，不僅『不惡』，而且還能進入暢銷書排行榜內，連連再版。」[16]矛盾的是，符合這個定義的詩集，除了席慕蓉之外，還包括鄭愁予與余光中。於此孟樊花相當大的篇幅企圖證明只有席慕蓉的詩是所謂的「大眾詩」，而其他二者不是。諸如此類的說法，可以發現孟樊雖希望兼顧八〇年代臺灣文化工業興起的背景，但是最大的問題是他武斷地把席詩與大眾詩與文化工業劃上等號，忽略（或者故意漠視）三者的差別。

楊宗翰正點出了孟樊的這個問題。二〇〇一年一月楊宗翰在《竹塹文獻》上發表了〈詩藝之外——詩人席慕容與「席慕容現象」〉，楊宗翰則認為文學史還可以透過暢銷、女性、蒙古、非詩社成員詩人的身分來看待席慕蓉，開拓新的視野有助於更全面的給席慕蓉較準確的定位。文中則檢討了孟樊對大眾詩潛在的貶意。楊宗翰指出孟樊事實上套用了文學史家討論瓊瑤的模式來為席慕蓉下定位，事實上，席慕蓉本人並沒有涉及文化工業的生產設計，也沒有打算刻意要求暢銷，把席慕蓉比附為「詩界瓊瑤」的作法是失之武斷的。

---

14 孟樊：《當代臺灣新詩理論》（臺北市：揚智文化事業公司，1998年），頁209。

15 孟樊：《當代臺灣新詩理論》，頁221。

16 孟樊：《當代臺灣新詩理論》，頁197。

二〇〇二年七月沈奇在《文訊》上發表了〈重新解讀「席慕蓉詩歌現象」〉，這是最近一篇討論席慕蓉現象的文章。沈奇認為現代詩的創作具有實驗性與常態性的寫作態度兩種，席慕蓉正屬於後者，不應該因為席慕蓉的詩作不具有實驗創新的性質而加以忽視，甚至敵視。

總結以上，我們可以對「席慕蓉現象論爭」的經過有一概略了解，但在事件的描述之外，我們更關心的是文章後面所透露的訊息，亦即評論者在現代詩場域中的位置以及現代詩場域的轉變。

三 從論爭看現代詩場域的變遷

朋尼維茲如此解釋布迪厄的場域：「一個場域就像一個網絡，或位置間的客觀關係組合。我們可以依照這些位置的存在，這些位置對占據此位置的施為者或體制，這些位置在不同種資本分配結構的目前或潛在狀況（資本擁有的狀況可以決定在該場域中的獲利），及和其他位置的客觀關係（宰制關係、從屬關係或同構關係等），而客觀地定義這些位置。」[17]上述評論者都分別在現代詩場域中相對的具有自己的位置。但是如果只重視文化、經濟資本或者宰制、從屬關係而所描繪的場域位置，則忽略了時間變化導致的權力關係消長。此處將以時間順序區分出評論者在現代詩場域中位置的變遷。

最早肯定席慕蓉現象的蕭蕭、曾昭旭，他們都是出身中文系研究所，而且兩人都是長期在學校教書的老師。老師的身分與曾、蕭兩人的場域位置有密切的關連。教育政策制訂是由國家主導，老師的身分則是教育的執行者，教育目標是使人民接受國家所期許的意識型態。

---

17 朋尼維茲（Parrice Bonnewitz）著，孫智綺譯：《布赫迪厄社會學的第一課》（臺北市：麥田出版社，2002年），頁80。

因此身為教師在文學場域中的位置便相對傾向政府，也較不具批判性。

以臺灣來說，在五〇、六〇年代，由於國家定位傾向是對立於共產中國的自由中國，因此由國家機器所形塑的主導文化（dominant culture）具有標榜正面價值，立場保守且崇尚抒情風格與中國古典傳統等特徵。[18]在強調中國文化傳統的時代氛圍裡，中文系被賦予高度期待，並被視為中國傳統文化的象徵。

因此出身中文系的老師們對詩的期待視野是一種經過選擇的抒情傳統。正如威廉士所說：「我們要檢視的其實不是一個傳統（a tradition），而是一個經過選擇的傳統（a selective tradition）：它是經由有形塑力的過去（a shaping past）與已預先被形塑成的現在（a pre-shaped present）刻意建構而成，在社會與文化之定義及認定上有強大的運作能力。」[19]這個帶有中國傳統、保守抒情傾向的文化品味，決定了他們評價文學作品的方向。但五〇、六〇年代裡現代詩並不是國文教育的一環，當時擁有較被重視的文類是古典詩、文言文之類的古典文類。一直要等到七〇年代後，現代詩開始被編入課本，進入國文教育。

在那之前，現代詩在臺灣文化場域中位於邊緣位置。由於戰亂，早期現代詩人的教育背景複雜多元，其中軍人與外文學者身分居多，就算不是外文系背景，現代詩人們也都努力學習外國詩與外國文學理論。正是希望透過現代詩的國際化來對抗古典詩的正統性。

奚密指出現代漢詩所面臨的基本問題就是建立不同於古典詩的身

18　主導文化（dominant culture）概念是由張誦聖所提出，主要用於臺灣當代小說的研究上，如果張誦聖的架構無誤，則應可以套用在同時同地的現代詩領域中。相關討論見張氏：〈臺灣女作家與當代主導文化〉，《文學場域的變遷》（臺北市：聯合文學出版社，2001年6月），頁113-134。

19　張誦聖：《文學場域的變遷》，頁55。

分，並且對抗普遍存在於社會文化中古典詩的影響。經過早期詩人們的努力，到了六〇年代中期，現代詩以確立身分與在文壇的地位。奚密指出：「現代詩的新空間表現在三方面：第一，對詩的無功利性的追求；第二，對詩人所處的社會社會經濟弱勢的自覺以及對其他弱者的憐憫；第三，激進的個人主義與通俗文學文化對立。」[20]正因為現代詩具有上述特徵，相對的參與現代詩的創作活動也變成一種前衛實驗的象徵，這往往代表配合不願意與商業以及政府主導的主流文化品味。

到了八〇年代，現代詩的重要性已經逐漸被承認，中文系學者也開始嘗試以自己的文化背景去解讀研究現代詩。但是傳統中文系並沒有相關的詩學知識可以援引，中文系身分的現代詩評論家有兩種方式進行批評，其一轉化相類似的古典詩學理論來詮釋現代詩。不然就是接受已發展了二十年，混雜外國詩學與現代詩人自身體悟的現代詩學傳統。因此同樣是中文系出身的渡也、蕭蕭與曾昭旭，因為選擇了不同的文化傳統而導致立場的對立。

對蕭、曾而言，席詩與他們所熟悉的中國古典傳統相當的契合，蕭蕭這樣分析：「大學時代，席慕蓉已會作詩填詞，古典詩歌的含蓄精神、溫婉性格、溫柔氣質，自然從她的話中透露出來，不過，她運用的是現代白話言舒散感覺又比古典詩詞更讓人易於親近。同時，她不會浸染於現代詩掙扎蛻化的語言不似一般現代詩那樣高亢。」[21]由此可見，蕭蕭在席詩中所看到的「古典詩歌的含蓄精神」，正是蕭、曾兩人接受的原因。

相反的，在現代詩傳統的無功利性以及反對通俗文學的特徵，使

---

20 奚密：〈導論：臺灣新疆域〉，馬悅然、奚密、向陽主編：《二十世紀臺灣詩選》（臺北市：麥田出版社，2001年8月），頁56。

21 蕭蕭：《現代詩縱橫觀》（臺北市：文史哲出版社，2000年2月），頁246。

得渡也、非馬等現代詩人完全不能接受席慕蓉的作品。首先，他們不能認同詩的受歡迎，因為詩是一種前衛、實驗、菁英文化的象徵，是不應該普遍化、大眾化的。另外他們也不能認同席詩得到評論者的讚美，因為現代詩專業評論者的讚美，代表評論者承認這些「文字」是詩，這將使「詩的定義」混淆不清。最後終使渡也、非馬這些評論家以嚴厲語氣批判將席慕蓉與肯定席詩的評論者，期望劃出現代詩作為前衛文學與大眾文學之間壁壘分明的界線。

此外在《臺灣時報》副刊發表文章反對渡也的張瑞麟，可以說代表一般大眾對這個現象的看法。[22]的確，普羅大眾並不期待複雜難懂的文學作品，抒情風格容易接受都是一般大眾願意接受席慕蓉的原因。張瑞麟說：「只因為她的詩我看得懂，而且會受感動。我寧可要一個詩作平淺易懂的詩人，也不要十個寫些令人看了不知所云的艱難的詩人。」[23]

在這句話的背後隱含了大眾長期以來對現代詩的不能諒解與理解。長期以來，強調實驗前衛的現代詩不能被大眾所理解已經是臺灣現代詩史上爭議過無數次的話題，即使如此，現代詩人們仍然堅持著自己的定位，保持與大眾的距離，並且享受著現代詩所具有的較高的文化資本。能夠解讀並創作別人不能理解的現代詩似乎成為現代詩人們高人一等的理由。雖然有心之士不斷鼓吹現代詩不要晦澀，但大眾對現代詩的接受程度卻一直不高。

相反的，六〇到八〇年代間在國中、高中國語課本上出現的現代

---

22 大眾支持席慕蓉可以從三件事看出來，首先是席慕蓉擁有臺灣詩人中最高的銷售量，且屢屢進入暢銷書排行榜。其次，渡也自述：「然而，去年四月以後，我每到一處演講或開文藝座談會，往往有大量聽眾向我抗議，理由是他們非常喜愛《七里香》、《無怨的青春》。」見渡也：《新詩補給站》，頁42。張瑞麟本身不是詩壇中人，其意見多少反映閱讀大眾的意見。

23 張瑞麟：〈我讀「有糖衣的毒藥」〉，《臺灣時報》副刊，1984年4月18日。

詩作,除了強調愛國的作品外,多半是抒情的小品。這使得被教育的大眾對現代詩的期待往往停留在楊喚〈夏夜〉、蓉子〈只要我們有根〉、余光中〈鄉愁四韻〉、渡也〈竹〉這類抒情、標舉正面價值、傾向採取中國象徵的詩作,這些內容與風格其實也正是席慕蓉的詩中特色。再加上國文學習過程中會學到許多中國古典詩詞,這些古典詩詞所表現的抒情與古典詩詞特有的押韻方式都使得閱讀大眾感到熟悉,而得以欣賞席慕蓉作品。

時間到了九〇年代,文學場域開始有了轉變。研究者開始重視通俗文學的社會意義。各種國內、外有關通俗文學理論的興起,使孟樊能以有別於過去評論家的理論架構去討論席慕蓉現象,對孟樊而言,這已經是詩學現象,而不再是詩人個人的技巧或品格問題。但是孟樊仍犯了把席詩成通俗文學的問題。

到了最近,楊宗翰發聲的時候,情況又不同於孟樊分析的時候。隨著時間過去,席慕蓉已成名二十年,她早期成名的作品也已經被典律化,例如《時光九篇》得到民國七十六年的「中興文藝獎章」。其作品而收入各大重要詩選,甚至近年來的高中、高職課本已將〈一棵開花的樹〉收入教材中[24]。而「席慕蓉現象」也已經成為臺灣現代詩史上的重大事件,是後來研究臺灣現代詩史者不能不面對的重要議題之一。這使楊宗翰可以在較無壓力環境下處理席慕蓉現象。

最後值得一提的是沈奇,他是西安財經學院文化傳播系教授。同時也是詩人、詩評家,以及中國作家協會會員。他雖然評論臺灣現代詩,但他卻是受中國大陸的社會文化所影響。大陸評論家在八〇年代文革結束後,開始關注臺灣文學。就權力場的考量來說,大陸評論家在做臺灣文學評論時,隱約藏著以中國文學傳統收編臺灣文學的企圖。因此與臺灣評論家不同的是,沈奇與其他大陸詩評家看待席慕蓉

---

24 南一版高中國文課本第二冊及東大版高職國文第四冊都收錄了〈一棵開花的樹〉。

詩作時，是將席慕蓉詩與自己心目中，由古典銜接到現代的中國文學傳統作比較，而不是單以臺灣現代詩傳統來看。因此大陸詩評家們往往願意仔細分析，目標是找出席慕蓉詩中與中國傳統的相關之處。

沈奇認為「對『席慕蓉現象』的重新解讀，旨在對整個常態詩歌寫作的重新正名與定位。長期任運不拘、一味移步換形的中國新詩，正在逐漸清醒中認領一個守常求變的良性發展時期。」[25]一反臺灣評論家的批判，沈奇看到的是席慕蓉對「中國新詩」的良性發展影響。但對大陸的暢銷詩，沈奇卻不以為然，他說：「尤其是在『席慕蓉旋風』登陸大陸詩壇時，正值『汪國真詩歌熱』之際，人們很容易將二者合併歸類……簡單而輕率地認定席慕蓉為臺灣版的汪國真，自然不屑一顧了。」[26]此處可以再次看到，之所以會有這種結論，而不是說汪國真是「大陸版的席慕蓉」，正因為沈奇是將席慕蓉置於中國新詩傳統中衡量。 以上詳細分析現代詩場域的變遷與不同時期評論家在場域中的位置。除了討論評論家與一般大眾在文學場域中的位置外，我們還能從論爭的焦點看出論者的習態如何作用。

四 「席慕蓉現象論爭」焦點分析

習態的形成是取決於作家個人在文壇中的位置以及這個文壇與臺灣社會整個權力場域（field of power）的特定關係。布迪厄說：「分析這些位置的佔據者的習性的產生，也就是支配權系統，這些系統是文學場內部的社會軌跡和位置的產物。」[27]從這些爭議的焦點以及論者如何證成他們論點當中，我們可以更清楚看到論者的習態如何在當

---

25 沈奇：〈重新解讀「席慕蓉詩歌現象」〉，《文訊月刊》第201期（2002年7月），頁11。
26 沈奇：〈重新解讀「席慕蓉詩歌現象」〉，頁11。
27 皮埃爾・布迪厄（Pierre Bourdieu）著，劉暉譯：《藝術的法則──文學場的生成與結構》，頁262。

中運作。雙方的論點雖然看起來分歧眾多，但是爭議的焦點可以歸納
為三點：

（一）題材是否太單一

　　席慕蓉最常為人詬病的地方是題材太過單一，在渡也的〈有糖衣
的毒藥〉提出的七項缺點中，嚴格說來，「主題貧乏、思想膚淺、無
社會性、氣格卑弱、數十年如一日」這五個缺點，事實上指責的是同
一件事，也就是席慕蓉長年只書寫傷逝傷感的抒情題材。渡也說：
「她把自己關在象牙塔裡吐露『痛苦』、『憂傷』，陳述的只限於個人
生活的狹小圈子管他什麼『先天下之憂』。」[28]渡也點出的這個論點後
來則被孟樊所繼承並加以延伸，由於題材的單一化使得孟樊認為席慕
蓉的詩有情節定型化的問題，孟樊說：「大眾詩雖然不像流行小說那
樣具有豐富的情節，但其情節定型化則如出一轍，席慕蓉的框套式情
節即愛別離的故事，」[29]

　　因為題材的接近，反對席詩的評論家們往往不願意去辨認不同作
品之間的微妙含意，只是把席詩將大量相同題材作品都當作粗製濫造
的文化工業複製品。這樣做，是將席慕蓉看做流行文化工業的神話，
當席慕蓉的全體詩作被視為一種象徵，一種作者與閱讀大眾一起墮落
的一種象徵，如同羅蘭・巴特所言：「神話的能指以一種曖昧的方式
呈現：它同時既是意義又是形式，一方面充實，一面又很空洞。」[30]
於是所有席慕蓉的詩作的含意都全部變得空洞，沒有差別，都只是用
來指涉愛別離的感傷詩而已。

28　渡也：《新詩補給站》，頁35。

29　孟樊：《當代臺灣新詩理論》，頁203。

30　羅蘭・巴特（Roland Barthes）著，許薔薔、許綺玲譯：《神話學》（臺北市：桂冠圖
　　書公司，2000年），頁177。

但是，事實上，即使同一題材的詩，席慕蓉仍然有可能嘗試表達不同的想法或者更微妙的情感。例如曾昭旭的〈光影寂滅處的永恆〉中提到：「〈淚‧月華〉寫愛之沉埋，竟到了令人無以辨認的地步。〈遠行〉、〈四季〉與〈為什麼〉都寫的是人與愛之違隔。〈樓蘭新娘〉寫人們對愛的侮慢。只有〈自白〉一首，寫人們在殘缺中一點尚未灰的追尋之心，則總算還保存著一點希望。」[31]由此可見，只要願意更精緻的深入探究，還是可以發現在席慕蓉詩中的不同含意。

肯定席詩的評論家並不批判席慕蓉題材的單一。這是由於中國傳統詩學中有「詩言志」的說法，受此影響的蕭蕭提及他對詩的看法說：「詩是人類因外物而激生的感情，又藉著外物來傳達的一種心聲」[32]，作詩目的在於表達創作者內心的感情，因對席慕蓉來說，她只是誠實表達自己的心情，題材單一也是個人天生才具的表現，因此並沒有值得批判的地方。

（二）詩語言是否過於鬆散

除了題材的單純以外，批判席慕蓉的另一個焦點在語言的淺白。渡也批判席詩的缺點在淺陋鬆散。孟樊則說這種詩語言的淺白是大眾文學的重要特色，甚至說「像席詩所使用的淺白易懂的語言，可能導致二種後果，一是使生活的豐富性（包括愛情的多采多姿）無由從簡單、稀少的詞句中顯現出來，二是正因為如此，反過來導致我們所能認識的現實會越來越少。」[33]

諷刺的是，幾乎論者都認同詩語言的淺白是席慕蓉的優點，渡也

---

31 曾昭旭：〈光影寂滅處的永恆——席慕蓉在說什麼〉，見席慕蓉：《無怨的青春》，頁204。

32 蕭蕭：《青少年詩話》（臺北市：爾雅出版社，1989年），頁7。

33 孟樊：《當代臺灣新詩理論》，頁219。

先說明了席詩的優點在於：「語言淺白平易，不咬文嚼字，適合大家胃口。」[34]如果說詩語言的淺白是席詩的優點，又為何也是她的缺點？

席詩語言淺白是她的特點，也是她非常與眾不同的地方，蕭蕭說：「她的詩是一個獨立的世界，自生自長，自圓自誇，不知有漢，無論魏晉，是詩國一處獨立自存的桃花源。」[35]桃花源的文學比喻正說明了席慕蓉詩沒有受到其他詩人的影響，在文字的使用上不像其他詩人一樣充滿實驗性。現代詩在臺灣一向以開創文學潮流的實驗性與創造力見著。這樣的背景可遠紹大陸現代派與臺灣風車詩社的超現實主義文學傳統。當席慕蓉違背了這個現代詩傳統，以淺顯語言發聲時，便逼得其他評論家思考這個傳統的存在意義。對大多數現代詩人而言，現代詩就是應該創新實驗是天經地義的事，因此評論家們就必須在現代詩傳統與席慕蓉之間劃出一條界線來。布迪厄說：

> 當最「純粹」、最嚴格和最狹隘的定義維護者認定某些藝術家（等）並不真正是藝術家，或不是真正的藝術家，並否認後者作為藝術家的存在，他們就是從自己作為「真正」藝術家的角度，想在場中推行作為場的合法視角的場的基本法則、觀念與分類的原則，這個原則決定了藝術場（等）非如此不可，也就是讓藝術成為藝術的場所。[36]

如果席慕蓉的詩違背了這個傳統，那麼評論家們只能「否認席慕蓉做為詩人的存在」，因此包括渡也、非馬以及孟樊等評論家們必須用強烈貶抑的字句來批判席慕蓉。透過將席慕蓉詩的意義掏空，忽視

---

34 渡也：《新詩補給站》，頁27。

35 蕭蕭：《現代詩縱橫觀》（臺北市：文史哲出版社，2000年2月），頁246。

36 皮埃爾・布迪厄著，劉暉譯：《藝術的法則──文學場的生成與結構》，頁271。

席詩的技巧的方式來否認她，進而畫出詩人與非詩人之間的界線。那肯定席詩語言的評論家呢？席慕蓉詩中的古典抒情氣質正好與蕭、曾等人的習態契合，因此要他們接受席詩語言並不困難。他們的文化薰陶，所受的古典詩詞訓練都告訴他們這樣的作品是好的，可讀的。另外，身為老師的習態也使他們認為現代詩普及是值得努力的目標。

（三）動機是否媚俗

除了題材單純與詩語言的淺白之外，批評席慕蓉的論者一再質疑席慕蓉是有意的媚俗，迎合大眾的低俗品味來寫作。如渡也說：「以其具有迎合一般青少年胃口的低級趣味，是以格外受歡迎，真是令有心之士痛心。席慕蓉一定不會痛心吧，說不定還暗自慶幸成功。」或者「她似乎把矯情造作、博人同情，當作義不容辭之事。」[37]

渡也猜測席慕蓉是有意識地創作這種會受歡迎的詩作，其背後的目的則是為了「成功」。不止渡也這麼說，孟樊也說：「主要是《七里香》的成功，使詩人的『效益』已經確定，投資席書的風險降到最低，於是大地、爾雅、圓神等出版社，便『儘可能放手讓作者以既有手法繼續生產作品』，結果是席慕蓉的這幾本詩集，好像是同一個模子印出來的，同質性太高。」[38]雖然不像渡也如此直接推斷席慕蓉是有意識的寫作迎合大眾品味的作品，但是孟樊也暗示席慕蓉的確知道自己的詩集是一種受歡迎的產品，因此可以大量複製生產。評論者便據此將席慕蓉稱作「詩界的瓊瑤」，甚至輾轉被寫入古繼堂的《臺灣新詩發展史》中，成為席慕蓉在文學史上的定位。

關於席慕蓉是否自覺的媚俗，文化工業的形成分析，在孟樊、楊宗翰的文章中已經有充分的分析，本文更關心的是，為什麼評論家們

---

37 渡也：《新詩補給站》，頁34、32。
38 孟樊：《當代臺灣新詩理論》，頁212。

要如此深惡痛絕地批判「暢銷」這件事。我們可以這樣分析評論家的
邏輯：席慕蓉的作品很暢銷，暢銷是罪惡的，所以席慕蓉是罪惡的。
證諸渡也所說：「乍看起來以為是天使，細看之下原來是魔鬼，害人
不淺。」[39]可以知道詩評家們的心中的確是這麼想的。

　　之所以會有這樣的思考，實則由於文學是以作為社會中的文化象
徵的方式來與經濟場、權力場互動，因此在文學表現上必須表現出對
利益的排斥，越是如此，其作為象徵的代表性才越強。如同布迪厄的
分析：

> 後者驅使最激進的捍衛者把暫時的失敗作為上帝挑選的一個標
> 誌，把成功當作與時代妥協的標誌。……實踐的經濟如同在一
> 場敗者獲勝的遊戲中，是建立在權力場和經濟場的基本原則顛
> 倒的基礎上的。它排斥對利益的追逐，它不擔保在投資和金錢
> 收入之間任何形式的一致；它譴責追求暫時的榮譽和聲名。[40]

　　由於強烈的排斥經濟利益，使得文學場的原則呈現出似乎與經濟
場顛倒的特色，也就是越願意犧牲經濟利益，越賠錢的作家所獲得的
名聲報酬也越高。這樣的原則也常見於現代詩的傳統中，例如創世紀
的洛夫、張默、瘂弦等人不惜典當棉被辦詩刊以及周夢蝶身無長物恆
產，唯一心創作的故事不斷被傳誦，都是最好的例子。反觀席慕蓉：
「她的家世良好，事業、學業均一帆風順，既不坎坷也不淒涼。比起
某些寂寞、困頓的詩人，席慕蓉著實非常幸運、幸福。」[41]於是她幸

---

39 渡也：《新詩補給站》，頁32。

40 皮埃爾・布迪厄（Pierre Bourdieu）著，劉暉譯：《藝術的法則——文學場的生成與
　　結構》，頁265。

41 渡也：《新詩補給站》，頁24。

福生活背景便成她置身於文學場域中的原罪了，再加上詩集的暢銷，這一切都使得評論家誤判席慕蓉的動機，把她與故意媚俗劃上等號。

諷刺的是，鄭愁予、余光中的詩集也有相當好的銷售成績[42]，但鄭、余兩人卻在詩壇中聲望極高，因此孟樊只好採取將鄭、余與席區分開的策略，忽視了鄭、余詩集中與席詩相似的抒情與中國情調。這是因為孟樊仍無法擺脫現代詩一貫的反通俗特質，而誤將具有獨特面目的席慕蓉詩看做了面目模糊大量複製的文化工業產品。

五　結論

「席慕蓉現象」至今已近二十年，而砲火猛烈的指責也已不再，時至今日回顧「席慕蓉現象」，我們還可以知道什麼？誠如楊宗翰的大哉問：「我們應該還可以嘗試去追問：席詩既然如此暢銷與受讀者歡迎，它對『臺灣現代詩體制』（the institution of modern Taiwan poetry）究竟有沒有產生過影響？若有，此影響如何發生？影響的程度又是如何？若無，則為何沒有發生影響？」[43]

「席慕蓉現象」這獨一無二的事件，當然產生了影響。在席慕蓉現象逼使評論家們對現代詩的雅俗之間做出更深刻的思考。也因不認同各自的意見而產生了論爭。本文試圖說明評論家們之所以會對席詩有正反兩面的評價，來自於其各自的場域位置，以及所內化的習態所導致。透過「席慕蓉現象論爭」我們可以看到現代詩的場域轉變，由過去國文教育中，中國古典抒情傳統如何轉化以適應現代詩，而前衛

---

42 根據孟樊的說法，《鄭愁予詩集》到一九八六年為止銷了二十八版，余光中的《白玉苦瓜》到一九九○年銷了十五版，這也是其他詩人無法望其項背的成績。見孟樊：《當代臺灣新詩理論》，頁198。

43 楊宗翰：《臺灣現代詩史——批判的閱讀》（臺北市：巨流圖書公司，2002年），頁190。

具實驗性的現代詩傳統,也必須解釋席慕蓉受歡迎的局面,兩相交鋒後,現代詩論者由原先排斥「席慕蓉現象」,到後來逐漸能以分析代替批判,最終正視席慕蓉現象的特殊性。

艾略特說:「任何詩人,任何藝術的藝術家都不能獨自具備完整的意義。他的意義,他的鑑賞也就是他和過去的詩人和藝術家之關係的鑑賞。你無從將他孤立起來加以評價;你不得不將他放在過去的詩人或藝術家中以便比較和對照。」[44]在今日,統合關於「席慕蓉現象論爭」的不同聲音,終將使彼此的意義都更加明確完整。

——本文原刊於《臺灣詩學學刊》第七號(2006年5月)

---

44 T. S. Eliot 著,杜國清譯:《艾略特文學評論選集》(臺北市:田園出版社,1969年),頁5。

參考文獻

（一）專書

皮埃爾‧布迪厄（Pierre Bourdieu）著　劉暉譯　《藝術的法則──文學場的生成與結構》　北京市　中央編譯出版社　2001年

羅蘭巴特著　許薔薔、許綺玲譯　《神話學》　臺北市　桂冠圖書公司　2000年

席慕蓉　《無怨的青春》　臺北市　大地出版社　1983年

蕭　蕭　《現代詩學》　臺北市　東大圖書公司　1987年

渡　也　《新詩補給站》　臺北市　三民書局　1995年

蕭　蕭　《現代詩縱橫觀》　臺北市　文史哲出版社　2000年

孟　樊　《當代臺灣新詩理論》　臺北市　揚智文化事業公司　1998年

馬悅然、奚密、向陽主編　《二十世紀臺灣詩選》　臺北市　麥田出版社　2001年

朋尼維茲（Parrice Bonnewitz）著　孫智綺譯　《布赫迪厄社會學的第一課》　臺北市　麥田出版社　2002年

張誦聖　《文學場域的變遷》　臺北市　聯合文學出版社　2001年

楊宗翰　《臺灣現代詩史：批判的閱讀》　臺北市　巨流圖書公司　2002年

T. S. Eliot著　杜國清譯　《艾略特文學評論選集》　臺北市　田園出版社　1969年

（二）報紙與期刊論文

渡　也　〈有糖衣的毒藥〉　《臺灣時報》副刊　1984年4月8、9日

張瑞麟　〈我讀「有糖衣的毒藥」〉　《臺灣時報》副刊　1984年4月18日

羊　牧　〈動聽的真話——為「有糖衣的毒藥」喝采〉　《臺灣時報》副刊　1984年4月23日

賈　化　〈我讀「我讀有糖衣的毒藥」〉　《臺灣時報》副刊　1984年4月27日

張瑞麟　〈有害的迷幻藥〉　《臺灣時報》副刊　1984年5月4日

渡　也　〈席慕蓉與我〉　《臺灣時報》副刊　1985年1月23日

孟　樊　〈臺灣大眾詩學——席慕蓉詩集暢銷現象〉（上）　《當代青年》　第6期　1992年1月　頁48-52

孟　樊　〈臺灣大眾詩學——席慕蓉詩集暢銷現象〉（下）　《當代青年》　第7期　1992年2月　頁52-55

楊宗翰　〈詩藝之外——詩人席慕蓉與「席慕蓉現象」〉　《竹塹文獻》　第18期　2001年1月　頁64-76

沈　奇　〈重新解讀「席慕蓉詩歌現象」〉　《文訊月刊》　第201期　2002年7月　頁10-11

附錄　席慕蓉現象論爭文章一覽表

說明：本文所討論之論爭文章，乃討論「席慕蓉現象」之評論文章，排列依文章發表年代時間排列。

論者	論題	發表刊物	卷／期	發表時間	立場	備註
曾昭旭	光影寂滅處的永恆——席慕蓉在說什麼	無怨的青春跋		1981／12	肯定	
蕭蕭	青春無怨，新詩無怨	文藝月刊		1983／7	肯定	收錄於蕭蕭《現代詩學》
渡也	有糖衣的毒藥	臺灣時報	副刊	1984／4／8，9	否定	收錄於渡也《新詩補給站》
張瑞麟	我讀「有糖衣的毒藥」	臺灣時報	副刊	1984／4／18	肯定	
羊牧	〈動聽的真話——為「有糖衣的毒藥」喝采〉	臺灣時報	副刊	1984／4／23	否定	
賈化	我讀「我讀有糖衣的毒藥」	臺灣時報	副刊	1984／4／27	否定	
張瑞麟	有害的迷幻藥	臺灣時報	副刊	1984／5／4	肯定	
非馬	糖衣的毒藥	海洋副刊		1984／8／10	否定	收錄於渡也《新詩補給站》
渡也	席慕蓉與我	臺灣時報	副刊	1985／1／23	否定	收錄於渡也《新詩補給站》

論者	論題	發表刊物	卷／期	發表時間	立場	備註
孟樊	臺灣大眾詩學——席慕蓉詩集暢銷現象	當代青年	第6、7期	1992／1，1992／2	否定	收錄於《流行天下》與《當代臺灣新詩理論》
楊宗翰	詩藝之外——詩人席慕蓉與「席慕蓉現象」	竹塹文獻	第18期	2001／1	肯定	收錄於楊宗翰《臺灣現代詩史》
沈奇	重新解讀「席慕蓉詩歌現象」	文訊月刊	第201期	2002／7	肯定	

鄉愁與解愁
——席慕蓉詩中的歷史圖象與記憶

李翠瑛

元智大學中國語文學系副教授

摘要

本論文透過席慕蓉詩中的歷史圖象與家鄉記憶，尋索其對於「家」的情感，從想像的詩中意象到真正踏上故國土地時內在情感的變化，詩人在詩中表現她的內在轉折。因此，本文從人文與歷史賦予的圖象感情，討論席慕蓉從想像到現實、懷鄉到鄉愁的解除的過程，以說明其歷史圖象的改變以及詩人情感的起伏。

圖象如果是歷史的，就包含了自然與人文兩者融合的結果，即作者情志與外在景物結合的成果，詩人的意象中融化了情與意，又融合了個人情懷上的特殊鄉愁，此一融合給予讀者的是一種浪漫的想像，席慕蓉現象的出現，其實也在說明此類如夢似幻的情意畫面，有著引發讀者情感的效果，於是，浪漫的與現實的差異成為詩中的圖象來源。

本論文希望釐析席詩中的圖象，並同時以縱貫面討論其變化與情感的轉折，藉此說明過去的歷史與記憶本來就在詩人的創作中佔有極為重要的地位，同時，詩人的特殊題材表現，也同時帶領讀者的閱讀及購買，並滿足讀者的想像，而成就席慕蓉個人的詩中世界。

關鍵詞 席慕蓉、鄉愁、圖象、歷史記憶

一　前言──讀者心中的青春浪漫女詩人

　　席慕蓉，一九四三年出生於重慶，祖籍為內蒙古察哈爾盟明安旗人，長於香港，後遷至臺灣，在師範美術系完成學業之後，赴比利時深造，一九六六年於比利時布魯賽爾皇家藝術學院第一名畢業。蒙古名字為穆倫・席連勃。父親為察哈爾盟明安旗，母親是昭烏達盟克什克騰旗，皆是貴胄之後。席慕蓉是一位學而有成的畫家，同時以詩聞名。

　　閱讀席慕蓉的詩與文，是一段青春浪漫的再體現，彷彿踩著十六歲青春，在輕輕感嘆中，閱讀著歲月、青春、光陰、童年以及萬里黃沙、白楊、月光、還有芙蓉與荷花。而在這些意象裡，青春、光陰、鄉愁與夢的主題中，「席慕蓉風」的基本品調也一一重現並流露。[1]

　　然而，從學院派[2]的詩人與學者的角度看來，席慕蓉的詩顯然具有過度濫情與缺乏詩質的缺點，然而，若從閱讀的角度來看，廣大的讀者所塑造出來的「席慕蓉現象」[3]卻不容小覷，所謂的席慕蓉現象，在於席慕蓉以她的詩集《無怨的青春》與《七里香》創下出五十刷以上的出版紀錄，並改寫詩集銷路不佳的常態，在詩集本是小眾的市場中，席詩的銷售量形成強大的讀者力量，令人不得不正視她的存在。雖然詩人自己說：「我一直不敢自稱詩人，也一直不敢把寫詩當做我的正業，因為我明白自己有限的能力。在寫詩的時候，我只想做

1　沈奇：〈邊緣光影佈清芬──重讀席慕蓉兼評其新集《迷途詩冊》〉，見席慕蓉：《邊緣光影》（臺北市：圓神出版社，2006年），頁167。

2　陳芳明：〈甚麼是學院派？〉，《詩與現實》（臺北市：洪範書店，1983年），頁2。所謂「學院派」，是指正式受過學院訓練的人，一是指受學院氣息影響的人。

3　楊宗翰：〈席慕蓉與「席慕蓉現象」〉，《臺灣現代詩史：批判的閱讀》（臺北市：巨流圖書公司，2002年），頁175。

一個不卑不亢，不爭不奪，不必要給自己急著定位的自由人。」[4]然而，透過讀者所建立起來的席慕蓉現象與旋風，終究還是詩壇上的一大異數，此一特殊的讀者群也間接完成了女詩人席慕蓉的詩壇地位。

對於詩人而言，繪畫才是她終生投入的工作，而寫詩則是詩人「抽身」的方法，繪畫的境界與領域是席慕蓉終身盡力追求，而詩卻是在寧靜的夜裏，在澄黃的燈下，靜靜等待而成[5]，她說：「我不過只是寫了幾首簡單的詩，剛好說出了生命裏一些簡單的現象罷了。因為簡單，所以容易親近，彷彿就剛好是你自己心裏的聲音。」[6]因為簡單，卻反而寫出讀者想說而說不出來的話，讓讀者捧讀再三，深受感動，激起內在的情感，達成詩的感人作用。「心裏的聲音」就是席慕蓉詩的最大價值了。所以，看似無心而成的詩，卻因為情感的抒發，使得「軟性詩」的愛情抒發[7]成為賺人熱淚的一宗美麗的信仰。

同時，詩人特殊的地方更在於她的蒙古血脈所帶來的想像，無論是讀者或是作者，一位因戰亂而到臺灣的女畫家，從小對於故鄉的所有渴望與想像，形成的無限廣闊的可能，地域文化的尋根渴望[8]，與現實生活中產生的對比，構成詩人早期詩作中，有別其他詩人的基調。年輕的詩人在詩文中那些對故鄉的渴望，化為草原、藍天、湖泊、星空的美麗幻想，附加在詩作的文字之外，成為讀者一同悲喜的元素。

但是，在人生的際遇中，有些人深懷故鄉的渴望，卻至死終老他鄉，席慕蓉有幸在中年之時，踏上故鄉之路，見到夢中故土，見到那個存在於父母親及老人長輩的口中的想像的故鄉形象，在現實中被還

4　席慕蓉：《時光九篇》（臺北市：圓神出版社，2006年），頁208。
5　席慕蓉：《七里香》（臺北市：圓神出版社，2006年），頁192。
6　席慕蓉：《時光九篇》，頁208。
7　古繼堂：《臺灣新詩發展史》（臺北市：文史哲出版社，1997年），頁530。
8　樊星：《當代文學與多維文化》（武漢市：武漢大學出版社，2005年），頁13-18。

原成真實的事件，並一點一滴的破滅與重整。在解讀與感懷中，詩人的心被故鄉牽引成一條起伏的線型，在情緒的波動中，找到夢想解除的鑰匙，也找到夢想重新歸於實際的道路。

當鄉愁被解開時，詩人內在更深的情感以及對歷史的使命重新燃起。於是，詩人在情感上與詩文表現上有了新的面目，後期的席慕蓉對於「原鄉」的體悟與書寫，成為她後來新的寫作航線，文化的交融與體會也變成她進入原鄉後最深沉的思考。本文試從詩人的情感、故鄉的圖象、以及對於故鄉的再認識，試圖解讀詩人從浪漫的想像中走到現實世界時，情感的起伏與變化，進而對於後期的意象如何展現以及許多鄉愁現象的解釋。

二 悲喜交集——敏銳的詩人特質與想像中的故鄉

（一）雙重矛盾的情感特質

席慕蓉是一個情感豐沛的人，作家七等生曾經和她一起學畫，一起排演歌舞劇，當時，席慕蓉擔任幕後吹笛手，沒想到她一面吹笛，一面看著前臺的商旅與姑娘，淚水縱橫地演奏完最後一個音符，讓在場的人都為她的真情流露而肅然起敬，這種「唯賴情感的稟賦，是外力無法阻擋的。」[9]的敏銳心靈，使得詩人在眾多人群中卻反而感覺到孤獨：「我孤獨地投身在人群中／人群投我以孤獨」[10]。「只留下孤獨／做為我款待自己／最後的那一杯　美酒」[11]有時，除了孤獨，她也書寫悲傷，如〈詩的末路〉中說：

9　七等生：〈席慕蓉的世界〉，見席慕蓉：《七里香》，頁218。
10　席慕蓉：《七里香》，頁46。
11　席慕蓉：〈美酒〉，《七里香》，頁156。

要到了此刻

我才知道

生命裡能讓人

強烈懷想的快樂實在太少太少[12]

生命中的快樂看似無多，能懷想的快樂更少之又少，對於一個情感充沛的女子而言，孤獨似乎是一種必然的自我相處之道，然而，她有時卻又有著極為歡樂的心境，例如詩人的文中透露出幸福的家庭、美滿的婚姻、深愛她的丈夫以及慈祥的父母親。於是，詩人有時會說自己：

在秋來之後的歲月裡　我

幾乎可以　被錯認是

一個無可救藥的樂觀女子[13]

時而悲傷時而歡喜，時而孤獨時而樂觀到無可救藥，詩人的情緒起伏受到環境的深度影響，敏銳的心思又勝於常人，於是她受到影響的面向更觸發她的感觸，對萬物有所感有所懷的心境，也讓她在創作上捕捉到一些敏銳而纖細的表達。詩人的內心有著歡喜與悲傷交錯，熱鬧與寂寞同時並存的情感讓她寫出如下的文字，〈天上的風〉中說：「才能　在一首歌裏深深注入／我熾熱而又寂寞的靈魂」、「生命共有的疼痛與悲歡」[14]，生命中悲喜交加的情緒與矛盾的情感往往同時存在於詩人的詩中，所以孤獨與熱鬧、感懷與歡喜，矛盾的情思往往成為席詩中充沛情感的創發力量。

---

12 席慕蓉：〈詩的末路〉，《邊緣光影》（臺北市：圓神出版社，2006年），頁48。

13 席慕蓉：〈秋來之後〉，《邊緣光影》，頁138。

14 席慕蓉：《我摺疊著我的愛》（臺北市：圓神出版社，2005年），頁110。

除此之外，詩人喜歡回顧的特質也形成她的文字情感的表達方式，她的「回流式的抒情方式」[15]讓她的情感總在生命之流中頻頻回首，常常回顧過去：

> 我是一個喜歡回顧的人。
>
> ……
>
> 我喜歡回顧，是因為我不喜歡忘記。我總認為，在世間，有些人、有些事、有些時刻似乎都有一種特定的安排，在當時也許不覺得，但是在以後回想起來，卻都有一種深意。[16]

回顧，除了是一種回想的反省，也是代表著內在的、懷舊的而不願放棄過去的生命態度，她在〈詩的本質〉中說：

> 在如此豐美而又憂傷，平靜而又暗潮洶湧的歲月裡，能夠拿起筆來，誠實地註記下生命內裡的觸動，好讓日後的自己可以從容回顧，這是何等的幸運啊！

詩人將此種回顧的生命的態度視為幸運的，一方面熱愛當下的生活，一方面又不斷反省自己、回顧自己，生命中的觸動形成她特別的情愫，對於過去的人事物有著特別的懷想，所以詩人在回首之際，會看到當下的自己是怎樣的面目，過去的自己又是怎樣的面目？因此，往往可以見到以「記憶」為主題的抒發情意的詩，在五本詩集中，約有四十一首寫到記憶與回憶，這些詩佔了作品很大部分。

---

15 樊洛平：〈女性心靈的詮解──席慕蓉的創作心態與情感方式〉，《許昌師專學報》第17卷第4期（1998年），頁47。

16 席慕蓉：《成長的痕跡》（臺北市：爾雅出版社，1982年），頁4。

　　懷舊與記憶，是詩人不斷回顧自己並書寫自己的方式，她說：用一枝筆寫下過去就是一種幸福。把過去的「奇妙和馨香的記憶，我渴望能有一個角落把它們統統都容納進去。」[17]對於現在與過去的記憶書寫，席慕蓉既不願放棄過去，也不想錯過此刻，於是生命之流雖然不斷逝去，但時間的交錯與矛盾的情結卻總歸在她的創作之中，交會糾葛為超乎常人的豐盛情感，載不動的情思承載著女子細膩而強烈的直覺，也表現出相反的情緒與獨特的情思，具有兩種不同的感受面向，呈現出正與反、悲與喜，矛盾而對立的情感同時在詩中出現。

　　此種訊息比較書寫鄉愁的文人來看，席慕蓉的詩文更多熱情而強烈的情感，無論是溫柔敦厚，或是高亢熱情，在對生命熱愛、幸福婚姻[18]的日子中，又存在著恐懼與省思[19]，以及對於生命流逝的惶恐[20]，在相反而相成的矛盾情感中，激盪出她個人的情感書寫。這或許也是一般情感充沛的詩人所無法企及的情感內涵。這來自於天生的情感所造就的藝術傾向，並因此而產生個人化的詩文格調[21]，而席慕蓉筆下之所以有如此超乎常人而且對於人文社會與自然環境特殊的情感，乃至於創發出她源源不絕的創作力，實則源自於作者「胡思亂想」的一些思緒，這種敏銳的神經挑起的是對萬物強烈的收受之感，而特殊於正常人的強度所引發的更加熱烈的情思使她對於父母長輩們談論中的過去的鄉愁想像，或是現實的故鄉，對歷史的或即時的，都異於常人的高度悲歡之情。

17 席慕蓉：〈夏天的日記〉，《有一首歌》（臺北市：洪範書店，1984年），頁26。

18 席慕蓉：〈槭樹下的家〉，《有一首歌》，頁28。

19 席慕蓉：〈星期天的早上〉，《有一首歌》，頁41。

20 席慕蓉：〈星期天的早上〉，《有一首歌》，頁42。

21 陳劍暉：《中國現當代散文的詩學建構》（南昌市：江西高校出版社，2004年），頁41。

（二）夢想中的故鄉

詩人情感的敏銳與面對人生與萬物的歡喜卻又時而悲傷的感懷，在在使她對於外界的感受比一般人深刻，於是，以蒙古人的身分，在遠離故鄉的臺灣成長，父親長期在海外工作，家中的母親與外婆對於故鄉的懷念，大學畢業後，又到歐洲留學，在歐洲認識另一半，結婚，再回到臺灣，在生命的中後半段裏，卻又讓她踏上故鄉，這種飄蕩的生活，從遠離／回歸的歷程中，故鄉在她的心中是處於何種地位？詩人又是如何面對故鄉的情感？現實的生活是故鄉，或是從小未曾生活過的那塊土地才是故鄉？

詩人的外婆是蒙古舊王族，全名為孛兒只斤光濂公主，屬於吐默特部落，是成吉思汗的嫡系子孫。有時，外婆會對孩子們說著一條河，「西喇穆倫」河，在遙不可及的沙漠高原上，有一群善騎善射的族人，故事中有風沙、月光、騎馬、歷史，身為蒙古王族後代的席慕蓉，在這樣的「故事」中長大，血液裏彷彿有王族氣息，夢中所見的都是那未曾謀面的故鄉風光。因此，詩人對於蒙古有異於其他蒙古人的情懷，「小時候最喜歡的事就是聽父親講故鄉的風光。」[22]，在冬天的晚上，幾個孩子纏著父親述說長城以外的故事，那是與自己息息相關卻又從沒見過的故土。[23] 在幼小的心靈中，詩人是以父親的述說中，拼湊出故鄉的圖象：

> 靠著父親所述說的祖先們的故事，靠著在一些雜誌上很驚喜地
> 被我們發現的大漠風光的照片，靠著一年一次的聖祖大典，我

---

22 席慕蓉：〈無邊的回憶〉，《成長的痕跡》，頁25。

23 席慕蓉：〈無邊的回憶〉，《成長的痕跡》，頁25。詩人寫著：「冬天的晚上，幾個人圍坐著，纏著父親一遍又一遍地訴說那些發生在長城以外的故事。我們這幾個孩子都生在南方，可是那一塊從來沒有見過的大地的血脈仍然蘊藏在我們身上。」

> 一點一滴地積聚起來，一片一塊地拼湊起來，我的可愛的故鄉
> 便慢慢成型了。[24]

故鄉是口中的語言拼出的圖，是父母親以語言傳述的歷史，圖象則是
聽者心中的想像。鄉愁在詩人心中佔有一塊重要的區塊，對詩人而
言，不只是一種對故鄉的懷念，她說：

> 我卻比較喜歡法文裏對鄉愁的另外幾種解釋——一種對已逝的
> 美好事物的眷戀，或者，一種遠古的鄉愁。[25]

詩人在夕陽將未落，暮靄蒼茫之時，心中會有不安與疼痛的感受，走
在路上會覺得故國山河如雲霧般從腦海中升起，而對母親的渴念，童
年的追憶，在心中揮之不去，如絲如縷般，讓人有莫名的哀愁。

> 纏繞我們這一代的，就儘只是些沒有根的回憶，無邊無際。有
> 時候是一股洶湧的暗流，突然衝向你，讓你無法招架。有時卻
> 又縹縹緲緲地挨過來，在你心裏打上一個結。[26]

鄉愁起源於地域的區隔，因空間、時間的離別而產生的思念，這或許
是一種人類集體潛意識（collective consciousness）的呈現，對於既有
成長的以及曾經生活過的人事地的懷想，變成心中隱藏在深處的愁
緒，於是，正如蕭蕭說的：鄉愁詩的寫作者就是遠離故鄉的人[27]。而

---

24 席慕蓉：〈無邊的回憶〉，《成長的痕跡》，頁25。
25 席慕蓉：〈從畫裏看現代人生〉，《有一首歌》，頁203。
26 席慕蓉：〈無邊的回憶〉，《成長的痕跡》，頁24。
27 蕭蕭：《現代詩縱橫觀》（臺北市：文史哲出版社，1990年），頁33。

詩人早期在詩文書寫中的故鄉形象，基於長輩們的口述，是潛藏在心中的歷史圖象，也是心中想像的故鄉。

對於席慕蓉而言，小時候聽聞而來的故鄉與因此產生的鄉愁，更多是一種內在的「想像中的鄉愁」，想像的鄉愁產生如夢似幻的意象，透過書寫想像的鄉愁，而將蒙古風光轉換為更多美好的想像。雖然，此種鄉愁缺少真實生活的基礎，而是架構在心象之中，但在虛筆中添加的瑰麗色彩，卻也使得外蒙古奇麗的風光經過口傳歷史，被重新賦予詩的意象再現，塑造出席詩朦朧的美感與浪漫的氛圍。

三　圖象的潛藏——蒙古意象的替代與轉換

詩人常在詩中表達對蒙古故鄉的無限想望，這些圖象，從夢、夢土中看出詩人對故鄉充滿著過多的期待與幻想，〈飄篷〉一詩中說：

> 每次想到故鄉，每次都有一種浪漫的情懷，心裏一直有一幅畫面：我穿著鮮紅的裙子，從山坡上唱著歌走下來，白色的羊群隨著我溫順地走過草原，在草原的盡頭，是那一層又一層的紫色山脈。[28]

雖然詩人是出身貴族，卻想像著「牧羊女」就是自己應該有的樣子，是詩人對草原的浪漫想像。從以下幾個圖象中可以看出想像與現實的差異。

---

28 席慕蓉：〈飄篷〉，《有一首歌》，頁74-75。

（一）夢與夢土

詩人對於「夢」似乎有特別的喜愛，在她的五本詩集中，有十七首詩寫到夢或者以夢為主題。如果說，夢與現實是詩人的兩個思考面的話，活在現實中的她，會想到遙遠的故鄉，而那未曾謀面的故鄉則是她的夢土。[29]

夢境顯然比現實美麗，所以無論是可怕的也在想像中成為美好，「狂野勇猛或者溫柔纖細的／夢中的　戈壁」[30]，沙漠本是危機四伏，艱難險阻，卻在她筆下成為美麗勇猛的想望。詩人說：「戈壁，曾經是我可望不可即的夢土。」[31]故鄉的沙漠是詩人的夢土，夢中圖象成為詩人與故鄉的聯結的臍帶。詩人在〈槭樹下的家〉說：

> 渴望是什麼，自己也不大清楚，不過倒是常常會做著一種相似的夢。在那種夢裏，我總是會走到一扇很熟悉的門前，心裏面充滿了欣慰的感覺，想著說這次可是回到家了，以後再也不會離開了，再也不走了，然後，剛要伸手推門，夢就醒了。[32]

每一次都是這樣，夢境中的那扇門，如果是啟開詩人故鄉的鎖，碰觸到真正的故鄉時，夢就結束了。這彷彿對詩人是一種暗示，也讓詩人陷入不斷追尋的心理歷程，永遠在追一個摸不著的夢想。過去，是一個夢。而昔日夢境是否還在？故鄉的夢還是帶著一層浪漫的色彩。

---

29 席慕蓉：〈有一首歌〉，《有一首歌》，頁68。
30 席慕蓉：〈夢中戈壁〉，《時光九篇》（臺北市：圓神出版社，2006年），頁145。
31 席慕蓉：〈夢中戈壁〉，《諾恩吉雅——我的蒙古文化筆記》（臺北市：正中書局，2003年），頁108。
32 席慕蓉：〈槭樹下的家〉，《有一首歌》，頁28。

〈長城謠〉：

> 敕勒川　陰山下
> 今宵月色應如水
> 而黃河今夜仍然要從你身旁流過
> 流進我不眠的夢中[33]

「夢」成為詩人寄託對故鄉想像的地域。然而，夢在經過現實的體現之後，夢的渴望、夢的內容、夢的圖象隨著時間與現實改變了，二〇〇〇年十月，詩人到內蒙古阿拉善盟額濟那旗的達來庫布鎮，詩人對於「夢」有了新的解釋：

> 忽然領悟，無論是半埋在沙塵之下的城池，還是乾涸的湖泊與河床，這荒漠上的每一寸土地，不都是有過一場繁華的舊夢？我車臨其上，匆匆而過，晚間才會忽然夢到以那樣美好姿態出現的昔日。
> ……
> 夜宿荒漠，荒漠與我以夢溝通。
> 這夢裡夢外的時空，誰是虛？誰是實？誰是當下？誰又只不過是一場繁華的舊夢？[34]

新夢舊夢都是夢，過去的是浪漫的懷想，現在的是實際的接觸。〈紅山的許諾〉中說：

---

33 席慕蓉：《七里香》，頁171。
34 席慕蓉：《迷途詩冊》（臺北市：圓神出版社，2006年），頁104。

　　那玉環和玉佩還在昨夜的夢裡輕輕碰觸

　　那玉鴉和玉鳥還在藍天之上互相追逐

　　層雲逐漸密集　英金河流過眼前

　　曾經被暗紅的山岩見證過的一切記憶

　　就在這瞬間　歷歷重現[35]

紅山是蒙古地名，故鄉的泥土與山河在呼喚著詩人，這首詩是在詩人二〇〇二年從紅山歸來之後所寫。所以詩人說：「如果我從千里之外輾轉尋來／只是因為啊／有人　有人還在紅山等我」[36]。故鄉在呼喚著詩人的心。故鄉從心中走到了眼前，許多的夢幻必然面對破碎。實景實物的體現，才是親自流汗，親自踏上土地時，真真實實的感受。於是，當詩人踏上故鄉之後，夢境在改變，詩句中漸漸看不到對故鄉如夢似幻的描述，增加許多更真實的描寫。

（二）馬與酒

　　身為蒙古女孩，詩人對於「馬」與「酒」有特別的情感，蒙古族人是善於騎射的民族，馬上射箭、原野喝酒、跳舞歡歌，是蒙古族人的生活面。生活在臺灣，從未見過故鄉景致的席慕蓉，早期只能用一種渴望而孺慕的心情，想像自己或許也在馬上行進，在高歌中狂飲，那種豪放不羈而瀟灑自若的性格與畫面，成為詩人特殊的基調。詩人想像自己「此刻我正策馬漸行漸遠」[37]、「英雄騎馬啊　騎馬歸故鄉」[38]，「那少年在夢中騎著駿馬　曾經／一再重回　一再呼喚過的

35　席慕蓉：《我摺疊著我的愛》，頁137。

36　席慕蓉：《我摺疊著我的愛》，頁139。

37　席慕蓉：〈天上的風〉，《我摺疊著我的愛》，頁111。

38　席慕蓉：〈出塞曲〉，《七里香》，頁168。

家園」³⁹在詩人寫〈歷史博物館〉一詩時說：

> 含淚為你斟上一杯葡萄美酒
>
> 然後再急撥琵琶　催你上馬
>
> 知道再相遇又已是一世
>
> 那時候　曾經水草豐美的世界
>
> 早已進入神話　只剩下
>
> 枯萎的紅柳和白楊　萬里黃沙⁴⁰

在詩人寫作〈歷史博物館〉一詩時，已經是一九八四年九月，詩人自己說此時：「卻還不識蒙古高原，也未見過一叢紅柳，一棵白楊，更別說是那萬里黃沙了。」⁴¹許多的紅柳白楊、黃沙馬酒，都不過是詩人自己的想像圖象。例如，〈狂風沙〉：

> 風沙的來處有一個名字
>
> 父親說兒啊那是你的故鄉
>
> 長城外草原千里萬里
>
> 母親說兒啊名字只有一個記憶⁴²

> 風沙起時　鄉心就起
>
> 風沙落時　鄉心卻無處停息

---

39 席慕蓉：《迷途詩冊》，頁130。

40 席慕蓉：《時光九篇》，頁122。

41 席慕蓉：〈願望——後記〉，《時光九篇》，頁214。

42 席慕蓉：《七里香》，頁172。

臺灣沒有沙漠的可怕風沙，「風沙」是作者心中的故鄉圖象，是詩中
想像的畫面與情節。風沙變成故鄉的渴望，也是象徵故鄉的艱難。
〈祖訓〉：

> 就這樣一直走下去吧
> 在風沙的路上
> 要護住心中那點燃著的盼望
> 若是遇到族人聚居的地方
> 就當作是家鄉[43]

詩中絲毫沒有痛苦或是可怕的描述，風沙在詩中顯現出對故鄉浪漫的
風光的想像。其他，如「酒」的意象也是詩人對故鄉特有的情感。
〈烏里雅蘇臺〉中說：

> 三杯酒後　翻開書來
> 「烏里雅蘇臺的意思　就是
> 多楊柳的地方」
> 父親解釋過後的地名就添了一種
> 溫暖的芳香

喝酒、騎馬都是作者想像自己故鄉的圖象。詩中所呈現的不是真實的
事情，而是想像中的圖象。

　　但有一天，當作者親自到達故鄉時，才發現酒與文化的關係，
〈篝火〉中說：「從前的我，完全不能領會喝酒的好處，甚至還認為

---

43 席慕蓉：〈祖訓〉，《邊緣光影》，頁162。

這是一種罪惡,避之惟恐不及。讓我發現酒的必要,是在蒙古國北部
庫布斯固勒湖的湖邊,那年是一九九一年。」詩人在湖邊與族人友人
共餐,篝火上熱著鍋,幾把麵條、乾羊肉就是一餐羊肉麵,詩人與族
人唱著祝酒歌:

> 奇怪的是,幾小杯酒之後,那歌聲逐漸運轉自如,好像沒有任
> 何障礙,都完全隨著我的意旨,好像我身體裏有一部份力量可
> 以帶著我的歌聲穿過夜晚的湖面,一直往前飄蕩,甚至可以傳
> 到那遙遠的對岸若隱若現的一長列的白雪山巒——薩彥嶺上
> 去。[44]

於是有歌有酒有月光有湖色有山有篝火,一個盡興的夜晚有著無盡的
回憶與友誼的溫暖。「酒」是詩人建立與族人的情誼的事物,它伴隨
著美好的記憶成為有意義的事物,從此,酒在詩人心中,不只是想
像,還是與族人的美好記憶。

(三)月與月光

月光在詩人的文字中出現很多,詩人似乎對月有特殊的喜愛。例
如,月光可以是不變的,看盡過去與未來的時光。〈兩公里的月光〉:

> 當月色澄明如水　溶入四野
> 彷彿是在風中紛紛翻動的書頁
> 帶著輕微的顫慄和喘息
> 時光在我們眼前展示出

---

44 席慕蓉:《諾恩吉雅——我的蒙古文化筆記》,頁117。

千世的繁華和千世的災劫[45]

千世萬世中，人事更迭，而月光還是一樣的月光。從月光中，詩人想像遠在萬里之遙的故鄉景象。〈隱痛〉：

於是，月亮出來的時候
只好揣想你
微笑的模樣
卻絕不敢　絕不敢
揣想　它　如何照我
塞外家鄉[46]

於是，月光與鄉愁有著切不斷的臍帶。〈鄉愁〉一詩中說：

故鄉的歌是一支清遠的笛
總在有月亮的晚上響起

故鄉的面貌卻是一種模糊的悵惘
彷彿霧裏的揮手別離[47]

鄉愁是原本存在的愁緒，只是借物思人，借物引情。月光讓詩人更容易想起故鄉，「鄉愁是一棵沒有年輪的樹／永不老去」、或者說「海月深深／我窒息於蔚藍的鄉愁裏」[48]。

---

45 席慕蓉：《我摺疊著我的愛》，頁147。
46 席慕蓉：《七里香》，頁158。
47 席慕蓉：〈鄉愁〉，《七里香》，頁162。
48 席慕蓉：〈命運〉，《七里香》，頁166。

　　但是，月光卻是唯一不變的事物，在記憶裏，在現實裏，在過去、現在或是未來，月光始終都照耀著大地，鄉愁也罷，歷史也罷，月光不變，流動的只是時間，〈光陰幾行〉：

> 昨天一旦進入歷史就開始壓縮變形
> 沒有任何場景可以完全還原一如當年
> 除了月光和花香[49]

所以，當詩人對於時間的流逝有所感懷時，月光就是那不變的永恆，在所有事物之中，月永遠在那裏，照耀古人，照今人，照塞外風光，也照這現代城市中人。

（四）河流與草原

　　詩人的外婆常常述說一條河，「希喇穆倫河」是外婆的故鄉，當詩人的外婆一次又一次描述那條充滿蒙古情調的河時：

> 這條河也開始在我的生命裏流動起來了。從外婆身上，我承繼了這一份對那塊我從來沒有見過的土地的愛。……而希喇穆倫河後面紫色的山脈也開始莊嚴地在我的夢中出現。[50]

許多人在討論席慕蓉的詩中意象常常提到「河」的意象，這源自於席慕蓉本身的蒙古名字，稱為穆倫·席連勃，「穆倫」就是大河流的意思，因此，詩人本身對自己名字所代表的蒙古文字意義有特殊的情感。〈父親的草原母親的河〉中說：

49　席慕蓉：《迷途詩冊》，頁73。
50　席慕蓉：〈舊日的故事〉，《成長的痕跡》，頁34。

父親曾經形容那草原的清香
讓他在天涯海角也從不能相忘
母親總愛描摹那大河浩蕩
奔流在蒙古高原我遙遠的家鄉

如今終於見到這遼闊大地
站在芬芳的草原上我淚落如雨
……
親愛的族人　請接納我的悲傷
請分享我的歡樂
我也是高原的孩子啊心裡有一首歌
歌中有我父親的草原我母親的河[51]

那草原的圖象，是詩人心中的渴望。〈交易〉：

他們告訴我　唐朝的時候
一匹北方的馬換四十匹絹

我今天空有四十年的時光
要向誰去
要向誰去換回那一片
北方的　草原[52]

草原與河就是詩人心中的愛。席慕蓉〈我摺疊著我的愛〉[53]：

---

51 席慕蓉：《我摺疊著我的愛》，頁126。
52 席慕蓉：〈交易〉，《邊緣光影》，頁154。
53 席慕蓉：《我摺疊著我的愛》，頁285。

> 我摺疊著我的愛
> 我的愛也摺疊著我
> 我的摺疊著的愛
> 是草原上的長河宛轉曲折
> 將我層層地摺疊起來

愛是一層又一層被摺疊。這份愛是源自於血脈裏對故鄉的情愁。楊錦郁在〈一條新生的母河——閱讀席慕蓉〉文中說：

> 席慕蓉的作品裏常常出現「河」的意象，這河，或是地理上的，或是時間上，或是心靈上，無論如何，隨著她筆下的河域，我們穿過了蒙古草原，走進了她生命的長河。[54]

另外一條生命的長河卻在異鄉的歐洲。席慕蓉的父親與姊妹們的情感有賴於萊茵河，一九六五年秋天，詩人的父親到德國慕尼黑大學東亞研究所教書。後來，當詩人到布魯賽爾念書時，常常坐火車沿著萊茵河去探望父親：

> 年輕的我，在那個時候還不能料想到，這一條異鄉的河流，以後會在我的生命裡佔著什麼樣的位置。[55]

後來，詩人的姊妹都在歐洲念書，沿著萊茵河來來往往，包括詩人結婚，父親與姊妹們從河上來去參加婚禮，之後，詩人父親退休，就住在萊茵河畔，詩人曾經帶著孩子，祖孫三人在河邊散步，「就是在這

---

54 楊錦郁：〈一條新生的母河——閱讀席慕蓉〉，見席慕蓉：《我摺疊著我的愛》，頁204。
55 席慕蓉：〈異鄉的河流〉，《金色的馬鞍》（臺北市：九歌出版社，2002年），頁280。

樣的時刻裡,在一條異鄉的河流之前,父親盡他所能的帶引我去認識我的原鄉,那在千里萬里之外的蒙古高原。」[56]最後,詩人也是沿著這條河流,捧回父親的骨灰。

異鄉的河卻是與詩人生活、親人息息相關,在平實的日子中,異鄉的河建立了真實的回憶。而故鄉的河卻活在父親母親及外婆的口述文字中,活在詩人的記憶裏,這種渴望與謬誤,不但是一種時代的荒謬與錯雜,更是詩人深深嘆息之處吧!

無論是席慕蓉母親故鄉的長河希喇穆倫河,或是她父親常年居住的萊茵河[57],前者是母親的回憶以及作者心中的故鄉形象,後者,是現實中作者年輕歲月留學時與父親的情感交流,心中的想像之河與現實的體現中,一實一虛的兩條河流貫穿作者的生命與感情。

四 走入故鄉——原鄉的圖象意涵與文化鄉愁的融解

一九八九年,詩人步上故鄉的國界,當席慕蓉的父親有機會回到故鄉時,選擇了拒絕[58],不再面對已經成為廢墟的故鄉[59],寧可保留最美好的回憶,也不願面對摧毀殆盡的家園,「老家的樣子變了,回去了會有多難過?」[60]而詩人以為自己沒有過去美好回憶的負擔,大膽地成為第一位回鄉的女子。[61]詩人第一次返回故鄉,她先是認識的夢中的草原,然後從夢想的世界走入現實,焦慮首度出現,詩人對自己文化系統不了解,甚至是一名連蒙古語都不能明白的「蒙古人」,

---

56 席慕蓉:〈異鄉的河流〉,《金色的馬鞍》,頁286。

57 席慕蓉:〈異鄉的河流〉,《金色的馬鞍》,頁285。

58 席慕蓉:〈今夕何夕〉,《江山有待》(臺北市:洪範書店,1994年),頁154。

59 席慕蓉:《江山有待》,頁161。

60 席慕蓉:〈異鄉的河流〉,《金色的馬鞍》,頁294。

61 席慕蓉:〈今夕何夕〉、〈風裏的哈達〉,《江山有待》,頁155、頁164。

她強烈的渴望，如海綿般吸收故鄉的大小知識，詩人在〈遲來的渴
望——寫給原鄉〉中說：

> 原鄉還在　美好如澄澈的天空上
> 那最後一抹粉紫金紅的霞光
> 而我心疼痛　為不能進入
> 這片土地更深邃的內裡
> 不能知曉與我有關的萬物的奧祕
> 不能解釋這洶湧的悲傷而落淚[62]

詩人的焦慮與渴望寫在詩裏，在懇切而焦急的口氣裏。當時人回到故
鄉，血液中流著相同的血脈，卻無法以母語交談，也不了解故鄉的習
俗、地名、風氣，詩人有著茫茫然的心痛，站在原鄉的土地，「喝著
原鄉的酒，面對原鄉的人，我忽然非常渴望也能夠發出原鄉的聲
音。」「在那個時候，我才感覺到了一種強烈的疼痛與欠缺，好像在
心裏最深的地方糾纏著撕扯的什麼忽然都浮現了出來，空虛而又無
奈。」[63]於是，回到故鄉的席慕蓉，開始面對文化與環境的差異。

　　因此，回鄉後的席慕蓉，她的鄉愁表現在文化差異與地域差異的
隔閡上，她試圖拉近鄉愁與現實的距離，從一個被戲稱為「臺灣蒙古
人」的席慕蓉，對於蒙古文化以及漢人文化的融合，以及蒙古與漢人
之間時而爭戰與時而和平的相處模式等，這些曾經有過的文化的差異
與衝突，在詩人心中經過一段時間的激蕩、糅和的過程。

　　當詩人回到故鄉，才開始學習故鄉的「文化」，兩種文化的衝
擊，詩人開始明白「祖先遺留下來的，不僅只是土地而已，還有由根

62　席慕蓉：《我摺疊著我的愛》，頁143。
63　席慕蓉：《黃羊‧玫瑰‧飛魚》（臺北市：爾雅出版社，1996年），頁221。

深柢固的風俗習慣所形成的,我們稱它做『文化』的那種規矩。」兩種文化的並存,以及祖先們時而與漢人為友,時而為敵的歷史悲情,詩人身為蒙古人,卻長於漢人文化之中,遠離故鄉是一種異鄉的漂泊,文化認同的問題[64]又是另一種心痛,詩人的悲傷隱藏在內心深深處,在〈異鄉人〉中說:

> 是源於無知　還是
> 源於時空的錯置
> 最後　我們就都成了異鄉人
> 只有悲傷年年盛放
> 如花朵　如一棵孤獨的樹
> 因插枝而在此存活[65]

此詩寫於二○○四年,詩人回到自己的家鄉,卻有異鄉人的悲傷。像是孤獨的樹,長在非故鄉的土地上,回到故鄉,無法弭平悲傷,源於時空的陰錯陽差,詩人有無根的悲傷,像插枝的花朵,年年盛開著悲傷。漂泊的心境是在於兩種文化之中游離,找不到歸根的寂靜。〈顛倒四行〉之中說:

> 用鏡子描摹欲望　用時間
> 改寫長路上的憂傷

---

64 鄭曉雲:《文化認同與文化變遷》(北京市:中國社會科學出版社,1992年),頁4-5。所謂文化認同,是人類對於文化共同傾向的認可,經過長時間的過程,人類對所處環境的認可與接受,並成為其互動的一份子。

65 席慕蓉:《我摺疊著我的愛》,頁61。

　　　　用沉默去掩埋一生的錯愕
　　　　用漂泊來彰顯故鄉[66]

而當詩人回到故鄉，一九九一年，在北京坐計程車時，看見一處地名，兒時曾聽長輩提起過，於是要求計程車司機開車到母親舊居地址，計程車司機沉默一會兒，建議她不要去了，可能昔日的舊景不再，只是徒增傷感，在〈雙城記〉中：

　　　　為什麼暮色這般深濃　　燈火又始終不肯點起
　　　　媽媽　我不得不承認　我於這城始終是外人
　　　　無論是那一條街巷我都無法通行[67]

不是街巷無法通行，卻是心中的文化與風俗，時間與歷史的隔閡讓人有寸步難行之感。這種傷悲，令人感嘆。〈青春‧旅人‧書寫〉中說：

　　　　那熟悉的憂愁和焦慮　　在暮色裏
　　　　緊緊地跟隨著我
　　　　要在醒來之後才能明白我剛才只是
　　　　一個旅人　穿梭在夢中的街巷[68]

於是，如夢似幻的人生中，漂泊感無疑增加這樣的虛幻感。游離與漂泊的心思，在故鄉的議題上顯得更加鮮明而撼人。陌生文化的距離比真實的距離更遠，於是，詩人自比為旁聽生，不是參與戲中演出的主

---

66 席慕蓉：〈顛倒四行〉，《邊緣光影》，頁184。
67 席慕蓉：〈詩的末路〉，《邊緣光影》，頁42。
68 席慕蓉：〈青春‧旅人‧書寫〉，《邊緣光影》，頁32。

角。〈旁聽生〉中說：

> 是的　父親
> 在「故鄉」這座課堂裡
> 我沒有學籍也沒有課本
> 只能是個遲來的旁聽生[69]

她是一個「遲來」的旁聽生，無法融入當地文化，但是，故鄉帶給詩人最大的痛苦與無奈，卻是大環境的改變，故鄉不再是長輩口述的故鄉，豐美的草原不復存留，騎馬射箭的歷史剩下的是土石沙漠。從草原到山嶺沙漠，詩人漸漸被故鄉受到空前的環境破壞與摧殘，感到憤怒而無奈，〈父親的故鄉〉中說：

> 父親是給我留下了一個故鄉
> 我卻只能書寫出一小部份
> 是那樣不成比例的微小啊
>
> 縱使已經踏上了回家的路
> 卻無人能還我以無傷的大地[70]

所以故鄉在她的心中所存有的心象與真實的世界產生極大的距離，當她發現這種距離無法令她安然於過去對於故鄉的想望時，她漸漸抽離出當初對於故鄉的渴求，同時也發現那個美好的故鄉只存在於長輩與她的記憶之中。但是，故鄉的愁卻未因為回到故鄉而消解，不能解除

69　席慕蓉：《迷途詩冊》，頁118。
70　席慕蓉：《迷途詩冊》，頁127。

的鄉愁在詩人的心中隱然產生質變，她後來終於承認那是再也無法解除的情感，她心中對於原野藍天的美好想像是她永遠存在心中的土地，詩人後來稱之為「原鄉」，她發現原鄉也就是她「心靈的故鄉」，在〈我摺疊著我的愛〉中說：

> 重回那久已遺忘的心靈的原鄉
> 在那裏　我們所有的悲欣
> 正忽隱忽現　忽空而又復滿盈[71]

「原鄉」是作者心中對於故鄉的渴望，那是一個名詞，存在於心中的「心靈的故鄉」。這個原鄉代表的是詩人血脈中最初對故鄉的浪漫幻想，也是詩人夢中的渴望：

> 等到有一天，重新站在這片土地之上，仰望夏夜無垠的星空之時，才會猛然省悟，原來，這裏就是我們的來處，是心靈深處最初最早的故鄉。[72]

當詩人真正站在故鄉的土地時，心靈的故鄉變成有泥有土，有水有木的實景時，看是真實卻彷如在另一個夢中，故鄉已經不是原來想像的故鄉，從山林的摧殘與土地的破壞，原本的山林如今是一片沙石，遊牧民族的草原被一千七百萬移民農耕，蒙古族人從南方往北遷移，漸漸消失的草原，讓出許多的土地成為農耕移民的居所。詩人從浪漫的渴望、少女的夢想，到憤怒與無奈，〈二○○○年大興安嶺偶遇〉中說：

---

71 席慕蓉：《我摺疊著我的愛》，頁132。
72 席慕蓉：《諾恩吉雅——我的蒙古文化筆記》，頁49。

　　昨天經過的時候　　這裡分明

　　還是一片細密修長的白樺林……

　　這不算什麼　　他們笑著說

　　從前啊　　在林場的好日子裡

　　一個早上　　半天的時間

　　我們就可以淨空　　擺平

　　一座三百年的巨木虬枝藤蔓攀緣

　　雜生著松與樟的　　森林

　　所以　　此刻就只有我

　　和一隻茫然無依的狐狸遙遙相望

　　和站在完全裸露了的山脊上

　　牠四處搜尋　　我努力追想

　　我們那永世不再復返的家鄉[73]

詩人心中本以為沙漠與高原，是原始森林的處女地，卻沒有想到，過度開墾破壞森林、樹木與水源，人類自以為的文明，卻帶來自然環境的浩劫。滅絕與驅離，野獸與獵人失去生存的空間。〈悲歌二〇〇三〉：

　　眼前是一場荒謬的滅絕和驅離

　　失去野獸失去馴鹿的山林

　　必然也會逐漸失去記憶

73　席慕蓉：《我摺疊著我的愛》，頁116。

最後一個獵人失去了賴以生存的山林，遷徙到更遠的地方。詩人在詩
後附註寫著：

> 無知的慈悲，可以鑄成大錯。二○○三年八月十日，內蒙古根
> 河市官方以「提昇獵民生活水平，接受現代文明」為目標的遷
> 徙行動，極為草率與粗暴，不但損傷了馴鹿的生命，也損傷了
> 最後的狩獵部落「使鹿鄂溫克」一百六十七位獵民的心。[74]

過度的文明對於原始是一種無可計數的傷害，原以為文明可以帶來更
好生活的善意，卻因未曾估算自然的破壞，以及生活在這一塊土地上
數百年的人們的傷害。許多的原始森林，需要數百千年的養成，卻可
能在一夕之間被現代文明的機械鏟除殆盡[75]，這樣帶來的文明，忽略
了原始森林對地球環境的損傷，諸如無法調節二氧化碳的含量，使地
球表面溫度越來越高，諸如，原始森林本有的蓄水功能的消除，使得
沙漠化更為嚴重，而造成沙漠化的地區往南移動，間接也影響南方的
城市，沙塵暴的形成，所飄之處，甚已遠到太平洋。

　　詩人在面對故鄉之前，懷著舊有的記憶，此時的故鄉圖象建立在
內心想像的心象上，見到老家以及現在的原址時，詩人對於故鄉的想
像在現實的衝擊下蕩然無存：

74　席慕蓉：《我摺疊著我的愛》，頁121。

75　席慕蓉：〈松漠之國〉，《江山有待》，頁180。詩人寫道「每一個蒙古人都知道，在
　　蒙古高原許多無處無邊無際的大草原上，其實只鋪了一層薄薄的土壤，這層土壤是
　　整塊土地的命脈，所有的草籽都藏在其中，等待冬雪與春雨之後再欣然生長，幾千
　　年以來從不曾讓牧人失望過一次。……當一千七百萬農耕的漢人源源湧入……帶著
　　他們的鋤頭來把那一層薄薄的土壤翻犁過之後，底下暴露出來的，是無窮無盡的細
　　砂，細砂一旦翻土而出，所有的草籽就從此消失，永不再生長。」

可是那些房子呢？在書裡記載著的、在父親記憶裏永遠矗立著
的那個尼總管的總管府邸呢？你總不能用眼前這一處小得不能
再小的村落來向我說，這就是一切了吧？[76]

失去森林所帶來的傷害，不僅是當地的人們，也是整個地球生態的問
題。一夕失去的，卻要幾十幾百年或許也救不回了。就如詩人的另一
首詩中說〈悲傷輔導〉：「一片草原　究竟是他年能夠再生的／還是
還是／永不復返的記憶」[77]。

　　詩人母親心中的原始森林，從遠古以來覆蓋土地，鬱鬱蒼蒼的森
林，沿著克什克騰到巴林再到翁牛特旗，大興安嶺餘脈北麓的高原山
地，「松漠都督府」，林中巨木叢林，松濤流水，隨風起伏，一片豐腴
的土地，如今只剩三百里地的森林。那片母親向孩子描述的走不完的
「樹海」，草香樹香充滿空氣裏，連衣襟上臉上似乎都沾滿了清露與
樹香的原始森林，卻在農耕之下，成為荒土，森林的樹木，一棵不
留。[78]於是詩人終於承認事實：

我終於接受了眼前的事實──母親記憶裡芳香美麗的森林，書
中記載的長滿了榆檜松柳的佳山水，那在歷史上曾經喧喧騰騰
地生活過的松漠之國，終於都已是遠去了的永不能再回來的夢
境。[79]

記憶與夢境，至此破碎。那曾經對故鄉懷有極大夢想的詩人，原本是

76 席慕蓉：〈今夕何夕〉，《江山有待》，頁159-160。

77 席慕蓉：《我摺疊著我的愛》，頁129。

78 席慕蓉：〈松漠之國〉，《江山有待》，頁182-184。

79 席慕蓉：〈松漠之國〉，《江山有待》，頁185。

想到故鄉找到父母親口中的景象，以完成從小到大的夢想，卻沒有想
到，一無所有的荒蕪，土石畢露，枯黃荒涼的圖象才是真正的事實，
從對故鄉的夢到尋夢的過程，然後，夢碎。到此，夢想中的故鄉圖象
真的也只能在記憶裏蒐尋，在心中想像，在語言文字的形容裏生存！

　　然而，夢境的破碎是故鄉景物的更迭，人情的熱絡與族人對風俗
的保存，又讓詩人有新的體悟：

> 當敖包祭典開始之後，只覺風颳得越來越緊，……彷彿天地神
> 祇和祖先的英靈都從遙遠的源頭，從莽莽黑森林覆蓋著的叢山
> 聖域呼嘯前來，我心不禁顫慄，而在畏懼之中又感受到一種孺
> 慕般的溫暖。
> 就是在那個時候，我開始察覺，「還鄉」原來並不是旅程的終
> 結，反而是一條探索的長路的起點，千種求知的願望從此鋪展
> 開去，而對這個民族的夢想，成為心中永遠無法填滿的深淵。[80]

從夢想的破碎，詩人卻在族人的風俗中感受到天地的力量，在祭拜的
禮節中感受到祖先們披荊斬棘的歷史，於是，身負了解故鄉的知識與
幫助族人的渴望在內心昇起，成為夢碎之後，新的奮起力量。

　　從此，詩人開始大量了解故鄉與風俗，書寫原鄉，喚起的世人對
於蒙古人的生存權的重視。然而，這卻也讓詩人增加散文書寫的份
量，原鄉的題材寫作成為詩人地域文學[81]文本寫作的開始。

　　從初見原鄉的孺慕和悲喜，到接觸了草原文化之後的敬畏與不

---

80 席慕蓉：〈黑森林〉，《江山有待》，頁205。

81 靳明全：《區域文化與文學》（北京市：中國社會科學出版社，2003年），頁163。地
　域文學主要是地域題材的書寫。

捨；從大興安嶺到天山山麓、從鄂爾多斯荒漠到貝加爾湖，十年中的奔波與浮沉，陷入與沒頂，可以說是一種在生活裏的全神貫注，詩，因此寫得更慢了。[82]

自此以後，詩人以「原鄉」作為書寫的對象。從一九八九年開始，作者書寫了七本散文集，[83]其中六本都與蒙古有關。十幾年的時間中，詩人以蒙古為書寫題材，只是心境上從興奮新鮮與好奇，到焦慮不安，悲傷憤怒，詩人小時候的美好夢想，在現實世界中一點一滴瓦解粉碎。詩的浪漫與情懷也轉型為對故鄉理性的認知，於是，散文變成書寫憤慨、表達理念的主要文體工具，詩則是只有《迷途詩冊》（二○○二年出版）、《我摺疊著我的愛》二本（二○○五年出版）。

歷史的圖象包含了人文與自然的碰撞，如果不是詩人浪漫的情懷，可能不會碰撞出對故鄉的激情；如果不是充滿愛與關懷的心境，可能不會在面對故鄉所受的自然摧殘時，才痛苦莫名。彷彿這一生中，到這時候才明白生命也有承受不了的痛楚。〈備戰人生〉中說：

　　而在長路的中途　　裝備越來越重
　　那始終不曾自由飛翔過的翅膀
　　在暮色中不安地搧動　　直指我心[84]

飛不動的翅膀，在夢想與現實的碰撞之後，才赫然發現這是一件沉重的生命負荷。特別是在敏銳的心思中，所有的衝擊加大加深撞擊力，

---

82 席慕蓉：〈生命因詩而甦醒——新版序〉，《七里香》，頁II。
83 七本散文集為《我的家在高原上》、《江山有待》、《黃羊‧玫瑰‧飛魚》、《大雁之歌》、《金色的馬鞍》、《諾恩吉雅——我的蒙古筆記》、《人間煙火》等，前六本都與蒙古有關。
84 席慕蓉：《邊緣光影》，頁200。

也加強了感受性,夢中的故鄉圖象與真實的故鄉對詩人而言,顯然有太多的衝擊,需要更多的傷口撫平與重新的認識。

　　文化與原鄉的思考,在詩人面對家鄉之後,成為一個相當重要的命題。詩人在《諾恩吉雅》一書中不斷書寫有關文化的誤解帶來的人與人間的隔閡,並且逐漸體認出地域的區隔不是問題,文化才是不同種族是否可以和平共存的要點。〈迷途〉中說:

> 你說我這樣努力地書寫著蒙古高原,其實可以算作是對自己命運的一種溫和的反抗。是這樣嗎?
>
> 那天晚上,當月亮越升越高,光芒越來越明亮的時候,……身邊的朋友,都是從小在這片草原上奔跑著長大了的,……而我,我是多麼羨慕著你們的從容啊![85]

所以,作者寫詩,或許是對自己的釋放,在詩人心中,「還是說,只有書寫本身,才是我唯一可以依附的原鄉?」[86]不斷書寫原鄉的詩人,在書寫過程中思考自己的定位,並透過書寫找尋原鄉,「我只是想問你,這持續不斷的書寫,可以讓我找到一處真正屬於我的故鄉嗎?」[87]直到有一位蒙古長者對她說:

> 每一種文化都是一條既深且緩的河流,可以平行,也可以交會,卻不需要對立。[88]

---

85 席慕蓉:《諾恩吉雅——我的蒙古文化筆記》,頁168。

86 席慕蓉:《諾恩吉雅——我的蒙古文化筆記》,頁169。

87 席慕蓉:《諾恩吉雅——我的蒙古文化筆記》,頁169。

88 席慕蓉:〈自序:江山有待〉,《江山有待》,頁4。

在詩人覺得自己不知道「何去何從」,「長久以來,我總以為這是我生命裡真正的痛處,置身在兩種文化之間不知道何去何從」[89]之際,詩人聽到長者的話,忽有所悟:

> 土拉河靜靜向北流去,智者的話語如鐘聲般在原野上迴響。半生以來,一直在我心中互相牽扯互相僵持的兩種文化彷彿在同時開始流動,安靜而又緩慢地,逐漸地變成了兩條渾厚的江流過冰封已久的大地,一條是我血源深處無限戀慕的充滿了神話與傳說的黃河,一條是我生於斯長於斯從她的懷抱裡得到了所有知識的長江,而我竟然剛好站在兩條河流的交會點上。[90]

文化是一種生活的共識,風俗民情的約定俗成,共同形成的文化圈,而語言也是文化形成的重要部分。[91]兩種文化的交流下,其實要找到彼此的共通點,也就是根據文化特性找出文化共通性(cultural universals)比找出文化差異更難。[92]但是,詩人竟在蒙古的文化圖象中、臺灣、歐洲不同文化的交會下生活著,多種文化的交會與衝擊最後必然得找到一條歸依之路,特別是從小聽聞的故鄉與實際生活成長的家園,而這竟是詩人回到故鄉之後才意識到自己漂泊的心境是源於兩種文化的衝突,於是,歸根之旅成為尋找內心的故鄉,在於找到彼此的平衡點去化解兩種文化的衝突。

文化與血脈的糾葛,地域與故鄉的不斷遷移,詩人蒙古的血脈卻

---

89 席慕蓉:〈自序:江山有待〉,《江山有待》,頁4。

90 席慕蓉:〈自序:江山有待〉,《江山有待》,頁5。

91 諾曼·古德曼(Norman Goodman)著,盧嵐蘭譯:《社會學導論》(臺北市:桂冠圖書公司,2000年),頁29。

92 尼爾·史美舍(Neil Smelser)著,陳光中、秦文力、周愫嫻譯:《社會學》(臺北市:桂冠圖書公司,1996年),頁33。

在相隔萬里之遙的臺灣生長，在歐洲結婚，在漢人的世界中受教育並
教育漢人，尋根到自己的故鄉時，卻又面對不懂語言、不懂風俗的窘
境，夾在其中的尷尬身分，讓詩人不斷思考自己的身分與自己身上不
同文化的衝突與融合，複雜的心境與多重的故鄉角色扮演，詩人的許
多思緒紛擾，以及多種問題的糾結與思考，同時顯現在詩人詩文之中
就不足為奇。後來，漸漸體會出：

> 漂泊的族群其實不一定是遠離了家鄉，就算是一直生長在自己
> 的土地上，也可能是不知根源的浮雲啊！
> 那麼，也許任何時候開始都不算晚罷？只要我們願意面對自己
> 的來處，讓所有的顏色和光彩一一進入，讓記憶的庫存越來越
> 豐厚飽滿，那所謂的「鄉土」，就再也不是可以被他人任意奪
> 取的空白了罷？[93]

面對不同文化的融合，對蒙古與漢族文化同存著熱愛，詩人在其中擺
蕩多年之後，慢慢找到融合的交點。文化可以如同兩條並存的河流，
同時存在而時而交會時而分流，或平行或交叉，文化的融合是一個難
題，夢中故鄉與現實故鄉的距離靠近卻是另一個難題。詩人的心境與
情感悲喜交加的矛盾，詩人的一生中面對的文化差異、居所與故鄉的
差異，都在尋求融合匯集，這或許也是詩人特殊身分與特殊情性之中
必然產生的矛盾距離，也是詩人終其一生不斷尋求的文化融合之路。

---

93 席慕蓉：〈原鄉的色彩〉，《金色的馬鞍》，頁169。

五　結論──故鄉的再定義

　　詩人余光中曾經說，他有幾個故鄉，在臺灣時，想念大陸，在香港時，想念臺北，到了美國，又想念臺灣，[94]生命的分期被板塊瓜分，被地理重新啟動與塑造。席慕蓉的懷鄉，從小時候對蒙古的想望，一直認為那是「故鄉」，也寫了不少鄉愁的詩，到歐洲時，被鄉愁折磨，才隱然發現那鄉愁是在臺灣的北投故宅。[95]而或許，當詩人回到臺北的家時，又會想念歐洲的冬雪了。[96]

　　鄉愁的余光中與鄉愁的席慕蓉卻有著不同的面貌。席詩基於女子敏銳的心思，以及時而極歡樂，與事交接時有強烈的悲憤，此種悲喜交集的情感，加上豐富而敏銳的心思，獨有的人格特質形成詩人中獨有的悲喜。驗之於對故鄉的情感，更是顯現出有別於其他人的特殊感受。也因此，席慕蓉詩中意象的重複出現，幾個圖象的情感，都有其一致的情調。前半生對故鄉的過度想像，於是，風沙、馬、月光、沙漠的想像都帶有夢幻的浪漫的色彩，就連可怕的沙漠都是美的，簡陋的生活環境都是羅曼蒂克的。

　　當夢想碰到現實時，夢想的事物必然遇到現實粉碎的力量，而重新評估或是再造。當席慕蓉成了第一個返鄉的女子時，迎接她的故鄉已經不是原來的想像，加入政治的力量、人事的更迭、屋瓦的破壞，對故鄉的渴望變成傷痛與感嘆、無力感與無奈的悲傷重新攫獲作者的心，讓她從夢幻中走出來，面對現有的事實。於是，鄉愁被開放的政策與歸鄉的行程解開消除，但解開了夢想之後，卻是現實的殘酷，鄉

94　余光中：〈地圖〉，見楊牧編：《現代中國散文選二》（臺北市：洪範書店，1981年），頁587。

95　張曉風：〈江河〉，見席慕蓉：《七里香》，頁16。

96　席慕蓉：〈四季〉，《成長的痕跡》，頁50。

愁的消解帶來的是另一種現實的惆悵。

　　但是，鄉愁之解愁雖然帶來一些悵惘與失落，詩人反而有機會重新面對想像中的故鄉，從浪漫的思維世界中，找到與現實接軌的道路，衝擊是難免的，卻是新生的力量與契機，只有在經過碰撞與理解之後，才有機會對過去的夢想重新整理，並重新定義。在經過現實的體認之後，詩人才會思考處於兩種文化風俗與地域的交會點裏，生命應該如何安頓。走過的路會留下痕跡，思考與融合的文化會有新的匯注與面貌。這就是新與舊的交集、夢想與現實的調和、過去現在與未來在同一條生命之流時，激起的合流。

　　——本文於二〇一六年一月十日重新修訂，原刊登於《臺灣詩學》
　　　　第九號（2007年6月），收錄於作者《雪的聲音——臺灣新詩
　　　　　　　　　　　　　　　　　　　　　　　理論》（2007年12月）

參考文獻

席慕蓉　《七里香》　臺北市　圓神出版社　2000年

席慕蓉　《無怨的青春》　臺北市　圓神出版社　2000年

席慕蓉　《時光九篇》　臺北市　圓神出版社　2006年

席慕蓉　《邊緣光影》　臺北市　圓神出版社　2006年

席慕蓉　《迷途詩冊》　臺北市　圓神出版社　2002年

席慕蓉　《成長的痕跡》　臺北市　爾雅出版社　1982年

席慕蓉　《畫出心中的彩虹》　臺北市　爾雅出版社　1982年

席慕蓉　《有一首歌》　臺北市　洪範書店　1984年

席慕蓉　《同心集》　臺北市　九歌出版社　1985年

席慕蓉　《寫給幸福》　臺北市　爾雅出版社　1985年

席慕蓉　《信物》　臺北市　圓神出版社　1989年

席慕蓉　《寫生者》　臺北市　洪範書店　1994年

席慕蓉　《我的家在高原上》　臺北市　圓神出版社　1990年、2004年

席慕蓉　《江山有待》　臺北市　洪範書店　1991年

席慕蓉　《寫生者》　臺北市　洪範書店　1994年

席慕蓉　《黃羊・玫瑰・飛魚》　臺北市　爾雅出版社　1996年

席慕蓉　《大雁之歌》　臺北市　皇冠文化出版公司　1997年

席慕蓉　《金色的馬鞍》　臺北市　九歌出版社　2002年

席慕蓉　《諾恩吉雅——我的蒙古文化筆記》　臺北市　正中書局
　　　　2003年

席慕蓉　《人間煙火》　臺北市　九歌出版社　2004年

樊　星　《當代文學與多維文化》　武漢市　武漢大學出版社　2005年

陳芳明　《詩與現實》　臺北市　洪範書店　1983年

楊宗翰　《臺灣現代詩史：批判的閱讀》　臺北市　巨流圖書公司
　　　　2002年

古繼堂　《臺灣新詩發展史》　臺北市　文史哲出版社　1997年

陳劍暉　《中國現當代散文的詩學建構》　南昌市　江西高校出版社
　　　　2004年

蕭　蕭　《現代詩縱橫觀》　臺北市　文史哲出版社　1990年

鄭曉雲　《文化認同與文化變遷》　北京市　中國社會科學出版社
　　　　1992年

靳明全　《區域文化與文學》　北京市　中國社會科學出版社　2003年

諾曼・古德曼（Norman Goodman）著　盧嵐蘭譯　《社會學導論》
　　　　臺北市　桂冠圖書公司　2000年

尼爾・史美舍（Neil Smelser）著　陳光中、秦文力、周愫嫺譯
　　　　《社會學》　臺北市　桂冠圖書公司　1996年

楊牧編　《現代中國散文選二》　臺北市　洪範書店　1981年

樊洛平　〈女性心靈的詮解——席慕蓉的創作心態與情感方式〉
　　　　《許昌師專學報》　第17卷第4期　1998年　頁46-48

現代詩的教學與詮釋
—— 以席慕蓉和舒婷詩作為例[*]

蔡明諺

成功大學臺灣文學系副教授

摘要

　　本文分成兩個部分，第一個部分是內部的文本分析，第二個部分是關於詩作的外部研究。本文認為席慕蓉〈一棵開花的樹〉和舒婷〈致橡樹〉，其共同特徵在於，詩作的文體風格與主題意涵，都符合其各自所屬的時代風潮，因此能夠被廣泛的讀者接受。舒婷的文體風格來自文革，而其民歌體的特徵，讓詩作便於朗誦，也有助於傳播。席慕蓉的明朗風格可能來自余光中，而其良好的音韻感則適當地彌補了語言的淺露。舒婷詩作堅信美好的未來，追求和諧、平等的人際關係，對於剛結束文革動亂的人們來說，具有某種慰藉的力量。而席慕蓉的愛情主題，則符合在八〇年代初期，臺灣社會形態轉型階段，女

---

[*]　本文最初以題名〈現代詩的詮釋與演繹：以席慕蓉〈一棵開花的樹〉和舒婷〈致橡樹〉為例〉，宣讀於「臺灣文學創意教學」研討會（臺中縣：靜宜大學臺灣文學系，2010年6月14-15日）。後經修改、審查，改題為〈現代詩的教學與詮釋：以席慕蓉和舒婷詩作為例〉，發表於《臺灣詩學學刊》第18號（2011年12月）。本文在發表過程中，承蒙會議討論人，以及期刊匿名審查委員，提供許多精闢修改意見，謹此致謝。同時對研討會召集人藍建春教授、靜宜大學臺灣文學系行政人員和參與討論同學、以及學刊執行編輯曾琮琇博士，特別表示由衷的感謝。

性讀者對於愛情的憧憬與想像。當時的女性作家描寫同樣的愛情主題，造成同樣廣泛的迴響，因此席慕蓉旋風並非一個孤立的現象。就此而言，舒婷與席慕蓉的詩作，既具有文學自身的自律性，但同時也是社會事實。

關鍵詞 臺灣現代詩、中國當代詩、現代詩教學、文學研究

一　前言

　　在教學過程中，席慕蓉〈一棵開花的樹〉以及舒婷〈致橡樹〉，是我最常用來引導學生進入新詩世界的兩首作品。這兩首作品具有某些共同的特徵，並有更多顯然可見的差異，可以方便我們說明許多基本的新詩觀念。這些觀念對於人們學習新詩，甚至創作新詩，都可以提供許多比較正面的幫助。而這是我所以選擇這樣的作品作為教學的入門引導，卻不選擇其他名家名作的原因。

　　在展開新詩課程之前（尤其是大一國文，或者大二現代詩課），我還會先讓學生用兩個小時的時間，聽完侯文詠的有聲書《在生命轉彎的地方》[1]。這個演講主要在分享，侯文詠就讀臺北醫學院醫學系時的大學生活，以及他和新詩創作之間，一連串有趣、動人的經歷。這些成長過程，雖然與現在的大學生活相去甚遠，但每一次都能夠讓課堂上的參與者，重新反省他們過去如何想像大學生活，以及他們現在「實際的」大學生活，其間似乎難以抹平的鴻溝與差距。在這個演講中，侯文詠趣味洋溢地說明了，「新詩」如何在陰錯陽差之下，突然成為他的大學生活中，非常重要的組成部分。我們透過侯文詠的經歷，首先可以引導學生思考，文學和日常生活的關係究竟如何？當文學脫離了考試，語文教學也不再只是要求背誦註釋、題解，我們學習這些美好的詩句，或者那些悲天憫人的小說，究竟還能夠有什麼作用？對於我自己而言，大學的語文教育，首先應該要把文學的作用和價值，重新放回每個人的生活之中，讓學習者「再重新」喜歡文學，重新認識這些他們在中學階段就已經學習過的作品。回過頭去看這些以前曾經熟記的課文，而且不再是用選擇題或填充題的形式去閱讀，

1　侯文詠：《在生命轉彎的地方》（臺北市：皇冠有聲出版社，1995年）。

我想他們肯定都感觸良多。這些感觸將重新建立他們與文學的關係，重新把文學在放回去他們自己的生活和生命之中。我認為這是大學的語文教育，最重要而且最有意義的事情。侯文詠的經歷可以提供一個範例，作為我們參考的依據。另外，侯文詠在這個演講中，也背誦了席慕蓉詩作〈一棵開花的樹〉。他有一些地方背錯了，但這些「美麗的錯誤」卻提供給我們的教學工作，非常好的起點，從這些原文與錯誤的對照之中，我們可以重新來看席慕蓉的許多精彩、細微的設計。

二　文本分析

（一）一棵開花的樹

席慕蓉在一九八〇年十月四日寫下〈一棵開花的樹〉，原文為：

> 如何讓你遇見我／在我最美麗的時刻　為這／我已在佛前　求了五百年／求祂讓我們結一段塵緣／／佛於是把我化作一棵樹／長在你必經的路旁／陽光下慎重地開滿了花／朵朵都是我前世的盼望／／當你走進　請你細聽／那顫抖的葉是我等待的熱情／而當你終於無視地走過／在你身後落了一地的／朋友啊那不是花瓣／是我凋零的心

請比較侯文詠背誦的版本：

> 如何讓我遇見你／在我最美麗的時刻　為此／我已在佛前　祈求了五百年／求祂讓我們結一段塵緣／／佛於是將我化作一棵樹／守在你每天必經的路旁

這段引文中，劃上底線者是與席慕蓉原文有所差異的部分。我們可以從這些差異中，展開對於〈一棵開花的樹〉之討論。

首先，第一行侯文詠說成是「如何讓我遇見你」，這和原來的句子「如何讓你遇見我」有什麼不同？這個句子的兩個主詞「我」和「你」如果互換異位，那麼在這一段愛情關係中，「主動」與「被動」的關係也就異位了。席詩的原文是「如何讓你遇見我」，在這裡我是「被動」的讓你能夠「遇見」。為什麼「你」是能動的，而我是被動的？這裡需先明白席詩中的「我」什麼？我是「一棵開花的樹」，因為是「樹」，所以「我」是不會移動的，是被動的，只能等待「你」的降臨。所以這個愛情故事的主、客相互關係，在第一個句子就決定了，甚至是被題目所決定了。我們在閱讀現代詩時，絕對不要忘記：「詩是題目的一部分」[2]。尤其是對於內文看不懂，比較晦澀的詩作，一定要回去看題目，看「題目」是否能夠適當地表達詩作主題（尤其是面對圖象詩的時候）。如果看題目，還是不能理解這首現代詩作的主題，那麼我個人認為有百分之八十以上的可能性，那不是一首成功的現代詩作。

這首詩的第一行還留給我們一個懸念，那就是起首的兩個字「如何」，詩人在這裡還沒有說出來，為什麼這個敘述者「我」，是一棵開花的樹，是「最美麗的時刻」，是被動的在等待「你」能夠「遇見」我。這裡的「遇見」也是很重要的概念，下文會再觸及。如果我們把這首詩翻譯成英文，那麼很顯然第一句和第二句都應該翻譯成現在式，甚至是現在進行式，但是從第三句的開頭「為此」轉折，以下就是過去式：我「已在」佛前求了五百年，這是過去「已經」完成的動作[3]。從第三行到第八行「朵朵都是我前世的盼望」，都是過去式，或

2　這個觀念最早是來自呂興昌老師的教導。

3　近年中國出版商，真的已經把席慕蓉〈一棵開花的樹〉翻譯成為英文，但其所使用

者是過去完成式。敘事者我向佛求了五百年，這是一個非常漫長的苦
苦哀求。從第四行到第五行之間，這裡有一個空行，也就是換了一個
小節。這裡的「空行」是有意義的，現代詩創作中，並不是所有的空
行都有意義，但有時候空行必須視為詩作的一部分，具有效用。例如
王添源的名作〈給你十四行〉的結尾，那裡的空行就是詩作多出來的
「第十五行」，非常精彩的一個設計。席慕蓉在這裡空行的效果是，
這個空行拉長了前句苦求的時間感，也讓後句佛的思考彷彿停頓了一
下。然後佛終於說：好吧，你就變成一棵樹。為什麼是樹，而不是侯
文詠講演中也曾提及「會吠的犬」？因為樹是不會動的，只能注定是
被動的等待，不能主動跑去見他心愛的人。這個長時間（五百年）的
祈求，最終換來的就是這樣被動的關係。但這不是「我」的選擇，而
是「命定」的悲劇，是佛所設下的不可忤逆的決定。人們應該注意這
個「命定」的設計，以及在這裡隱含的可能給予讀者的寬慰力量。

　　於是第六行「長在你必經的路旁」，為什麼不是「每天必經的路
旁」？差別在於，我求了五百年，可是佛的決定是：好吧，那就見一
面吧。敘述者我求了那麼長久的時間，但只換來「一次」的機會，而
且是不經意的，偶然的機會，是「遇見」，不是每天相見的例行公
事。這裡又一次預示了故事結尾的悲劇，並且把故事的高潮預設在那
個淒美緊張的相遇「片刻」。為了這五百年僅有的「一次」機會，所
以敘述者我在「陽光下慎重地開滿了花／朵朵都是我前世的盼望」，
這是整首詩最正面、光明、充滿昂然希望的句子。請注意這裡的細節
設計，「慎重地」表示謹慎小心仔細，「朵朵」表示數量之龐大，期望
之美麗、繁多，不可勝數。人們只要回想自己生命的過程中，「第一

的英文時態，與我多年來的「想像」並不一致。參見章華編譯：《那些年，那些事》
（長春市：時代文藝出版社，2009年）。該書另可見到多首中文新詩的英譯，包括余
光中〈鄉愁〉，以及本文所討論的〈致橡樹〉。

次」約會前那種盛裝打扮，在鏡子前猶疑不決，換穿衣物、更替配件或擺弄髮型的緊張不安，就能理解這棵樹在此慎重開花的心情。詩作過去式的倒敘在這裡結束，從第三行開始的這一大段過去式回憶，解釋了詩作起首「如何」所留下的懸念。至此敘事者我已經做好「完全」的準備，他祈求了五百年，又慎重努力的開花，現在，他是一棵開花的樹，在他所能準備好的最美麗的時刻，等待他所期盼的人走過來。

第九行開始，這首詩又轉換成現在進行式。「當你走進　請你細聽／那顫抖的葉是我等待的熱情」，敘事者我「等待」的人逐漸走進，但他不能呼喊，不能表達自己的情意。為什麼？因為他是一棵樹，他不能講話，無法移動。於是他只能用「顫抖的葉」去吸引「你」的注意。這裡的細節設計「顫抖的」，實在是非常精彩。首先，樹是不會動的，那麼樹葉為何顫抖？是風吹的緣故。但是席慕蓉沒有寫出「風」，於是這裡的「顫抖」就變成是敘述者我的動作，他揮舞著雙手，發出枝葉摩擦聲音，希望吸引他所等待的人注意。這是開花的樹僅有的，可能「主動」的力量。這個動作看起來很薄弱（如同他短暫而易逝的處境），但卻充滿了力量（如同他長久而堅定的期盼）。其次，「顫抖」也恰如其份地表達了，敘述者我緊張、不安，又夾雜興奮、期待的心情。他長久以來的盼望、準備，就是為了這一刻，這一個失去就機會不再的瞬間。人們只需回想自己暗戀的經驗，或者一見鍾情那樣的生命情境，就能體會席慕蓉在這裡用「顫抖」，去混雜那些正面與負面的多層感覺，那種既期待又怕受傷害的情感，實在絕妙精彩。

但敘事者我所迎來的結局，卻非常短暫而殘酷，只有第十一行：「而當你終於無視地走過」。敘事者我所有的努力，他求了五百年，慎重地努力開花，甚至用盡全力搖晃枝葉，吸引他所喜歡的人注意。

但一切的堅決付出,最終換來的是「而當你終於無視地走過」。這裡僅用了「無視地」三個字,就把開花的樹所有付出,所有期盼,全部敲碎。這是個悲劇性的結局,但這個結局是可以「預期」的。除了前文提及幾個已然埋下的伏筆,這個句子說「而當你終於」時,這裡同樣讓人感覺到,這是個敘述者我自己也隱約可以預期的結局。

這首詩發展到這裡都非常簡潔、完整,但最後的結尾三行卻非常複雜。打亂佈局和句子發展的關鍵是「朋友啊」這三個字。如果我們把這三個字拿掉,詩作的意思還是非常完整,並沒有妨礙結尾的收束。那麼為什麼這裡要插進來「朋友啊」?這是不是多餘的累文贅句?如果讀者願意在結束前,多在這裡停留一下,將會有更深刻的體會。為什麼是「朋友啊」?二○○○年春天我在國中教到這首詩時,一個十三歲的小男生問我:為什麼不是「愛人啊」?也不是「阿花啊」?卻是「朋友啊」。我至今對這個問題仍然深深著迷。敘事者我在這裡,是在向誰說話?如果他是對著「無視地走過」的那個人說話,那麼這裡的口氣,會是呼喊?還是低聲嘆息?為什麼他「沒有」稱呼那個人為「愛人啊」?是因為敘事者我「不敢」?還是因為他最終承認了「這不是愛情」?愛情關係沒有建立,還可以退回朋友的關係,這是另一個十三歲小男生的答案。他們對於愛情的想像,連我都非常詫異、折服。或者是否有另外一種可能,這裡的「朋友啊」是開花的樹,轉頭面對更廣大的「讀者們」訴苦。就好像我們看連續劇,有時會出現主角抱著鏡頭不斷搖晃、哭訴那樣。所以這裡的「朋友啊」就不是詩作中的單一的「你」,而可以被拉開指稱更廣大的不特定對象。這是一個很值得讀者繼續思考的地方。客觀來說,席慕蓉寫「朋友啊」應該簡單地就是指那個走過的你,如此而已。但作為一個獨立的閱讀者,在這裡我們不妨「複雜」一點。如此可以更深刻地考慮許多「愛情過後」的問題。

（二）致橡樹

舒婷在一九七七年三月二十七日寫下〈致橡樹〉，原文為：

> 我如果愛你——／絕不像攀援的凌霄花，／借你的高枝炫耀自己；／我如果愛你——／絕不學痴情的鳥兒，／為綠蔭重複單純的歌曲；／也不只像泉源，／常年送來清涼的慰藉；／也不只像險峰，／增加你的高度，襯托你的威儀。／甚至日光。／甚至春雨。／不，這些都還不夠！／我必須是你近旁的一株木棉，／作為樹的形象和你站在一起。／根，緊握在地下。／葉，相觸在雲裡。／每一陣風過，／我們都互相致意，／但沒有人／聽懂我們的言語。／你有你的銅枝鐵幹／像刀，像劍，／也像戟；／我有我紅碩的花朵，／像沉重的嘆息，／也像英勇的火炬。／我們分擔寒潮、風雷、霹靂；／我們共享霧靄、流嵐、虹霓。／仿佛永遠分離，／卻又終身相依。／這才是偉大的愛情，／堅貞就在這裡：／愛——／不僅愛你偉岸的身軀，／也愛你堅持的位置，足下的土地。[4]

這首詩從題目上來看，是一首「書信體」的作品。這可能是「愛情主題」詩歌創作，最常見的一種設計形式，也是舒婷當時新詩寫作中常見的形式。詩作的主要結構是運用排比句型，造成一種重複的音樂性。這裡面總共有八個排比句型，最長的橫跨六行（例如前三行，與接續三行），最短則是在同一行中運用排比（例如第十行，或第三十六行）。這種句型充滿了民歌的特色，也是這首詩非常適合朗誦，因此傳播久遠的關鍵。

---

4 舒婷：《舒婷的詩》（北京市：人民文學出版社，1994年），頁117-118。

　　這首詩是以對未來的展望開始，敘事者我在述說的，是對於「未來的」，想像的故事。但是舒婷並沒有告訴我們是誰在說話，敘事者我一直到第十四行才「現身」，但那裡同樣是用了「假設」的語氣，雖然那是極度肯定，而且自信的假設。如果從這個句子往回看，那麼第十三行是整首作品最重要的轉折。在此之前，敘事者我的語氣，都是充滿「否定」，而且是同樣「堅決的」否定。從第二行開始的重複句型：「絕不像」、「絕不學」、「也不止」，這些否定的姿態都在第十三行被以最簡潔的姿態總結：「不，這些都還不夠！」在此之前的意象、假設，全部被推翻了，接下來這首詩的發展（從第十四行開始），就成了從「絕對否定」，突然逆轉成為了「絕對肯定」。這個極大的逆轉，是醞釀詩作主題最重要的一個部分。正是因為前面這些重複（但卻不會顯得單調）的否定，後面對於愛情的「堅貞」信仰，才會顯得那樣更加強烈。

　　第十行以前的意象設計，都在描述同一個主題：「你」的偉岸、高大，以及敘事者我「不願意」屈就配角的角色（攀援、癡情、襯托）。人們從題目可以知道詩中的「你」意指橡樹，但並不知道在詩作的前半段，敘事者我的角色和定位，這時的「我」可以是男孩，也可以是女孩。雖然就其意象的暗示而言，「高枝」、「威儀」讓橡樹顯得具有男性特徵，可是敘事者也曾自比為「險峰」、「日光」，這些同樣是具有陽剛氣質的詞語。到了第十四行和第十五行，敘事者我才顯露出來更多女性的特徵，我是木棉，而你是橡樹。舒婷在這裡用了同樣堅定的語氣：「必須是」，而且要「作為樹的形象和你站在一起」。這個句子有個非常細微的情感設計需要考慮，雖然這是個毫無疑問的肯定句，但是當舒婷這樣說的時候，其實也就同時意味著：「我」並不是木棉，我也不具有「樹的形象」，所以我想要（必須）變成木棉，我想要作為樹的形象和你站在一起。這裡所暗示的是，我和你的

「現在」的關係，並不是平等的愛情關係（所以我渴望平等），甚至不是愛情關係。而接下來，從第十六行開始的句子，則是敘事者我所「想像」的愛情關係。這是一種理想化的狀態，但卻並不意味著是「我和你」的現實。必須這樣理解，人們才能把詩作的發展扣回第一個句子：「我如果愛你」。這裡用的是「如果」，是未來式，是設問句；不是「我愛你」，不是現在式，不是肯定的語氣。

從第十三行開始，敘事者我作為木棉樹，開始想像自己和橡樹並肩而立的形象，這也是本詩最重要而且最動人的部分。舒婷在這裡所採用的每一個意象，都和木棉樹與橡樹的形象保持一致。這個寫法充分地告訴人們，並非壓縮的語言、跳躍的意象，才是詩歌的語言、詩歌的意象。現代詩歌動人的地方，也可以在於其意象的和諧，意義的統一。舒婷在這裡的意象發展，簡直是無懈可擊，尤其寫得精彩的是：「每一陣風過，／我們都互相致意，／但沒有人／聽懂我們的言語。」這裡寫愛情關係裡，平等、高貴的相敬如賓，又充滿濃情蜜意的細語呢喃，而這都依賴於兩棵樹隨風搖擺，枝葉摩擦的聲音。舒婷就是這樣適當地把樹的外在形象，和他所想要表達的愛情寓意，緊密結合起來，讓人留下難以抹滅的生動印象。從第二十二行到第二十七行的意象聯繫，同樣如此，但更精彩的還有這個段落的音韻感。「你有你的」，以及「我有我」，這兩個主詞引導出一組排比的句子，但又寫得沒有那麼整齊。「你有你的銅枝鐵幹／像刀，像劍，／也像戟；」這裡的句子簡短、有力，就好像刀劍槍戟一般，看似堅硬又難以靠近，而且還是緊密貼合橡樹的形象。但是接下來木棉樹的意象：「我有我紅碩的花朵，／像沉重的嘆息，／也像英勇的火炬。」這幾個句子就顯得舒緩、溫厚，並且在嚴謹的對比設計中，帶有穩定的平衡作用。「紅碩的花朵」相對於「銅枝鐵幹」，用溫和的色調、柔軟的花朵，調和了銅、鐵的冰冷堅硬。「沉重的嘆息」和「英勇的火炬」

是另一個完整的對比。前者由「壯碩」發展而來，表示花朵的垂下姿態；後者由「紅色」延續點燃，表示花朵向上的綻放。這兩個一上一下的姿態，恰成對比，而且一個是憂愁的嘆息，另一個是英勇的照明。還需注意的是，舒婷總是讓詩句停留在「英勇的火炬」，卻不會是「沈重的嘆息」。這個選擇同樣有其意義。如果以「嘆息」作結，那麼這段愛情就會籠上陰影，但舒婷不會這樣「想像」愛情，她所扮演的是「英勇的火炬」。

所以，舒婷是帶著「火炬」，迎向第二十八行的「寒潮、風雷、霹靂」，衝過這些風暴，然後共享第二十九行「霧靄、流嵐、虹霓」。這裡的音韻感也設計得非常好，和前面的長短交錯相反，這兩個句子顯得異常整齊，音韻和諧，而這除了是依賴相同的句式和短句，也是因為結尾押韻的緣故。舒婷整首詩都是押一、ㄩ韻，在日常口語中可以視為一韻到底的設計。第三十行開始：「彷彿永遠分離，／卻又終身相依。」這又是一個嚴整的對句，但是字數縮短許多。不過也就是由於音節較短，因此顯得語氣篤定。從這裡要逐漸走向敘事的結尾，第三十二行：「這才是偉大的愛情，／堅貞就在這裡」，這個句子總結了從第十六行以下的發展。如果說第十三行是作為從「否定」轉向「肯定」的關鍵，那麼第三十二行就是總結收攏，走向結尾的肯綮部位。舒婷在這裡用了「才是」，而非「是」或「就是」，這個詞語顯然沒有前文那樣的肯定堅決，但卻更接近普通人情。這裡的用語「才是」，一方面拉長語氣，變得較為舒緩，另一方面也應合了全詩開頭的假設語句。因為「才是」就寓意了存在著另外一種，「並不」偉大的愛情。而舒婷把她所想像的這種偉大愛情，以「堅貞」兩字總結。

從表面上來看，這是某種落後、保守的愛情觀念，似乎與全詩追求兩性平權的「進步」愛情觀念並不合拍。但是舒婷並沒有讓詩作在這裡結束。這首詩是可以在第三十三行終結，她全部的意思都寫完

了，但舒婷又加上了三行作為「多餘的」結尾。是在這個比較中，人們可以更清楚地看到，最後三行並不多餘，反而非常必須。如果這首詩結束在第三十三行，那麼舒婷就可能功虧一簣，落錯最後一子，而導致全盤皆輸，因為全詩必然招致思想保守（堅貞）的攻擊。從結尾的設計看起來，第三十四行的單詞「愛」，這是一個動詞，而其後的「破折號」，則拉長了這個動作的持續時間。最後兩行的排比句，則把舒婷想像的愛情關係，拉高到另外一個層次，她所共享的愛情並非只有外在形象（例如高枝、高度、威儀），或共同迎對外在世界的風雨，而是還有對所處立場、位置、土地的堅持。這裡的「堅持」，回過頭來（或者可以說是補述）豐厚了「堅貞」的意涵，真正拉拔了「偉大的愛情」。偉大並非都是高高在上，迎風擋雨，高傲挺拔，偉大也有可能只是站穩在自己的位置，默默守候自己的堅持。而這才是舒婷想像的愛情。

三　外部研究

　　席慕蓉〈一棵開花的樹〉和舒婷〈致橡樹〉，這兩首詩有許多相似的地方，如果放在一起可以讓我們考慮許多問題。一個最明顯而且廣泛被提及的差異是，雖然兩者都在描寫愛情，但〈一棵開花的樹〉在這個關係中，顯得那麼被動、無奈，而〈致橡樹〉卻充滿了女性主動地追求獨立、自主、平等的愛情關係。

　　但除此之外，我們更感覺好奇的是，這兩首詩在它們各自發表的不同時空脈絡中，都掀起了極大的反應，引起廣泛讀者的共鳴，這是更為有趣、深刻的問題。接下來我想藉由這兩首詩作的時代背景，簡單說一下臺灣和中國新詩發展，各別在一九八〇年代所發生的風潮轉向。

（一）致橡樹

從時間的先後順序來看，舒婷的〈致橡樹〉更早寫出、發表。作者自署這首詩的寫作時間是一九七七年三月二十七日，最初發表在一九七八年北島主編的《今天》創刊號，其後轉載於《詩刊》一九七九年第四期，遂使舒婷（當然也包括北島及今天派）名揚天下。根據舒婷的回憶，這首詩是在與前輩詩人蔡其矯的爭執中完成：

> 1977年3月，我陪蔡其矯先生在鼓浪嶼散步話題散漫，愛情題材不僅是其矯老師詩歌作品的瑰寶，也是他生活中的一筆重彩，對此，他襟懷坦白從不諱言。那天他感嘆著：他邂逅過的美女多數頭腦簡單，而才女往往長得不盡如人意，縱然有那既美麗又聰明的女性，必定是潑辣精明的女強人，望而生畏。年輕的我氣盛，與他爭執不休。天下男人（不是烏鴉）都一樣。要求著女人外貌、智慧和性格完美，以為自己有取捨受用的權利。其實女人也有自己的選擇標準和更深切的失望。當天夜裡兩點，一口氣寫完〈橡樹〉，次日送行，將匆就的草稿給了其矯老師。他帶到北京，給艾青看。[5]

人們從這段記述中，可以回想詩作的結尾，「這才是」確實是一種爭辯語氣，舒婷所想像的愛情，並不是「那樣」的觀點（那就是蔡其矯重視女性外貌），而是「這樣」的愛情：「不僅愛你偉岸的身軀」，愛情不僅是那些美麗的外貌，還有看不見的部分，還有對於土地或生命的堅持。舒婷這段回憶最有意思的一句話是：「其實女人也有自己的選擇標準和更深切的失望」，如果從詩作來看，那麼標準不是只有外

---

5 舒婷：〈都是木棉惹得禍〉，《真水無香》（北京市：作家出版社，2007年），頁108。

貌，這很容易理解，但為什麼是「更深切的失望」，而不是更深切的「期望」呢？〈致橡樹〉給人更多的應該舒婷對於愛情是期望，卻不是「失望」。這裡就更可以看出舒婷與其老師針鋒相對的意味了。舒婷是因為失望而寫出了她的期望，這個從「否定」轉到「肯定」的態度，也表現在〈致橡樹〉的內在結構裡。

舒婷在一九七七年三月所寫的詩作原題〈橡樹〉，隔年北島要把這首詩刊行在《今天》創刊號時，才把這題目改為〈致橡樹〉。舒婷對於這段經歷的記述是：

> 北島那時經常去陪艾青，讀到這首詩，經其矯老師的介紹，1977年8月我和北島開始通信。前些日子，因為王柄根要寫蔡其矯的傳記，我特意翻找舊信，重新讀到北島1978年5月20日信中這句話：「〈橡樹〉最好改成《致橡樹》……這也是艾青的意思」。[6]

但是北島在回憶這個題目的改動經過時，略有不同的說法：

> 一九七八年深秋，我著手編輯《今天》創刊號，在桌上攤開蔡其矯和舒婷的詩稿，逐一推敲。……接下來是舒婷的〈致橡樹〉和〈啊，母親〉。其中那首〈橡樹〉，我根據上下文把題目改為〈致橡樹〉。[7]

這兩者的說法類似，都是北島把題目改為〈致橡樹〉，但差別在於這裡面有沒有「艾青的意思」。如果從北島的記述來看，這完全是他自

---

6 舒婷：〈都是木棉惹得禍〉，《真水無香》（北京市：作家出版社，2007年），頁108。
7 北島：〈遠行〉，《青燈》（香港：牛津大學出版社，2009年），頁68。

己「推敲」出來的結果,但為何他在一九七八年五月寫給舒婷的信,還要加上「艾青的意思」?這是一個很值得深思的問題。另外,改題的時間點也出現落差,北島去信的一九七八年五月,應該怎麼樣也算不上「深秋」時節。但不管原因如何,已然成為事實的結果是舒婷以〈致橡樹〉登上了版面,而且往後在所有的大小選集中,她也接受了這個改動。

人們同樣可以推敲,這首詩的題目改為〈致橡樹〉,和原先的〈橡樹〉有何區別?比較明顯的差異在於,〈致橡樹〉從題目上來看,就限定了這是一首書信體的作品,而如果只是〈橡樹〉,那就會更像是詠物謳歌的題材。藍棣之曾從舒婷的寫作背景,分析了這種「傾訴式」書寫形式的來源:

> 舒婷一再地說她寫詩是從寫日記、抄詩、寫信開始的,她說她只是偶爾寫詩,或附在信箋後,或寫在隨便一張紙頭上,給她的有共同興趣和欣賞習慣的朋友看。……舒婷的詩由於寫日記、書信的淵源,她的詩是傾訴性的,大致上吻合於日常生活的邏輯。[8]

但是人們可以更仔細地考慮,書信體和謳歌體的差別[9],主要還是表現在其「對等關係」上。因為書信體的往來雙方會顯得比較對等,謳歌題材則往往容易變成「下對上」的關係。不過事實上,舒婷這首名作(原題〈橡樹〉),還是帶有清晰的謳歌性質,或者說是帶著一種「下對上」的關係。敘事者我努力追求與橡樹地位的平等,而這個追

8　藍棣之:《現代詩名篇名著選讀》(北京市:人民文學出版社,2007年),頁147。

9　藍棣之則是把舒婷的「傾訴式」作品,區分為「書信式」和「獨白式」,這個討論同樣精彩、深刻,值得一讀。參見前引書。

求本身就寓含了兩者在現實處境的不平等。

〈致橡樹〉充滿了兩性在愛情中的平權觀點，這是她最為人所稱道的地方。但是這些美好的愛情詩句，並不能夠完全反映舒婷的愛情觀念，甚至是她所嫻長的抒情詩歌形式。舒婷對於愛情的觀點，並不完全像是〈致橡樹〉所「想像」的那樣穩固、堅強。與本詩僅隔三個月，一九七七年六月舒婷接續寫下另一首廣為人知的〈雨別〉：

> 我真想摔開車門，向你奔去，／在你的寬肩上失聲痛哭：／「我忍不住，我真忍不住！」／／我真想拉起你的手，／逃向初晴的天空和田野，／不畏縮也不回顧。／／我真想聚集全部柔情，／以一個無法申訴的眼神／使你終於醒悟；／／我真想，真想……／我的痛苦變為憂傷，／想也想不夠，說也說不出。[10]

在臺灣長期接受「現代詩教養」的普通讀者，應該很難「坦然地」接受這樣的作品，竟然是〈致橡樹〉的同一個作者，在同一個時期所寫下。〈雨別〉有幾個特別值得注意的特點，首先，舒婷在這裡所表現的愛情觀，如果不是和〈致橡樹〉背道而馳，至少也有顯現的落差。舒婷在這裡的痛苦、憂傷，無法申訴，真忍不住的失聲痛哭，都已經不是三個月前〈致橡樹〉那樣的從容、肯定。但還可以注意的是，在這樣「情感氾濫」的短篇詩作中，舒婷的音韻感還是保持地非常好，這除了來自句尾的韻腳設計之外，還有來自她尤其擅長的排比句型。最後，人們應該仔細地分辨〈雨別〉這首詩的矛盾結構。這首詩使用最多的字詞是「我」，表達了強烈的主觀情調。使用次多的字詞是

---

10 舒婷：〈雨別〉，《舒婷的詩》（北京市：人民文學出版社，1994年），頁114。

「不」，總共出現六次，平均地分佈在三個排比句中，這三個排比句分別作為第一、第二及最後一個小節的結尾。這就是舒婷音韻感的主要來源。另外使用較多的字詞是「真想」，總共出現五次，都是在每節的首句重複相同的句型（我真想），最後一個小結重複兩次[11]，這也是非常好的音韻設計。整首詩反覆的排比句型，就好像綿密沈重的雨水，交織而下，重複著單向而強烈情感。這首詩題為〈雨別〉，但卻沒有出現任何「雨水」的意象，只有首節具有象徵意味的「淚水」，以及次節作為對比意象的「初晴」。這也是一個很含蓄，但對比鮮明的設計。

人們應該分辨的是，「不」作為一個否定詞彙，和「真想」作為一個堅決肯定的「假設」，兩者所產生的矛盾結構。這個矛盾結構與〈致橡樹〉完全相同，這是舒婷此時的詩歌創作中，最重要（而且是反覆出現的）主旋律。藍棣之將此稱作舒婷的「雙桅」思維：

> 雙桅很好地說明了舒婷詩的特殊追求與特殊的價值取向。……從詩歌藝術技巧來說，中國的格律詩可以說是雙桅的，因為它很講究對仗；西方詩歌裡的張力、反諷、悖論也都雙桅。最後，哲學的辯證學者認為：事物都是成對的產生，──能不能說這是對雙桅的哲學闡釋呢？[12]

在臺灣接受新批評教養的讀者，可能比較能夠理解藍棣之這裡提及的「悖論」結構，而洪子誠則把舒婷這個寫作特點，稱為「情感漩渦」：

---

11 除此之外，第三行的「我真忍不住」，可以視為「真想」詞組的縮減變體。

12 藍棣之：《現代詩名篇名著選讀》（北京市：人民文學出版社，2007年），頁148。

> 比較起北島來，你就會感覺到在舒婷的詩中，有那種可以稱為
> 「感情漩渦」的東西。「漩渦」就是有點糾纏、矛盾；譬如，理
> 智與情感之間的矛盾，社會責任與個體生活需求的矛盾，還有
> 就是需要依靠的女性與獨立自主的女性之間選擇上的困擾。[13]

正是這樣的搖擺、纏繞，舒婷在後來才會寫下〈神女峰〉的名句：
「與其在懸崖上展覽千年／不如在愛人肩頭痛哭一晚」[14]，舒婷是想
要透過這樣女性的「軟弱」去平衡〈致橡樹〉所展現的堅硬。而〈雨
別〉裡的舒婷，就是在這樣「否定（現實）」與「肯定（想像）」的搖
擺之中，失去了對情感的篤定、堅強，既不能逃脫，也不敢突破，於
是只剩下畏縮、痛苦與自我封閉的憂傷。這與〈致橡樹〉恰成相反，
但卻共同「構成」了舒婷的整體詩歌風貌。

人們應該注意的是，這種「否定」的，對現實的拒絕姿態，以及
對於未來「絕對肯定」的宣告式語氣，正是文革詩歌的主題與風格。
人們在北島那裡，可以看到這個矛盾主題最好的一種展示。而〈致橡
樹〉那種類民歌式的排比句型設計，在某些層面上也可以看作是文革
詩歌的殘留形式。洪子誠曾經比較北島和舒婷的差異：

> 要是不避生硬，對北島的詩歸納出一個「關鍵詞」的話，那可
> 以用否定的「不」字來概括。舒婷呢，或許可以用「也許」、
> 「如果」這樣的詞。[15]

---

13 洪子誠：〈一首詩要從什麼地方讀起〉，溫儒敏、姜濤編：《北大文學講堂》（北京市：
　　中央編譯出版社，2005年），頁107。
14 舒婷：〈神女峰〉，《舒婷的詩》（北京市：人民文學出版社，1994年），頁219。
15 洪子誠：〈一首詩要從什麼地方讀起〉，溫儒敏、姜濤編：《北大文學講堂》（北京市：
　　中央編譯出版社，2005年），頁107。

舒婷的特殊性在於，她大大提升了「我」的主觀性，強烈而充沛的情感，現在灌注的對象是自我追求的愛情，而不是國家與人民——雖然舒婷也寫那樣的時代主題，而且寫得同樣優美；但卻不是壯闊，不是北島那樣的具有「陽剛性」。舒婷的大時代寫得並不特別突出，她寫最好的文革主題詩作是〈牆〉，但卻是以「柔軟的偽足」而駭人。如果北島的詩歌基調，是對既定時代的否定，那麼舒婷的主題，就是對「北島式的否定」之否定。這就是北島的〈一切〉，與舒婷〈這也是一切〉的根本差距。循著這樣的「擺盪」，舒婷在有些地方比起北島更接近於詩歌「正統」，更接近那些後來被稱為「浪漫」的東西。只是舒婷較多展現了浪漫的理想主義，北島則更多展現了浪漫的英雄主義，而這兩個傾向都共同源自於當時代「革命的」浪漫主義。

　　較早的中國學者對於〈致橡樹〉的評論，都更多地看到舒婷與文革背景的聯繫，因此這首詩也被認為具有比較清晰的時代性格（而且是針對性）[16]，這是當代的普通讀者，以及「純粹的」文學批評家較難想像的。但這確實也是我們在臺灣閱讀〈致橡樹〉，最難以進入的文化脈絡。我最初讀到這首詩的時候，當然認為寫得很好，但就是感覺哪裡怪怪的，又說不出所以然。後來讀了比較多的文革詩歌，看熟了朦朧派的一些主要作品，才終於曉得了他們其實「共享」著某些時代風格，共同承擔了某些時代經驗，並且共同表現了某些時代的藝術特色。即便是像舒婷這樣的「抒情詩人」，她對於過去的堅決否定，對於未來的美好想像（絕對的美好），她所使用的民歌排比形式，她所使用的陽剛詞彙：偉大的、英勇的、紅碩、堅貞、火炬、土地——用北島的話來說，這些都是「官方話語的一種回聲」。或者用帶有貶

---

16 相關評論可參見思陽評論：《朦朧詩名篇鑑賞辭典》（西安市：陝西師範大學出版社，1990年），頁8。劉登翰評論：《新詩鑑賞辭典》（上海市：上海辭書出版社，1991年），頁929。

抑的說法：這些都是「文革腔調」。孫紹振在近年的文章中，從樣版戲《沙家濱》的唱詞，找到了〈致橡樹〉某些可能的原型。劇中人物對於「泰上頂上一青松」的歌頌，和舒婷的橡樹之間，在意象和句型上，確實都有相類似的地方[17]。但正是這種具有時代特徵的特殊「唱腔」，北島和舒婷詩作的被接受度，在當時因此也是空前的，而且更加廣泛和震動人心。郭路生是這種時代風格的領航者，但是關鍵的差別在於：郭路生接受現實、相信未來，北島要以（和文革同樣的）個人英雄主義和現實「決裂」，因此走向虛無，而舒婷卻在懷疑現實與相信未來的擺盪之間，朝向「小我的情感」道路前進。這就逐漸與時代的主旋律不相一致了，朦朧詩遭致官方批判的原因在此，而他們真正改變了時代風潮的關鍵也在於此。

（二）一棵開花的樹

　　根據《七里香》的記載，席慕蓉是在一九八〇年十月四日寫下〈一棵開花的樹〉。席慕蓉後來在許多場合，都曾提及這是她在搭乘新竹往苗栗的山線火車上，所見到的「油桐樹」。這樣說起來，那應該是五月的季節，而過了數月之後，席慕蓉才在十月寫下了這篇著名詩作。席慕蓉近年來回述此詩的「本事」，大都反映了詩冊上記載的事實。[18]一九八一年十二月，席慕蓉散文〈在南下的火車上〉，曾經描述了同樣類似的經驗：

　　　　我一直覺得，世間的一切都早有安排，只是，時機沒到時，你

---

17 孫紹振：〈舒婷〈致橡樹〉和〈神女峰〉：女性獨立宣言〉，《新的美學原則在崛起》（北京市：語文出版社，1991年），頁279。

18 最好的例子可參見席慕蓉主講：《原鄉與我的創作》（臺北市：臺大出版社，2006年）。

就不能領會，而到了能夠讓你領會的那一剎那，就是你的緣分
了。……遺憾的是那種事後才能明白的「緣」。總是在「互相
錯過」的場合裡發生。總是在擦身而過之後，才發現，你曾對
我說了一些我盼望已久的話語，可是，在你說話的時候，我會
什麼聽不懂呢？而當我回過頭來在人群中慌亂地重尋你時，你
為什麼又消失不見了呢？[19]

席慕蓉在這段文字中，是用詩作中的「你」，重寫了〈一棵開花的
樹〉之主題。這裡的敘事者「我」，等於詩中無視地走過的「你」。但
是這裡並沒有指出「開花的樹」之原形。在稍後的文章〈謎題〉中，
席慕蓉說：

我們一定不是白白地來一次的。每個人的出現都一定有他的理
由，有不得不相信的安排的，也許，一生就只是為了某一個特
定的剎那而已。就是說：為了能在某一條長滿了相思樹的山路
上與你緩緩交會，擦身而過，我就必須要在這一天之前，活了
幾十年，然後再在這一刻之後，再活幾十年。[20]

這裡所描述的情節和主旨，完全符合〈一棵開花的樹〉之設計，但是
「相思樹」而非「油桐樹」。於是這就產生我們理解席慕蓉的第一個
謎題：〈一棵開花的樹〉最初究竟是源自怎樣的意象？這個在時間上
更接近詩作寫作時的記述，和席慕蓉近年的「油桐敘事」，並不相一
致。當然細心的讀者還會發現，這裡的「相思樹」是一種複數形式，

---

19 席慕蓉：〈在南下的火車上〉(1981)，《成長的痕跡》（臺北市：爾雅出版社，1982
　　年），頁91-92。
20 席慕蓉：〈謎題〉，《有一首歌》（臺北市：洪範書店，1983年），頁52。

而並非作為單數用法的「一棵」，這個差別還是值得留意。席慕蓉在一九八五年還曾另外寫過一棵美麗的〈孤獨的樹〉，但那是二十二歲在瑞典所見，這棵樹和後來的「桐花敘事」之間最相似的，是同樣出現在「剛轉過一個急彎」之後的山坡上：

> 這一棵金色的樹似乎更適合生長在這片山坡上，可是，因為自己的與眾不同使它覺得很困窘，只好披著一身溫暖細緻而又有光澤的葉子，孤獨地站在那裡，帶著一種不被了解的憂傷。[21]

人們都知道，文藝作品中的某個意象，並非都只能有單一的現實指涉，藝術創作的意象、符號，更常是某種綜合的經驗再現。但是每個作者都有其熟悉、喜愛的意象或主題，而這些意象的相互連結，對於研究者的詮釋、解析而言，也是非常重要的一部分。人們如果參考李癸雲所製作，席慕蓉詩作「花」意象出現的統計表[22]，將會很驚訝的發現一個現象：從一九八一年到二〇〇五年的全部六冊詩集中，席慕蓉只用過「一次」桐花意象（在《時光九篇》中）。根據表格記載推測，李癸雲應該把〈一棵開花的樹〉歸之於「無花名之花」中，這雖然是比較嚴謹的學術態度，但即便把席慕蓉的自我解釋加上去，桐花在席慕蓉的這麼長久的創作中，最多也只出現兩次。應該可以保守的說：桐花並非席慕蓉在詩作中喜用的意象，至少不是她常用的意象。席慕蓉比較集中而直接對桐花的描寫，是出現在一九八四年的散文中[23]，但這篇文章的主旨與〈一棵開花的樹〉並不完全相同，至少

---

21 席慕蓉：〈孤獨的樹〉，《寫給幸福》（臺北市：爾雅出版社，1985年），頁222-223。

22 李癸雲：〈窗內，花香襲人——席慕蓉詩作之「花」意象研究〉，《結構主義與符號之間》（臺北市：里仁書局，2008年），頁126-127。

23 席慕蓉：〈桐花〉（1984），《寫給幸福》（臺北市：爾雅出版社，1985年），頁3。

和〈謎題〉比較起來，顯得更加遙遠。不過可以看出來，散文裡的桐花卻恰好與近年的「桐花敘事」逐漸靠攏。

在寫出〈一棵開花的樹〉之後，相隔不到一年，一九八一年七月，席慕蓉以年近四十之齡（這一點後來成為了現代詩批評家的嘲弄對象）[24]，出版了「第一本」詩集《七里香》。這個「第一本詩集」的說法，最先來自於大地出版社一九八三年印行「第二本」詩集《無怨的青春》時，在封面底所登載的廣告說明。二○○○年圓神出版社重印《七里香》和《無怨的青春》時，在其書後的〈席慕蓉書目〉中，同樣分類襲用了這種說法（這個分類表最初源自一九九四年洪範版《寫生者》的編目）。但是這裡會產生我們理解席慕蓉的第二個謎題：她的第一本詩集該從何算起？

我可以舉出兩個具體的例子，來說明這個問題。首先，一九八三年席慕蓉和張曉風、愛亞合出《三絃》集時，在作者介紹的欄位中，席慕蓉「第一本詩集」所列出的是《畫詩》。這本書的出版非常接近《無怨的青春》（僅相隔五個月）。另外是一個更早之前的例子，張默在一九八一年六月，編輯出版了「現代女詩人選集」《剪成碧玉葉層層》，其中收錄了席慕蓉的五首作品。更特別的是，這本詩選集中所有女詩人的圖象，全部是席慕蓉的素描作品。這本詩選集的出版日期，還「早於」《七里香》一個月。這就意味著說，在《七里香》出版之前，席慕蓉就已經被視為一個「女詩人」，而收錄張默編輯的詩選中。根據張默自己所說：

---

24 例如渡也說：「四十多歲的人了，卻一而再，再而三地感嘆失戀，且擺出十幾歲少女的姿態。這位四十多歲的冒牌少女，還需要十幾歲的正字標記的少女可憐她，關心她」。又說：「活到四十多歲還依然故我地裝成少女，一個『成年』詩人，寫了大半輩子，仍跳不出風花雪月的窠臼，未免不長進」。渡也：〈有糖衣的毒藥──評席慕蓉的詩〉（1984），《新詩補給站》（臺北市：三民書局，1995年），頁31、37。

> 對於入選與否的依據，我在心裡暗暗確認了兩個原則：即一、
> 作者個人詩創作的藝術價值。二、作者在詩方面的聲譽及對當
> 代詩壇之影響。[25]

這裡的第二個原則，顯然並不適用於尚未出版《七里香》的席慕蓉，那麼張默是以第一個原則，把席慕蓉放入詩選集中？這點似乎又和後來臺灣現代詩人對席慕蓉現象的評價，並不相同。

在這本早於《七里香》出版的女詩人選集中，席慕蓉共被收錄了五首作品，依序是〈銅版畫〉、〈植物園〉、〈一棵開花的樹〉、〈長城謠〉以及〈畫展〉。根據張默的導言：「本書在編選期間，所有詩稿雖泰半由作者自選，但編者每自他處發現更優異的作品時，則立即予以調整」[26]。以當時席慕蓉的「能見度」來說，大概可以把這五首詩，視為席慕蓉在一九八一年初「自認為」最好的作品，而且是選自「尚未出版」的《七里香》。[27]這就造成了一個饒有趣味的現象，因為這是〈一棵開花的樹〉首次面世，但卻不是在《七里香》上，而是在一本已經幾乎被遺忘了的女詩人選集上。而且，這個最初發表的版本，與後來為人所知者，有一個非常細微的差異。那就是第七行，原文為「在陽光下慎重地開滿了花」，後來收入《七里香》時刪去第一個字。這個改動造成了兩個效果：一個是原文讀起來像是現在式，等待的樹還在持續開花；而修改後則像是過去完成式，開花的樹已經完成了所有的準備工作。另外一個效果是，刪改後第七行和第八行字數保持一致，讓形式上的音響效果更加整齊。總的來說，這是一個成功的

---

25 張默：〈導言〉（1981），《剪成碧玉葉層層》（臺北市：爾雅出版社，1981年），頁4。
26 張默：〈導言〉（1981），《剪成碧玉葉層層》（臺北市：爾雅出版社，1981年），頁4。
27 這五首作品都可見於稍後出版的《七里香》，但仍須注意其中〈銅版畫〉、〈植物園〉、〈長城謠〉三首，已見於一九七九年皇冠出版的《畫詩》。

改動（希望這個差異的原因，不是詩選集版被他人修改的結果）。事實上，如果人們願意重新檢視席慕蓉自編的各類詩選、文集，〈一棵開花的樹〉從來不曾佔據刊頭，或者書名的位置。這是很值得留心的現象。倒是《七里香》封底的廣告文字說：「席慕蓉是一棵來自天上的樹，在人間開滿了繁花」[28]，可見當時大地出版社的編者，還是看出了〈一棵開花的樹〉將是席慕蓉具有代表性的作品。從現在回過頭去看，當時這個不知名編者的慧眼，確實讓人折服。渡也後來寫了一篇非常著名的，批判席慕蓉現象的文章[29]，他把席慕蓉的好詩、壞詩都說盡了，但就是對〈一棵開花的樹〉不置一詞。

循著大地編者這句「預言」，人們可以思考席慕蓉現象的第三個謎題：席詩的這種語言風格究竟從何而來？真的是從天上掉下來？這個問題從一開始就深深迷惑了席詩的閱讀者。張曉風在為《七里香》所寫的序文中說：

> 不要以前輩詩人的「重量級標準去預期她」，余光中的磅礴激健、洛夫的深密孤峭、楊牧的雅潔深秀、鄭愁予的瀟灑嫵媚，乃至於管管的俏皮生鮮都不是她所能及的。但她是她自己，和她的名字一樣，一條適意而流動的江河。[30]

張曉風在一九八一年就敏銳地感覺到，人們很難把席慕蓉的詩作風格，放回去「既有的」臺灣現代詩的脈絡中，尋找她的上下游。張曉風懇切的告訴我們，這樣的努力顯得徒勞，因為席慕蓉就是她自己。

---

28 席慕蓉：《七里香》（臺北市：大地出版社，1981年），書面封底。
29 渡也：〈有糖衣的毒藥──評席慕蓉的詩〉（1984），《新詩補給站》（臺北市：三民書局，1995年），頁23。
30 張曉風：〈江河〉，《七里香》（臺北市：大地出版社，1981年），頁29。

但是這對於後來講述臺灣現代詩史的研究者，就變成了一個難題：人們不可能迴避席慕蓉，但卻又不曉得該把這樣的風格放在哪裡。她沒有詩社背景，甚少提及自己的詩學淵源，但是又引起如此廣泛的影響，真的只能用「另一個瓊瑤」[31]這樣帶有貶抑的詞彙加以理解？

　　如果從席慕蓉的自述文章來看，她最喜歡的詩人是紀伯崙及其《先知》上那首著名詩作[32]，而可能影響她詩作風格最多，並且是她最常提及的臺灣詩人則是余光中。席慕蓉所購得第一本詩集是《藍色的羽毛》，那是初中二年級夏天[33]，她在後來所有的生平、寫作年表中都載明了這件事，這應該是席慕蓉「有意」（或者對她的創作而言特別有意義）留下的紀錄。一九七四年席慕蓉在歷史博物館舉行個人畫展，「她向一天來看三次畫展的詩人余光中問起寫詩的事」[34]，這是「出道前」席慕蓉僅見的與臺灣現代詩人的接觸。在席慕蓉的早期文章裡，余光中是最常被提及的詩人。除他之外，只有敻虹、張秀亞各出現一次。外語詩人則除了紀伯崙的詩篇，則還有里爾克的殘句。

　　與此同時，人們也不應該忽略，臺灣現代主義小說家與席慕蓉的關係。對於席慕蓉詩作的第一篇正式評論，是由七等生在一九七九年所執筆，他是席慕蓉在臺北師範藝術科時的同學。七等生對於《畫詩》最主要的評價是：「其意象鮮明，真理具在」，「何必美詞堆砌顯

31　就我所知，這個說法最早見於非馬：〈糖衣的毒藥〉（1984），收於渡也：《新詩補給站》（臺北市：三民書局，1995年），頁44。

32　關於此點可參見席慕蓉：〈落空的承諾〉，《畫出心中的彩虹》（臺北市：爾雅出版社，1982年），頁109。以及夏祖麗：〈一條河流的夢——席慕蓉訪問記〉（1984），《寫給幸福》（臺北市：爾雅出版社，1995年），頁311。

33　席慕蓉：〈花事・荷〉，《有一首歌》（臺北市：洪範書店，1983年），頁247。

34　夏祖麗：〈一條河流的夢——席慕蓉訪問記〉（1984），《寫給幸福》（臺北市：爾雅出版社，1995年），頁316。

得不實在呢？」[35]這個評價足以說明早期席詩的整體風格傾向。而另
一位現代主義小說家王文興，則曾為席慕蓉的散文集作序，花去了三
個月的時間（熟悉王文興的讀者應該知道，對他來說這個速度算快
的）。王文興特別推崇席慕蓉的短句形式：「大致說來，當你書寫短句
的篇章時，要比寫長句的篇章更具成功。你的短句非僅清澈、平穩，
顯出是千錘百鍊得來的碩果」[36]。這個評價雖在散文，但若拿來理解
席詩的風格特點，應該也算妥當。從這以上的例子來說，席慕蓉在
「暢銷」之前，和臺灣的現代主義文壇，還是保有相當程度的交流與
互動。只是她更多的還是在寫她自己，並非為了別人。在這一點上，
席慕蓉和現代主義詩壇的「主流」，顯然並不完全相容。

　　這樣的話，人們接下來可以考慮最後一個席慕蓉之謎，那就是：
為什麼《七里香》和《無怨的青春》，在一九八○年代初期會突然暴
得大名？既有的評論以鍾玲的分析較為完整：

> 席慕蓉詩的兩個特點，一是善用比喻，二是第一人稱的女主角
> 常心甘情願自處於謙卑的地位。（頁343）

> 她用的語調是最容易令讀者介入的第一人稱對「你」的傾訴體，
> 即女子對意中人傾訴心中愛意（偶爾有些詩對調過來，詩中的
> 「我」是男子）。讀者既享有探知別人愛情隱私的樂趣，又可認
> 同詩中的女主角或男主角，滿足自己浪漫的幻想。此外席慕蓉
> 的詩文字淺顯流利，比喻清楚明白，不熟悉現代詩語言的讀者，
> 也能接受。更加上作為商品而言，《七里香》很講究包裝藝

---

35 七等生：〈席慕蓉的世界──一位蒙古女性的畫與詩〉，原載《聯合報》，1979年12
　月18-19日；後收於《席慕蓉》（臺北市：圓神出版社，2002年）。

36 王文興：〈序〉，《寫給幸福》（臺北市：爾雅出版社，1995年），頁2-3。

術，有席慕蓉自己纖麗唯美的插畫，以配合內容。（頁341）
席慕蓉情歌中的佳作，大抵文字流利，節奏明快，寓意明白，
常用大自然意象，時而用詩詞典故，加上纏綿的語調，故很吸
引人。（頁342）[37]

鍾玲的批評大略可以歸納為以下幾點：一、席詩善用比喻，文字流
利。二、傾訴體語調，容易讓讀者介入。三、作為商品，重視包裝。
這幾個要點，後來幾乎成為評價席慕蓉的主要視角。[38]從鍾玲整個文
章的語氣來說，她還是帶著較為否定的口吻在談論席慕蓉。或者可以
說，是用「現代詩語言」在衡量席詩「纏綿的語調」與「文字淺顯流
利」；是用「非商品」的藝術眼光在批評席慕蓉詩集的「講究包裝藝
術」和「纖麗唯美的插畫」。最後是用女性主義的批判視角，在分析
席詩的「女主角常心甘情願自處於謙卑的地位」。楊宗翰後來發展了
這個觀點，成為他「最感憂慮的一點」：「這就很容易讓讀者經由對詩
中男、女主角的『認同』，進而演變成『接受』席詩裡刻板僵化的性
別想像與權力位階」[39]。席慕蓉近年來在各種講演場合，極力為自我
澄清的，也就是這一點。她認為自己的詩作是在描寫某種相互的情感
關係，並非只是愛情，而在此關係之中，處於被動地位的也並非都是
女性。

　　但是除了這些內在的語言特點與寫作意識，是否還有外在的、更
廣泛的背景因素，能夠推動「席慕蓉現象」的產生？瘂弦在一九八四
年前後有一個非常簡略的解釋：「現代人對於愛情已經開始懷疑，而

---

37 鍾玲：《現代中國繆司：臺灣女詩人作品析論》（臺北市：聯經出版事業公司，1989
　年）。

38 例如孟樊在〈大眾詩學〉中對席慕蓉的分析，並未脫出鍾玲所設定的這幾項要點。
　參見《當代臺灣新詩理論》（臺北市：揚智文化事業公司，1998年）。

39 楊宗翰：《臺灣現代詩史：批判的閱讀》（臺北市：巨流圖書公司，2002年），頁179。

席慕蓉的愛情觀，似乎給現代人重新建立起信仰。」[40]鍾玲後來發展
了這一段話：

> 工商業社會的人際關係，不但比較疏離冷漠，也受到商品交易
> 的影響，變得比較現實。因此為求補償作用，浪漫氾情的作品
> 正是消費的對象。瓊瑤、三毛、張曉風，風行一時，都是例
> 證。席慕蓉的詩也符合這些條件：她的詩浪漫而纏綿。[41]

鍾玲在這裡的說明，還是可以區分為三個要點：一、對於工商社會的
人際關係，席詩的浪漫纏綿具有「補償作用」。二、這種「浪漫氾情
的作品」，是一種商品，是消費的對象。三、這種書籍暢銷的現象，
不僅出現在新詩（席慕蓉），也出現在小說（瓊瑤）和散文（三毛、
張曉風）之中。最後一點對於人們現在重新考慮「席慕蓉現象」，會
顯得特別有意思。顯然這種暢銷現象，在一九八〇年代初期的臺灣社
會並非「孤例」，而且似乎特別是「女性作家」在這股暢銷浪潮中，
佔據了每個領域最顯要的位置。那麼當時推動這種「女性的」、「多文
類的」、「愛情主題」的暢銷現象，背後的「集體動力」是什麼？呂正
惠在分析八〇年代女性小說家的興起時，有過一段這樣的評價：

> 轉型期的女性，在她的成長期所接受的往往還是一種溫順的、
> 被動的、「貞淑」的觀念。這樣的觀念，使得她在青春期不得
> 不被迫處在期待「被追」的窘境之中，在戀愛上實際並不「自

---

40 瘂弦語，見夏祖麗：〈一條河流的夢——席慕蓉訪問記〉（1984），《寫給幸福》（臺北
市：爾雅出版社，1995年），頁311。

41 鍾玲：《現代中國繆司：臺灣女詩人作品析論》（臺北市：聯經出版事業公司，1989
年），頁341。

由」。而且，在實踐上，當她不得不面對性的誘惑時，傳統貞
操的觀念，以及現實社會所可能加之於她的「待遇」，又會造
成她極大的不安和痛苦。像這些，都是女性在轉型期社會的自
由戀愛上必須面對的困難。……在七○年代末新的女性文學開
始出現時，基本上是對這一問題的反映。但是，這樣的文學並
不「現實」的描寫年輕女性在實際生活中所碰到的戀愛的困
難，反而以浪漫的、抒情的方式來描寫少女對於愛情的懷想，
或者以極端浪漫而理想的方式來塑造一對美好的戀人。總之，
面對女性求偶的難題，這種文學是以提供「夢想」來作為殘酷
現實的彌補。[42]

這段話應該同樣能夠用來說明，席慕蓉在八○年代盛行一時的主要原
因。是這種轉型期的社會型態，決定了讀者從現實的不安，投向想像
的浪漫，而非只是消費心態、商品包裝或文字淺白而已。

除了「愛情」之外，造成「席慕蓉現象」的原因，還有一點我認
為較被忽視，但可能也造成部分推進作用的，是其詩作（以及散文）
中強烈的「懷鄉」主題。這種鄉愁式的作品，在很大的層面上，恰好
契合了一九七○年代臺灣社會的主要思潮，尤其是中國民族主義思
潮。席慕蓉早期的散文，更多而且更集中地表現了這種鄉愁主題。人
們不應該忘記，這種主題在臺灣詩人中寫最好的，還是七○年代的余
光中。而《七里香》中的「隱痛」一輯，主要就是在渲染這種充滿民
族主義的鄉愁情緒，其中的〈出塞曲〉更在出版同年的十二月，獲得
金鼎獎唱片類最佳作詞。這應該也同時推展了席慕蓉詩作，在當時臺

---

42 呂正惠：〈八○年代臺灣小說的主流〉（1991），《戰後臺灣文學經驗》（臺北市：新地
　　文學出版社，1995年），頁85-86。

灣社會的廣泛感染力。我認為這也是理解「席慕蓉現象」，值得注意
的背景因素。

近年以來，新詩的研究者，以及文學史的編撰者，總是更多地看
重席慕蓉重回原鄉之後的創作，而較少關注她早期（但卻是最流行）
的作品。對於席慕蓉詩作，比較完整的文學史式的評價，我認為是林
瑞明的看法：

> 席慕蓉早年詩風被評為「清芬可挹」，浪漫含蓄中揉拈淡淡清
> 愁，詩集《七里香》、《無怨的青春》問世後，為現代詩增添大
> 量閱讀人口，經久未衰。四十歲始初探蒙古故鄉，此後大量散
> 文詩作，皆涵容蒙古的天地山川、文化情愁。其歷史與地理地
> 標是以蒙古為中心，而心繫鄉土，落實大地之後的感動，卻能
> 超越有形地界，也開闊了閱讀者的眼界與心界。[43]

然而開闊了眼界與心界之後的席慕蓉，被讀者所接受的層面卻大大降
低了。人們對於席慕蓉晚近的創作評價愈來愈高，但是直到今日可能
還是《七里香》和《無怨的青春》在銷售數量上賣得更好。這無疑還
是表現了文學研究者與普通讀者的差距，同時也是「嚴肅的」文學創
作者與一般大眾難以抹平的鴻溝。這個現象其實說不定更值得我們省
思：現代詩終究只能小眾？

四 結語

本文以席慕蓉〈一棵開花的樹〉和舒婷〈致橡樹〉這兩首詩作，

---

43 林瑞明：《國民文選‧新詩卷》（臺北市：玉山社出版事業公司，2004年）。

作為新詩教學的範例說明，主要是因為這兩首詩有很多相似的地方，可以拿來比較討論。

首先，我想提示一個後來非常巧合的事情，那就是舒婷和席慕蓉的詩作，不約而同都是在「一九九〇年」首次被放入了中學教科書。而且更有趣的事情是，她們首先都是被放在「高中」教科書，然後被「降級」放在了「國中」教科書。這個現象意味著：人們對於如何評價這兩首詩的「語文程度」都還不準確，但至少都經歷了一次「並沒有那麼高」的轉移。這個現象意味著人們對於教科書如何選擇新詩的標準，在當時還並不穩固。而且對這兩首詩作的評價，都有著相同的轉移問題。

其次，這兩首詩歌都是在描寫愛情的關係，尤其是某種女性看待愛情的方式，雖然這兩首詩的作者，後來都努力澄清：不應該把這首詩拿來看「只是」做女性對待愛情的方式。她們毋寧希望研究者，站在一個更高的位置，一個「愛情」的高度，來看待她們的詩作。所以席慕蓉在許多場合，往往提出澄清，〈一棵開花的樹〉不是只寫女性，這棵樹也可能是男性。不可否認的，這首詩作所表達的這種「不平等」的愛情關係，在通常的愛情關係中（尤其是暗戀），是很常見的一種形式，既能用來描述女性，也可以用來描述男性，那種處於愛情初期（尤其是在追求者一方）的不平等處境。舒婷的〈致橡樹〉也同樣如此，她對於平等的愛情關係的美好想像，同樣是以「不平等」的處境作為前提。所以詩作開始才會有「我如果愛你……絕不……」，這樣的重複句型，然後才會有「必須是」這樣充滿肯定的未來式語句。

第三，這兩首詩作相同的地方是，詩人都以樹木作為愛情隱喻的意象，而我認為這兩首詩最精彩的地方，都和樹葉顫抖的段落有關。席詩是：「那顫抖的葉是我等待的熱情」。而舒婷則是「每一陣風過，

／我們都互相致意，／但沒有人／聽懂我們的言語。」在席慕蓉的作品裡，人們透過顫抖的樹葉，可以感受到長久積蓄的熱烈情感的湧動，以及緊張、期待的心境。而在舒婷的句子當中，人們卻可以體察到一種溫馨而肯定、平淡而篤定，超越了言語交談的互信情感。

最後，還有一個共同點是，這兩首詩在發表之後，都引起非常廣泛的迴響，一夕之間讓作者名揚天下。但是，為何會造成這樣的現象呢？舒婷在一九七九年登上《詩刊》，席慕蓉在一九八一年出版《七里香》，是怎樣的背景或原因，讓她們在不同的社會脈絡中，能夠獲得了讀者廣泛的迴響？

本文在論述中，已經簡要地回答的這個問題。關於〈致橡樹〉傳唱當時的原因，大概的看法可以歸納為幾點：第一，舒婷的文體風格，主要是從文革出來的，換句話說，這是文革腔調，符合時代浪潮。第二，詩作的民歌體特徵，良好的音韻感覺，讓詩作本身便於朗誦，也有助於傳播。第三，對於剛結束文革的中國社會而言，這種對於「美好的未來」之堅信，一方面符合文革主題，另一方面更符合人們對接下來改革開放的美好堅信。最後，這首詩「追求」一種和諧、平等的新的人際關係，對於剛結束文革動亂的人們來說，具有某種慰藉的力量。

至於席慕蓉流行的原因，過去的研究者或者歸諸於商業化行銷，或者歸諸於漂亮的插圖與包裝等等，但這樣的解釋可能過於表面，而且並非詩作本身的研究角度。我認為席詩流行的原因可能有以下幾點：第一，是語言風格的問題，席詩非常白話又具有某種特殊的音韻感，重點是理解她這種詩作風格的學習來源。我自己認為她學最多的可能是余光中，尤其是《蓮的聯想》以後的詩作（也就是余光中在一九六〇年代的民謠時期，或稱為新古典主義時期）。

第二，人們如果把席慕蓉，放在余光中的民謠風，或新古典主義

風格之中，就能夠理解席詩的來源。席慕蓉就是文字更淺顯，但情感更直接、充沛的「余光中」，而且同樣充滿了「今昔對比」的主題。

第三，不應該忘記，除了愛情之外，《七里香》也有一部分充滿中國民族主義色彩的詩作，這種主題同樣符合七〇年代末臺灣社會的主流思潮。席慕蓉約略當時的散文，更是充滿這類民族主義色彩，到了晚近則轉向蒙古族群認同。所以，席慕蓉從一開始就「不純粹」是個愛情詩人而已，她同時是民族詩人，是七〇年代中國風與民謠體的另一種型態，而且近年來是愈來愈向著民族主義的面向傾斜。我個人認為只有充分地認識這一點，才能對席慕蓉詩作的發展有一整體性的把握與理解。

最後，席慕蓉的這些美好的愛情詩，符合了七〇年代末、八〇年代初期臺灣社會轉型階段，一般社會大眾（特別是新興的女性群體）對於愛情的憧憬與想像。呂正惠對於當時女性小說家興起的背景分析，非常精闢，可以詳閱。呂正惠的文章提醒人們注意，從七〇年代末開始形成的女作家暢銷風潮，並非如同過去的女作家只是個別現象，而應該是表現出了「某種與時代氣息相關的潮流感」。換句話說，這種女作家的流行現象，不僅僅只發生在新詩上的席慕蓉，也同時也發生在小說家蕭麗紅、張曼娟，和散文家三毛、張曉風身上，因此這就不是一個孤立的現象，而應該「共有」某種社會背景或社會動力。從這一點來說，把席詩的暢銷，簡單地訴諸商業行為或流行文化，未免都過於表面地理解了席慕蓉現象。

──本文原刊於《臺灣詩學學刊》第十八號（2011年12月）

參考文獻

舒　婷　《真水無香》　北京市　作家出版社　2007年

舒　婷　《舒婷的詩》　北京市　人民文學出版社　1994年

席慕蓉　《原鄉與我的創作》　臺北市　臺大出版社　2006年

席慕蓉　《成長的痕跡》　臺北市　爾雅出版社　1982年

席慕蓉　《有一首歌》　臺北市　洪範書店　1983年

席慕蓉　《寫給幸福》　臺北市　爾雅出版社　1985年

席慕蓉　《七里香》　臺北市　大地出版社　1981年

席慕蓉　《畫出心中的彩虹》　臺北市　爾雅出版社　1982年

席慕蓉　《有一首歌》　臺北市　洪範書店　1983年

孟　樊　《當代臺灣新詩理論》　臺北市　揚智文化事業公司　1998年

楊宗翰　《臺灣現代詩史：批判的閱讀》　臺北市　巨流圖書公司
　　　　2002年

鍾　玲　《現代中國繆司：臺灣女詩人作品析論》　臺北市　聯經出
　　　　版社　1989年

呂正惠　《戰後臺灣文學經驗》　臺北市　新地文學出版社　1995年

林瑞明　《國民文選‧新詩卷》　臺北市　玉山社出版事業公司
　　　　2004年

渡　也　《新詩補給站》　臺北市　三民書局　1995年

張　默　《剪成碧玉葉層層》　臺北市　爾雅出版社　1981年

章華編譯　《那些年，那些事》　長春市　時代文藝出版社　2009年

北　島　《青燈》　香港　牛津大學出版社　2009年

藍棣之　《現代詩名篇名著選讀》　北京市　人民文學出版社　2007年

溫儒敏、姜濤編　《北大文學講堂》　北京市　中央編譯出版社
　　2005年

思陽評論　《朦朧詩名篇鑑賞辭典》　西安市　陝西師範大學出版社
　　1990年

劉登翰評論　《新詩鑑賞辭典》　上海市　上海辭書出版社　1991年

孫紹振　〈舒婷〈致橡樹〉和〈神女峰〉：女性獨立宣言〉　《新的
　　美學原則在崛起》　北京市　語文出版社　1991年

李癸雲　〈窗內，花香襲人──席慕蓉詩作之「花」意象研究〉
　　《結構主義與符號之間》　臺北市　里仁書局　2008年

七等生　〈席慕蓉的世界──一位蒙古女性的畫與詩〉　《聯合報》
　　1979年12月18、19日　《席慕蓉》　臺北市　圓神出版社
　　2002年

席慕蓉為何敘事？

陳義芝

臺灣師範大學國文學系教授

摘要

　　一九八〇年代初，席慕蓉現身詩壇，以瞬間情動凝塑成永恆思念的抒情詩，深獲讀者喜愛。儘管席詩傳播廣遠，但耽於一味的傾訴，不免被視為局限。席慕蓉詩風的突破，要待一九八九年回返蒙古原鄉，經歷不斷尋索後才次第展開，大量的新事物、新體驗，使她的詩筆包容了許多語意連貫的敘事句。二十一世紀初寫成的「英雄組曲」敘事詩三篇，更是嶄新的創作成果。席慕蓉為何敘事？詳查其心路歷程，實與擔負蒙古民族發聲的使命有關，而其詩藝亦因此得以超越。

關鍵詞　席慕蓉、敘事、蒙古、英雄組曲

一　緒言：席慕蓉現身詩壇的意義

　　席慕蓉（1943-）詩作出現於一九七〇年代末，廣為人知的〈一棵開花的樹〉發表於一九八〇年十月四日，讀者轟傳的詩集《七里香》、《無怨的青春》，分別出版於一九八一年及一九八三年。相較於許多一九五〇年代出生，早於一九六〇年代末、七〇年代初即出詩集的詩人，她的發表算是晚的。[1]但也正因為晚而擁有更充足的時間，醞釀詩情、孕育詩思，鍛鍊表意工具，使她一出發即擁有自己的語言風格，以「瞬間即永恆」的愛情觀，及無盡追悔、探求的生命意境，攫獲讀者的心。「席慕蓉現象」當如何認知？其抒情衝動所挾帶的感染威力，雖擁有大量讀者，但在八〇年代的臺灣詩壇並未被充分接受。如果她的創作未經後續拓展，席詩的評價必然受限，不能成為代表性詩人。

　　論一九八〇年代以前代表性女詩人，應屬陳秀喜（1921-1991）、蓉子（1928-）、林泠（1938-）與夐虹（1940-）為前茅。

　　陳秀喜的〈覆葉〉（1972）、〈棘鎖〉（1975），蓉子的〈青鳥〉（1950）、〈一朵青蓮〉（1968），林泠的〈阡陌〉（1956）、〈清晨的訪客〉（1968），夐虹的〈我已經走向你了〉（1960）、〈水紋〉（1960），都久經傳誦。[2]但她們詩的主題並不全然是愛情。陳秀喜與蓉子對女性意識的開掘，林泠對現代知性的鎔鑄，夐虹對超凡聖境的禮讚，都超出了生活「常態」。但因追求深邃，詩思未必平易近人。相對來

1　雖然少女時期的席慕蓉即在日記寫詩，一九五九年留有〈淚・月華〉，一九六〇年代留有〈月桂樹的願望〉、〈遠行〉、〈自白〉、〈命運〉、〈山月〉等詩，還曾以蕭瑞、千華的筆名發表過散文、小說，但正式以詩現身詩壇，要到一九七八年於《皇冠》雜誌開設詩畫專欄，才受注目。

2　我刻意挑她們的抒情名作，來與席慕蓉詩對照。

看，席慕蓉第一階段的詩既是她自己的情感體會，也扣合了大眾情感的抒發，以一種低姿態顯得更平易、親切。當晦澀的詩風退潮，直露的現實書寫又未必能打動人心，原先領銜的女詩人步履趨緩甚至停滯之際，席詩適時出現，對讀者具有詩歌代言者的地位。

二　評說席慕蓉早年創作的抒情詩

傾訴，是席慕蓉抒情詩的主要作法，以第一人稱「我」發聲，讓第二人稱「你」受話。以〈一棵開花的樹〉為例：

> 如何讓你遇見我
> 在我最美的時刻　為這
> 我已在佛前　求了五百年
> 求祂讓我們結一段塵緣
>
> 佛於是把我化作一棵樹
> 長在你必經的路旁
> ……
>
> ……
> 而當你終於無視地走過
> 在你身後落了一地的
> 朋友啊那不是花瓣
> 是我凋零的心[3]

3　席慕蓉：《七里香》（臺北市：大地出版社，1981年），頁38。

愛情是芸芸眾生的普遍經驗，此詩表現邂逅及令人悵惘的「錯過」，任何人讀了，都有設身其境，恍如照鏡之感。翻閱《七里香》詩集，無處不迴盪著這等回身鑑照的幽幽傾訴：

> 讓我與你握別／再輕輕抽出我的手／華年從此停頓／熱淚在心中匯成河流（〈渡口〉）

> 我曾踏月而來／只因你在山中／山風拂髮　拂頸　拂裸露的肩膀／而月光衣我以華裳（〈山月〉）

> 一直在盼望著一段美麗的愛／所以我毫不猶疑地將你捨棄／流浪的途中我不斷尋覓／卻沒料到　回首之時／年輕的你　從未稍離（〈回首〉）

> 你把憂傷畫在眼角／我將流浪抹上額頭／你用思念添幾縷白髮／我讓歲月雕刻我憔悴的手（〈邂逅〉）[4]

將瞬間的情動凝塑成永恆的思念，使瞬間變成恆久。《七里香》如此，稍後出版的《無怨的青春》亦如此。這是席詩抒情的特色，卻因耽於一味，不免被視作局限。

同樣抒情，陳秀喜歌讚母性：「倘若生命是一株樹／不是為著伸向天庭／只為了脆弱的嫩葉快快茁長」，女性無視於昆蟲侵食、狂風摧殘，不自甘萎弱；或雖萎弱卻全力找尋自我解放之路：「當心被刺得空洞無數／不能喊的樹扭曲枝椏／天啊讓強風吹來／請把我的棘鎖打開」[5]。

4　席慕蓉：《七里香》（臺北市：大地出版社，1981年），頁42、54、56、60。

5　陳秀喜著，莫渝編：《陳秀喜集》（臺南市：國立臺灣文學館，2008年），頁45、83。

　　蓉子選擇意象，觀照本體：「有一朵青蓮在水之田／在星月之下獨自思吟／／可觀賞的是本體／可傳誦的是芬美　一朵青蓮」[6]；或以問答客觀揭示：「青鳥，你在那裡？／／青年人說：／青鳥在邱比特的箭簇上。／中年人說：／青鳥伴隨著「瑪門」／老年人說：／別忘了，青鳥是有著一對／會飛的翅膀啊／……」[7]。

　　林泠的〈阡陌〉，雖以你、我開篇，但口吻不同，借物盪開（有一隻鷺鷥停落、當一片羽毛落下）[8]你與我合成「我們」，與物相映照，詩人在回憶中獨白而非熱烈傾訴予你。再看〈清晨的訪客〉：「他看來多瘦／衣衫敝舊／頰上的灼痕，約莫是／黯淡了些；輕輕地，他說／這回祇是路過，不能久留／可以喝一杯，若是有／薑湯，或苦艾酒。」[9]情感隱藏在戲劇場景中，角色的形貌突出，身世、境遇也可猜測，「我」不站在前頭，不主動發聲而只低調被動相應。

　　夐虹的〈我已經走向你了〉[10]，受話對象雖是「你」，但詩人不像在傾訴，反倒像是對自我生命的認知，說話者本人成為詩的主題，凸顯女性主體、女性主動爭取愛情的力量，與席詩的委屈幽怨，形成兩種不同質性。再以〈水紋〉的後半為例：「忽然想起你，但不是此刻的你／已不星華燦發，已不錦繡／不在最美的夢中，最夢的美中／／忽然想起／但傷感是微微的了，／如遠去的船／船邊的水紋」[11]從前的情深已因開釋而化解其苦。經此轉折帶出了另一種領悟，讀者如不能體會從前與此刻的不同，不能體會「已不星華燦發，已不錦

6　蓉子：〈一朵青蓮〉，《千曲之聲：蓉子詩作精選》（臺北市：文史哲出版社，1995年），頁64。

7　蓉子：〈一朵青蓮〉，《千曲之聲：蓉子詩作精選》，頁5。

8　林泠：〈阡陌〉，《林泠詩集》（臺北市：洪範書店，1982年），頁32。

9　林泠：〈阡陌〉，《林泠詩集》，頁116。

10　夐虹：〈我已經走向你了〉，《夐虹集》（臺南市：國立臺灣文學館，2009年），頁33-34。

11　夐虹：〈我已經走向你了〉，《夐虹集》，頁52-53。

繡……」的意涵，感受就會降溫。

回顧一九八○年代席慕蓉詩，單一味印象不僅因單一傾訴，還與慣用下列句式有關：

> 無法……於是……
>
> 儘管……仍然……
>
> 可是……已經……
>
> 其實……也不過是……
>
> 如果……那麼……
>
> 而今……卻又……

她筆下也時常用「忽然」、「難道」、「如何」、「為什麼」、「終於」、「一切」、「無論」等詞語，傳達質疑、叩問、命定的領受，無悔的愛戀。[12]這種本真書寫，確如沈奇所說，是席慕蓉詩性生命的儀式，「使之憑生一種可信任的親近之感而生發綿長的閱讀期待」[13]，深情固然無疑，可惜向度不大。截至二○○二年出版的《迷途詩冊》，二十年來席慕蓉抒情詩的樣貌沒有太大變化，更說明詩人的體性使然，難可翻移。[14]

大眾欣賞的席詩偏向守常，守常的價值在：使詩的根土不致被那些散緩隨興、浮詭拼湊、缺乏詩意的偽作掏空，「守常求變」絕對優於苟異求怪。席慕蓉對臺灣現代詩發展的意義在此。

---

12 檢視《七里香》、《無怨的青春》，不難覆按。

13 沈奇：〈邊緣光影佈清芬——重讀席慕蓉兼評其新集《迷途詩冊》〉，《迷途詩冊》，頁167。

14 《文心雕龍》〈體性篇〉：「辭理庸儁，莫能翻其才；風趣剛柔，寧或改其氣。」

三　原鄉書寫開啟席詩敘事新頁

　　查〈席慕蓉年表〉[15]，她出生於四川重慶，時當中日戰爭時，一九四八在南京入小學，一九四九舉家遷至香港，一九五四年再遷來臺。蒙古是血緣（父為察哈爾盟明安旗人，母為昭烏達盟克什克騰旗人），席慕蓉如何認定蒙古是有價值的地方，當然源自父母養育、血緣所在這一心靈焦點。

　　收在《無怨的青春》中的〈樓蘭新娘〉，與考古事件有關，刻畫的主題是愛情，而非故土之思，何況樓蘭（今新疆羅布泊西北岸）並非蒙古高原。席慕蓉詩寫蒙古，絕對要到中國大陸開放，她與故鄉族人開始聯繫，實踐歸鄉準備時，那是一九八七年底，以《邊緣光影》中的〈交易〉、〈烏里雅蘇臺〉、〈祖訓〉，和《在那遙遠的地方》中的〈狂風沙〉、〈鷹〉為代表。[16]這時候席慕蓉筆下出現了北方「草原」、「莽林」的意象：

> 風沙的來處有一個名字／父親說兒啊那就是你的故鄉／長城外草原千里萬里／母親說兒啊名字只有一個記憶[17]

> 我只是想再次行過幽徑　靜靜探視／那在極深極暗的林間輕啄著傷口的／鷹[18]

---

15 參見席慕蓉唯一官網 https://www.booklife.com.tw/upload_files/web/hsi-muren/list.htm
16 席慕蓉一九八七年一月出版的第三本詩集《時光九篇》，並無任何故鄉消息，完全沒有。早前《七里香》中的〈出塞曲〉、〈長城謠〉，詠歌的是一代人共同的情意結，不專屬席慕蓉。一九四九前後一大批軍民跨海來臺，失鄉、懷鄉成為兩岸互通以前臺灣當代文學最熱烈的主題。所謂鄉愁，一如她詩所言：「故鄉的歌是一支清遠的笛／總在有月亮的晚上響起／／故鄉的面貌卻是一種模糊的悵惘／彷彿霧裡的揮手別離」。
17 席慕蓉：《在那遙遠的地方》（臺北市：圓神出版社，1988年），頁107。
18 席慕蓉：《在那遙遠的地方》，頁117。

我今天空有四十年的時光╱要向誰去換回那一片╱北方的　草
原[19]

從斡難河美麗母親的源頭╱一直走過來的我們啊╱走得再遠
也從來不會╱真正離開那青碧青碧的草原[20]

　　強烈的思鄉之情逼出身心乖離之痛──心雖未離開那片草原，身
體畢竟離開了。一九八九年九月待她重履斯土，以後一次又一次返
鄉，親自探看，也蒐尋文獻、訪問耆老，滄桑之感爆發，抒情無以承
載、無法表達的，她用散文記敘，《我的家在高原上》（1990）、《江山
有待》（1991）、《黃羊・玫瑰・飛魚》（1996）、《大雁之歌》（1997）、
《金色的馬鞍》（2002）、《諾恩吉雅──我的蒙古文化筆記》（2003）、
《寧靜的巨大》（2008）、《寫給海日汗的21封信》（2013），總計數十
萬言，我們隨處可讀到席慕蓉為那高原上的生命、族人的堅忍精神，
抒發的悲慨，她終於將生命血緣的原鄉化成了文學書寫的原鄉。
　　《諾恩吉雅》一書附錄的〈閱讀蒙古──小書單〉[21]顯示：她不是
一時的走踏，是長久的尋索；不是輕鬆的掠影，是揪心的研究。她不
只是一點一滴有計畫地架構個人的原鄉，更希望島嶼上的讀者認識她
高原上的同胞。書單包括：札希斯欽的《蒙古文化與社會》、《蒙古祕
史新譯並註釋》，波斯史學家拉施特（Rashid al-Din F. A.）主編的《史
集》（蒙古史），馮承鈞翻譯瑞典學者多桑（C. D'ohsson）的《多桑蒙
古史》，法國教士柏朗嘉賓（J. Plan Carpin）的《蒙古行紀》及魯布魯
克（William Rubruk）的《東行紀》，沙海昂（A. J. H. Charignon）註

---

19 席慕蓉：《邊緣光影》（臺北市：爾雅出版社，1999年），頁132。
20 席慕蓉：《邊緣光影》，頁141。
21 席慕蓉：《諾恩吉雅》（臺北市：正中書局，2003年），頁180-183。

的《馬可波羅行記》，札木蘇烏蘭杰的《草原文化論稿》，還有兩本研究蒙古宗教與神話的著作。全都是部頭不小、涵義深刻的書。二〇〇二年席慕蓉出版《金色的馬鞍》，親繪〈蒙古帝國疆域略圖〉、〈蒙古文化疆域略圖〉，傳揚「蒙古學」的心情更清晰可感。

在席慕蓉以散文書寫原鄉的同時，她的詩筆也開展了新頁，論體幹之健康、血肉之豐盈，當然超越了一九八九年以前的作品。生命的改變，確實迎來風貌的改變。二〇〇二年她聽蒙古歌手演唱蒙古長調，寫成〈我摺疊著我的愛〉。這首詩先是收在二〇〇三年出版的《諾恩吉雅：我的蒙古文化筆記》，二〇〇五年略為修正，收進新詩集，且以此題作為書名：

> 我摺疊著我的愛／我的愛也摺疊著我／我的摺疊著的愛／像草原上的長河那樣婉轉曲折

> 我隱藏著我的愛／我的愛也隱藏著我／我的隱藏著的愛／像山嵐遮蔽了燃燒著的秋林

> 我顯露著我的愛／我的愛也顯露著我／我的顯露著的愛／像春天的風吹過曠野無所忌憚

> 我鋪展著我的愛／我的愛也鋪展著我／我的鋪展著的愛／像萬頃松濤無邊無際的起伏

詩後加注：二〇〇二年初，才知道蒙古長調中迂迴曲折的唱法在蒙文中稱為「諾古拉」，即「摺疊」之意，一時心醉神馳。[22]

---

22 席慕蓉：《我摺疊著我的愛》（臺北市：圓神出版社，2005年），頁130-133。

　　類疊的筆法有時會落入單調的窠臼，這首詩卻因意義的開合，先是「摺疊」，隨之「隱藏」，而後「顯露」，進而「鋪展」，使情意縝密曲折。「我」與「我的愛」互為主詞，更衍生「我的口口著的愛」，三種語調相互追逐，產生繚繞迂迴、反覆回響的音效。

　　這種聲情表現，與其生命體認、心靈觀照的改變有關，從一廂情願的抒情傾訴，轉成辨別、追究的感思。如要舉示範例，《邊緣光影》以〈蒙文課〉為代表，《迷途詩冊》以〈父親的故鄉〉為代表，《我摺疊著我的愛》以〈紅山的許諾〉為代表，《以詩之名》以〈夢中篝火〉為代表，分別作於一九九六、二〇〇〇、二〇〇二、二〇一〇年。顯見這是漫長的改造，席慕蓉不再依賴「忽然」、「原來」、「如何」、「終於」這樣的席式慣用詞，她的詩從纖柔變得壯美起來。雖然纖柔與壯美就境界言，無分高下，但就一個詩人的歷程看不能不求變，就風格言，更是不能只有單一面貌。放下「古典」套式的抒情，她寫心中活生生湧動的、讓她忍不住淚下的「當下」風物。

　　所謂當下風物，不單指具象景物，語言、習俗也是。〈蒙文課〉[23]說：

　　　　斯琴是智慧　哈斯是玉
　　　　賽痕和高娃都等於美麗
　　　　如果我們把女兒叫做
　　　　斯琴高娃和哈斯高娃　其實
　　　　就一如你家的美慧和美玉

　　這一節的斯琴、哈斯、賽痕、高娃，是蒙古語譯文，具有清新的

---

23 席慕蓉：〈蒙文課〉，《邊緣光影》（臺北市：爾雅出版社，1999年），頁150-153。下文引述同一首詩，不另標示頁碼。

聲音感與聯想義。緊接著第二節的額赫奧仁、巴特勒、奧魯絲溫巴特勒，第三節的鄂慕格尼訥、巴雅絲訥、海日楞、嘉嫩，第四節的騰格里、以赫奧納、呼德諾得格，以及嗣後出現的俄斯塔荷、蘇諾格呼、尼勒布蘇，共十七個語詞，在席慕蓉強烈情感驅遣下，繫連了生命的希望、族群的壓迫、草原的毀壞：

> 風沙逐漸逼近　　徵象已經如此顯明
> 你為什麼依舊不肯相信
>
> 在戈壁之南　　終必會有千年的乾旱
> 尼勒布蘇無盡的淚
> 一切的美好　　成灰

「千年的乾旱」像是天譴，實是人為——錯誤的政策、錯誤的作為。據席慕蓉散文記述，呼倫貝爾草原上，原有四條廣大的沙地樟子松林帶，然而在無情的、無知的砍伐，其中三條林帶已變成「沙帶」。[24]「用農業民族的思想和生活方式到游牧民族的草原上去開荒，是最恐怖的自我毀滅」。[25]「當一千七百萬農耕的漢人源源湧入，帶著農業社會裡『深耕勤耘』那不變的真理，帶著他們的鋤頭來把那一層薄薄的土壤翻犁過之後，底下暴露出來的，是無窮無盡的細砂，細砂一旦翻土而出，所有的草籽就從此消失，永不再生長。有些地方土層厚一點，也許可以支持個三、五年，但是最後的命運依舊會和別的地方一樣。可是，除此以外，這一千七百萬人也沒有別的更好的求生方

---

24 席慕蓉：《諾恩吉雅》，頁144。
25 席慕蓉：《金色的馬鞍》（臺北市：九歌出版社，2002年），頁154。

法，只好在瘡痍滿處的大地上不斷一鋤一鋤地向末路掘去。」[26]

〈蒙文課〉詩中有兩節以楷體放在括號中的「敘述」，穿插在
三、四節與五、六節之間：

> （當你獨自前來　我們也許
> 可以成為一生的摯友
> 為什麼　當你隱入群體
> 我們卻必須世代為敵？）

> （當你獨自前來
> 這草原可以是你一生的狂喜
> 為什麼　當你隱入群體
> 卻成為草原夢魘和仇敵？）

思索個人與群體的關係（個體是善良的，群體則是對立的），關
切的是草原的命運而非私人際遇。一如〈父親的故鄉〉[27]，筆觸不在
於對父親之思，但提昇到對父親心中的故鄉之思，即另闢蹊徑地寫出
更深沉廣大的情感：

> 父親是給我留下了一個故鄉
> 我卻只能書寫出一小部份
> 是那樣不成比例的微小啊

---

26 席慕蓉：《金色的馬鞍》，頁220。

27 席慕蓉：〈父親的故鄉〉，《迷途詩冊》（臺北市：圓神出版社，2002年），頁126-128。

縱使已經踏上了回家的路

卻無人能還我以無傷的大地

這首詩的起頭，「我把父親留下的書都放在／我的書架上了／當然　只能是一小部分／父親後半生的居所在萊茵河邊／我不可能／把他整個的書房都搬回來」，語言看似平淡，卻有家常性、現場感。第三節與第六節以「加法」、「減法」的意象，表現心情與現實，既是情境對比，又有邏輯意趣，於是敘事語言產生了掩映美感。故鄉之所以成為席慕蓉心靈焦點，因為是價值和意義的來源，此價值意義從何而來？當然是從父母。從護育的意義上看，「故鄉」與「父母」是可互換的意象，兩個概念前後頡頏，形成一種無以名狀的感傷。這一歧義使客觀描述具有言外之意，成為詩性敘事。

一九九〇年代以後，席慕蓉很多詩作與散文互文。她走在故鄉，接觸的人事見聞及歷史文化補課吸收的知識，不是抒情的筆能交代清楚的，迫不及待的傾吐渴望，使她寫下了以《金色的馬鞍》為代表的文集，新事物大大增添了席慕蓉的語彙，新經驗翻新了她的思想情態，她的詩筆自然包容了許多語意連貫的敘事句。以〈紅山的許諾〉[28]為例，第一節：

左臂挾著獵物　右手中

握有新打好的石箭簇

寬肩長身　狹細而又凌厲的眼神

我年輕的獵人正倚著山壁　他說

來吧　我在紅山等你

---

28 席慕蓉：〈紅山的許諾〉，《我摺疊著我的愛》，頁136-139。

　　這是一幅人物素描，臉、手、身形，局部映現以後，一個年輕獵人的身分、姿態才正式照面，「他說／來吧　我在紅山等你」，「他」與「我」的關係為何？「紅山」這地名又有何特殊？他為何要等？等什麼人？敘事學中有「懸念」（suspense）法，這位等人歸來的紅山獵人的低喚，像是一道神諭。「獵人」不是詩人描寫的目的，只是描寫的手段，目的在最後一節：

> 如果我從千里之外跋涉前來　只是因為
> 曾經擁有的許諾　今生絕不肯再錯過
> 如果我從千里之外輾轉尋來
> 只是因為啊
> 有人　有人還在紅山等我

　　到了最後一句解答，懸念的焦慮才解除。詩後注記「寫於紅山、牛河梁歸來之後」，「紅山文化是北方原野上發生的史前文化」，牛河梁為紅山文化遺址，席慕蓉〈紅山文化〉[29]一文，從出土器物、女神像、積石祭壇、地理環境諸多因素，辨明紅山文化是游牧文化。這首詩的題旨是鄉情、鄉思，所以第一節的敘事情節，是故鄉呼喚的情感所賦予的。再看〈夢中篝火〉[30]，敘事技法多層次，以楷體呈現括號中的聲音，像是出自一位隱含作者，而與表明是「我」的敘事者，形成兩種基調，兩種敘事準則：

　　「我心空茫　無處可以置放／與你擦肩而過　在每個角落／你卻不一定能察覺到我」，第一節是敘事者「我」的感嘆，察其副題得知「你」是鄂爾多斯草原的一位老牧民。整首詩有四節（二、四、

---

29 席慕蓉：〈紅山文化〉，《金色的馬鞍》（臺北市：九歌出版社，2002年），頁36-39。
30 席慕蓉：〈夢中篝火〉，《以詩之名》（臺北市：圓神出版社，2011年），頁190-197。

七、九）置放在括號中以楷體標示，若接排在一起，除了鄂爾多斯那一行詠嘆，很清楚是在敘說鄂爾多斯人的滄桑境遇，他們被迫改變居所、作息：

> （把草原已經交給國家了
> 大家都說　這是為了環保
> 城裡又給蓋了房子　多好）

> （草原上僅剩的幾戶牧人
> 僅剩的幾群羊　如今也只准圈養
> 夜裡有時偷偷放出來吃幾口新鮮草
> 遠遠望去　那牧人和羊
> 腳步都變得鬼鬼祟祟的　令我心傷）

> （多少首歌裡惦念著的鄂爾多斯啊！）

> （進了工廠的孩子總是挨罵
> 說他吃不了苦　說他不求上進
> 說他懶散　可是
> 有誰知道他昨天在牧場上
> 還是遠近知名的　馴馬好漢）

「大家都說」，是決策者說，也可能是旁觀者說。夜間偷偷放牧的事及孩子在工廠不適應的事，也來自他人敘述。這一條敘事線提供給敘事者最深的感受，「城裡又給蓋了房子　多好」，是悲涼的反諷，

是游牧文化悲劇的預兆，果然「牧民們開始猜忌／羊群的習性也變得極為怪異」，昔日勇健的孩子而今形同囚犯。敘事出之以意象及音韻的經營，就能兼融抒情之美：

> 在戈壁之前
> 東從大小興安嶺　西到陰山到賀蘭
> 幾千年綿延的記憶在此截斷
> 無論是蒼狼還是雄鷹　都已經
> 失去了大地也失去了天空
> 只剩下　那還在惶急地呼嘯著的
> 天上的風

這一節且不說句中相互叩應的地物，光看句末的南、蘭、斷互押，嶺、鷹、經、空、風互押，加上「西到陰山到賀蘭」、「失去了大地也失去了天空」的複沓，韻律迴盪不已。注音符號的ㄢ與ㄥ相鄰，在現代讀音中也起共鳴共振的效果。

席慕蓉詩的音感極強，任舉一首都可為例。「蒼狼」、「雄鷹」、「風」，及形容篝火為「那如絲綢一段光滑的燃燒著的火焰」的意象，合成一種流利飄蕩的思緒。召喚不回現實，只能召喚夢境，空茫的現實與溫暖的夢境對照出巨大的失落之情。如果沒有敘事骨架，抒情無法沉鬱。而此敘事又因經驗真切、感覺充溢而自然流露、無法割捨。席慕蓉詩藝的鑽深拓寬由此可見。

在另一篇散文，她也提及篝火：

> 在這潮濕的島嶼上，所有的冬衣全都出籠了。而我還特別想喝

> 一點酒，想燃起一堆籌火，想在籌火旁藉著微醺的醉意唱幾首
> 歌……[31]

籌火不滅，歌聲就不滅。情懷不同，新世紀席慕蓉唱的歌，已經
是截然不同的歌了。

四 「英雄組曲」作為敘事詩代表

追蹤席慕蓉創作發展的人，對〈丹僧叔叔——一個喀爾瑪克蒙古
人的一生〉[32]一文，定有印象。因為那不僅是一篇生動的人物特寫，
更是一篇有關蒙古部族、地理、歷史、信仰，聚焦在一個長輩身上的
故事。席慕蓉花一萬多字篇幅仔細書寫，固然因這人的遭遇是她切身
所感，更因這人一生彷彿蒙古族人縮影，具有民族史詩的格局元素。
喀爾瑪克蒙古人那段史實，數度出現在不同文章中，情理亦相同。

蒙古史詩《江格爾》之所以為席慕蓉讚嘆，也因那是從痛苦不幸
中塑成的一個民族的渴望、夢想。

> 十五到十七世紀初葉，《江格爾》的主要架構與核心內容已經
> 大致形成，那也正是蒙古民族各汗國、部隊分裂割據的戰國時
> 代。連年爭戰所引起的痛苦和不幸，使得人民渴望有勇敢的英
> 雄，聖明的君王，可以帶領大家度過一切困難，重新得回那和
> 平安樂的家園。

---

31 席慕蓉：〈籌火〉，《諾恩吉雅：我的蒙古文化筆記》，頁116。
32 此文先收入《大雁之歌》（臺北市：皇冠文化出版公司，1997年），頁143-177；後編
   入《金色的馬鞍》，頁256-277，部分內容又見同一書中的〈喀爾瑪克〉一文，頁88-
   90。

史詩正如明鏡，反映出人民的渴望與憧憬：寶木巴地方的主人
是孤兒江格爾，他剛剛兩歲，蟒古斯（惡魔）就襲擊了他的國
土，使他成為孤兒，受盡人間痛苦，幸好有神駒、十二名雄獅
大將和六千名勇士的竭誠相助，終於能夠將劫難一一化解，建
立起輝煌的汗國。[33]

席慕蓉引述俄國作家果戈里（N. V. Gogol-Yanovski, 1809-1852）
的話，說蒙古人最愛的英雄故事就是《江格爾》。[34]七十幾部、十幾萬
行的口傳經典《江格爾》，優秀的演唱者憑驚人的記憶力可以完整唱
出。席慕蓉受邀朗誦自己的詩作時，全以背誦不看稿的方式，想來也
是受到這一民族傳統的魅力感召。《江格爾》的創作者是衛拉特部
人，「衛拉特」是一個部族名稱，其中之一的土爾扈特部遷徙到伏爾
加河流域，也就是後來〈丹僧叔叔〉文中的喀爾瑪克人。

了解了上述資料，再來思考席慕蓉的《英雄組曲》（〈英雄噶爾
丹〉、〈英雄哲別〉、〈鎖兒罕·失剌〉）三長詩，更容易了解其創作動
機、創作方法。我們不能說〈英雄噶爾丹〉、〈英雄哲別〉、〈鎖兒罕·
失剌〉是史詩，因它並非一個歷史時代的全景反映，但確實可說它是
三首長篇敘事詩（最短的都有一百六十四行），講述三位蒙古英雄，
借鑒史實傳說，既融合了抒情筆法，又兼顧了口誦文學節奏明朗的特
點。它是席慕蓉投注二十年心血，認識蒙古歷史及現實之後，對民族
文化的獻禮。讀者不能以強調內景挖掘的現代主義詩作來論這詩。
「英雄組曲」是要敘事的，須自繁雜的事跡中取擇，在紛亂中抽繹出
一條脈絡。

---

33 席慕蓉：〈冬天的長夜〉，《金色的馬鞍》，頁86。
34 席慕蓉：〈冬天的長夜〉，《金色的馬鞍》，頁90。

　　這三首詩所歌詠的人物，都是真實人物，所敘之事也是足為榜樣
的事。史書對此固有記載在先，但只是本事而已。[35]寫成結構完整的
詩，有賴詩人於粗疏的故事間隙，增添情節。本事是實際發生的，情
節是創作者特意安排順序、選擇口吻、賦予意義的表現。

　　〈鎖兒罕・失剌〉表現的是英雄的遇合，而更高的題旨則是向
「命運」致敬：「所謂歷史的必然，其實是源起於無數的偶然」[36]。開
篇像楔子，說鎖兒罕・失剌（生卒年不詳）原本置身於暗黑的觀眾
席，不料歷史的光邀他走上舞臺。緊接著，按較早時間（少年鐵木真
被泰亦赤兀惕人拋棄，視作眼中釘，擄捉套上枷）、過去時間（鐵木
真夜逃，泰亦赤兀惕人追捕，鎖兒罕・失剌三度伸出援手掩護欺
敵）、現在時間（鎖兒罕・失剌容留鐵木真，協助他脫離風險）、將來
時間（鐵木真領導的龐偉帝國即將登場）鋪排。儘管我們將時間序列
分割為四，但席慕蓉說的是「那一夜」的故事，場景入到詩來仍以
「現在進行式」出現，例如較早時段的「如今　又非要把他擄捉過
來」，過去時段的「此刻／卻只見一群帶著醉意的泰亦赤兀惕人／腳
步踉蹌」、「鎖兒罕・失剌／就像是此刻　你也有些後怕」[37]，都在眼

---

35 以〈鎖兒罕・失剌〉為例，參見《多桑蒙古史》第一卷第二章：「鐵木真幼年時，
　　曾為泰亦赤兀部人所擄。其部長塔兒忽臺，別號乞鄰勒禿黑（Kerelnonc），此言恨
　　人者，以枷置其頸。聞鐵木真荷枷時，有老嫗為之理髮，並以毡隔枷創之處。已而
　　鐵木真得脫走，藏一小湖中，沉身于水，僅露其鼻以通呼吸。泰亦赤兀人窮搜而不
　　能得，有速勒都思（Seldouze）人經其地，獨見之。待追者去，救之出水，脫其枷
　　而負之歸，藏之載羊毛車中。泰亦赤兀部人搜至速勒都思人之宅，嚴搜之，且以杖
　　抵羊毛中，竟未得。迫搜者去後，此速勒都思人以牧馬一匹並炙肉、兵器贈鐵木
　　真，而遣之歸。其人名舍不兒干失剌（Schébourgan-Schiré），後恐泰亦赤兀部人報
　　怨，往投鐵木真。鐵木真不忘其德，厚報之。」此事另見《蒙古祕史新譯並註釋》
　　（臺北：聯經出版事業公司，2006年，三刷），第81節至87節，頁88-94。
36 這是附在詩題旁的一句話。
37 席慕蓉：〈鎖兒罕・失剌〉，《以詩之名》（臺北市：圓神出版社，2011年），頁256、
　　257-258、265。

前示現。如此使文本生動，正是文學與非文學、「故事－時間」與
「話語－時間」的不同。[38]敘事學所謂的話語，指完整表達情感思想
的語言文字。

　　席慕蓉的詩向以音聲和諧著稱，這首長詩也是，沒有哪一節的韻
腳不是特意選擇，交響交叩的。

　　　　少年雙眸晶亮　　如劍鋒上的冷冽光芒
　　　　與你對視　　毫不畏怯也不顯慌張
　　　　你打心裡疼惜這孩子
　　　　想他和自己的兒女是差不多的年紀
　　　　怎麼就陷入如此兇險的境遇
　　　　於是　　你假裝往前繼續邁步
　　　　卻把自己心裡的同情　　輕聲向他說出[39]

　　「亮、芒、張」，「子、紀、遇」，「步、出」三組聲音遊走回響。
比起詩中引自《蒙古秘史新譯並註釋》的「對話」，明顯有聲音上的
詩意：

　　　　「你們泰亦赤兀惕官人們啊！
　　　　白天把人逃掉了，
　　　　如今黑夜，我們怎麼找得著呢？
　　　　還是按原來的路跡，
　　　　去看未曾看過的地方回去搜索之後

---

38 西摩・查特曼（Seymour Chatman）著，徐強譯：《故事與話語》（北京市：中國人
　　民大學出版社，2013年），頁65-66。
39 席慕蓉：《以詩之名》，頁260。

解散，咱們明天再聚集尋找吧。

那個帶枷的人還能到哪兒去呢？」[40]

雖然這段對話也能發覺「逃掉、找得著、尋找」的音韻對應，但原來的秘史書寫未嘗著力於此。《蒙古秘史》究竟是文學還是歷史？後人因而頗有爭議。[41]反觀席慕蓉對敘事形式、詩的美學，確實是著力的，有時更調動虛字「吧」、「哪」來幫忙傳達聲情：

鎖兒罕・失剌　在回家的路上

你對自己還算滿意吧

真不知道是從何處借來的膽子

呵呵　你在心中暗笑

還敢去指揮那些官人們哪

也罷　也罷

韻律的控馭需靠才情，查探詩人是否具備詩心，也可從韻律上求解。

鎖兒罕・失剌是鐵木真的救命恩人，沒有他恐怕就沒有後來的成吉思汗了。至於哲別（？-1224）則是蒙古帝國第一猛將，驍勇善戰，助成吉思汗伐金、戰勝西遼，西征花剌子模、波斯、阿拉伯，以至於斡羅思（俄羅斯）。早先，哲別原是依附泰亦赤兀惕人而與成吉思汗為敵，曾在遙遠山嶺放出一箭，射死成吉思汗的戰馬，後屈身投降，「成吉思汗惜其驍勇，又嘉其誠實不欺，赦而不殺，復委以重

---

40 這段話原載札奇斯欽：《蒙古秘史新譯並註釋》，第83節，頁90。席慕蓉迻引入詩中，見《以詩之名》，頁262。

41 札奇斯欽：《蒙古秘史新譯並註釋》，頁23。

任」[42]，為其神射工夫而賜名「哲別」予他，哲別是箭頭的意思。後來哲別在蒙古帝國大疆域的征伐中，果真創造箭頭的功績。

席慕蓉的〈英雄哲別〉主要筆墨用在描寫哲別（原名「卓日嘎岱」）的武藝才略、英雄與英雄相惜的氣度，略去戰場劫掠、焚燬屠殺的殘酷史實，[43]只強力歌詠哲別與成吉思汗的肝膽相照（建立在一二〇六年至一二二四年西征摧枯拉朽的彪炳戰功中），從而揭示了身為蒙古人的主體立場、情感態度。這可視為她對強勢民族或「漢族本位心態」言談、書寫的反撥。[44]《金色的馬鞍》中的〈中國少數民族〉和《黃羊‧玫瑰‧飛魚》中的〈仰望九纛〉，都可見她的困惑與憤怒；《金色的馬鞍》代序文特別提醒注意一個民族的心靈層面，不能被忽略：

> 在東方和西方的史書上，談到從北亞到北歐的游牧民族，重點都是放在連年的爭戰之上，至於這些馬背上的民族對於文化的貢獻，大家通常也認為只是促進了東西文化的「交流」而已。很少有人談及這些民族所擁有的心靈層面，也很少有人肯承認，其實，在東西方的文化史中，游牧民族獨特的美學觀點，常是源頭活水，讓從洛陽到薩馬爾罕，從伊斯坦堡到多瑙河岸，甚至從波斯的都城到印度的庭園，所有的生活面貌都因此而變得豐美與活潑起來。[45]

---

42 Joaehim Barkhausen（巴克霍森）著，林孟工譯：《成吉思汗帝國史》，（臺北市：中華書局，2008年），頁90。

43 讀者請參見巴克霍森《成吉思汗帝國史》中的征伐描述，自行覆按。

44 學者胡亞敏說，主體意識的審美把握是揮之不去的，就敘事文本而言，無論是作品表現的人物事件還是作品所體現的主題，都具有一定的意識形態意味。參見〈論意識形態敘事〉，「第三屆敘事文學與文化國際學術研討會」論文（臺北市：臺灣師範大學國文學系，2013年10月18-19日）。

45 席慕蓉：《金色的馬鞍》，頁14-15。

　　〈英雄哲別〉彰顯精神美學、信仰美學，聚焦於晴空下飄揚的戰
旗「阿拉格蘇力德」[46]，「在我們古老的薩滿教信仰裡，英雄死後，靈
魂不滅，成為他的部族的保護神。而那永恆不滅的英靈，就盤桓在他
的蘇力德之上。」[47]這首詩的情節生動，得力於對英雄人物的心理描
繪：哲別於對陣中不能不射出那驚天一箭，但他心中實有敬意，乃將
瞄準中心稍稍往外移。當他日後回答成吉思汗厲聲相詢，承認那箭是
他射的，席慕蓉讓他如此出場：

> 帳中眾人驚疑靜默　　不敢稍有動作
> 只聽見遠處曠野上風聲忽強忽弱
> 唯有一人從容出列　　站定再行禮
> 是年輕的射手卓日嘎岱[48]

當成吉思汗賜他新名，令其統兵，全軍歡聲雷動，席詩說：

> 史冊裡記錄了這一場盛會
> 卻沒有描述　　在聆聽聖旨的瞬間
> 英雄哲別所流下的熱淚
> 可汗　　可汗是完全明白我的啊
> 他知道我並非貪生怕死之輩
> 並非示弱也並非投降
> 更非為了什麼名聲的考量

---

46 哲別將軍的軍旗，蒙文稱阿拉格蘇力德。
47 席慕蓉：《寫給海日汗的21封信》（臺北市：圓神出版社，2013年），頁62。
48 席慕蓉：〈英雄哲別〉，《以詩之名》，頁241-242。

　　　　我來　只為了投奔一位真正的領袖

　　　　誓願將我的一生　都呈獻給他[49]

這心理獨白，增添了敘事肌理的細膩。

　　另一首〈英雄噶爾丹〉寫十七世紀下半葉在北方草原叱咤風雲的準噶爾部首領，手法相同。反覆疊唱的聲韻、今昔交織的意象，將一位悲劇英雄矗立讀者眼前。

　　席慕蓉為什麼要寫她的「英雄組曲」？因為她希望「努力從眾說紛紜的歷史迷霧中脫身／重新去尋找自己的位置／自己的方向」[50]，讓史實「一代又一代敬謹相傳」[51]。

　　這三首英雄詩當然有詩人的感情聲音，所謂移情作用，但更突出的是敘事情節——根據史實而發揮「現實效應」的想像，納入一條主敘事而展開。就主題而言，三首是同一性質，反映她所代表的蒙古人民的失落與渴望。如果不是源於這一憧憬、呼喚，不是為了蒙古民族發聲，席慕蓉未必敘事，她的詩風也就得不到如此轉折、推進。

五　結論：成就歸因生命現實的引導

　　「在這片土地上，歷史始終沒有走開。」席慕蓉說。[52]胡馬、大雁與蒼鷹的意象，草原、母語的困境，盛世失落的感傷，是她近二十年最深的情意結，也是詩文表現的核心。《以詩之名》完成三首英雄詩之後，席慕蓉已充分歷練過敘事筆法，最新創作有關蒙古的抒情詠

49　席慕蓉：〈英雄哲別〉，《以詩之名》，頁245-246。

50　席慕蓉：〈英雄哲別〉，《以詩之名》，頁252。

51　席慕蓉：〈英雄噶爾丹〉，《以詩之名》，頁230。

52　席慕蓉：《諾恩吉雅》，頁61。

嘆〈伊赫奧仁〉[53]，篇幅加長了（一百四十行），敘述更舒緩從容、更口語直白。她會擔心散文化嗎？不，因為融入了神話色彩，敘事者與薩滿對話，為她縈念的那塊土地注入深沉的感情與象徵。五度出現的「孩子　你錯了……」，是薩滿溫柔的開示。〈伊赫奧仁〉這詩於是可視為席慕蓉自我認知、解惑進行的儀式。蒙古以火祭祀薩滿，本詩一開頭就說「篝火終於重新燃起」，學會點燃篝火成為一鮮明意象：

> 有微弱的呼喚從何處傳來
> 聽　是誰
> 是誰在召喚著游牧的子民
> 來吧　今夜我們不是就學會了
> 如何點燃篝火
> 在火光之旁　就別再含淚對望
> 來吧　且以這年輕的新生的火舌
> 點燃起屬於自己的古老信仰
> 祈求翰得罕‧噶拉罕
> 有著如紅絲綢一般面龐的
> 最為年輕的火焰之后　灼熱的
> 火母皇后啊
> 帶領我們去重新尋回
> 那看似渺茫的希望和方向[54]

　　這把草原上的篝火，給予席慕蓉龐沛的生命力道，這股動力引她

---

53 席慕蓉：《寫給海日汗的21封信》，頁91-99。此作雖收入散文集中，但據〈附記〉，作者確證其為詩。
54 席慕蓉：《寫給海日汗的21封信》，頁96。

從婉約邁向蒼茫雄渾。重回蒙古懷抱的席慕蓉，還是一九八〇年代初寫《七里香》、《無怨的青春》的那位詩人嗎？二〇一〇年我寫過一則推薦她散文的話：「帶著歷史意識、壯遊的心，她的筆追根究柢，問身世、問國族、問天命，心搏如日光牽繫著遠方的高原，完成代表她的蒙古史詩」[55]，此刻，閱讀席慕蓉詩的感受亦同。詩人已完全不同於一九八九年以前傾訴個人心曲的她。題材的開拓，果真帶來不同的表現手法！若問席慕蓉為何敘事？答案顯然是因生命現實的引導，當然也為她專注詩藝一心尋求突破有以致之。

——本文發表於2015濁水溪詩歌節「席慕蓉詩學討論會」（2015年10月）

---

55 見《席慕蓉精選集》（臺北市：九歌出版社，2010年），頁13。

參考文獻

席慕蓉　《七里香》　臺北市　大地出版社　1981年

席慕蓉　《在那遙遠的地方》　臺北市　圓神出版社　1988年

席慕蓉　《大雁之歌》　臺北市　皇冠文化出版公司　1997年

席慕蓉　《邊緣光影》　臺北市　爾雅出版社　1999年

席慕蓉　《金色的馬鞍》　臺北市　九歌出版社　2002年

席慕蓉　《迷途詩冊》　臺北市　圓神出版社　2002年

席慕蓉　《諾恩吉雅：我的蒙古文化筆記》　臺北市　正中書局
　　　　2003年

席慕蓉　《我摺疊著我的愛》　臺北市　圓神出版社　2005年

席慕蓉　《席慕蓉精選集》　臺北市　九歌出版社　2010年

席慕蓉　《以詩之名》　臺北市　圓神出版社　2011年

席慕蓉　《寫給海日汗的21封信》　臺北市　圓神出版社　2013年

席慕蓉官網　https://www.booklife.com.tw/upload_files/web/hsi-muren/
　　　　hsi-muren.htm

札奇斯欽　《蒙古秘史新譯並註釋》　臺北市　聯經出版事業公司
　　　　2006年

林　泠　《林泠詩集》　臺北市　洪範書店　1982年

胡亞敏　〈論意識形態敘事〉　「第三屆敘事文學與文化國際學術研
　　　　討會」論文　臺北市　臺灣師範大學國文學系　2013年10月
　　　　18-19日

陳秀喜著　莫渝編　《陳秀喜集》　臺南市　國立臺灣文學館　2008年

張瑞芬　《荷塘雨聲》　臺北市　爾雅出版社　2013年

蓉　子　《千曲之聲：蓉子詩作精選》　臺北市　文史哲出版社
　　　　1995年

夐虹著　莫渝編　《夐虹集》　臺南市　國立臺灣文學館　2009年

劉　勰　《文心雕龍》　臺北市　里仁書局　1984年

巴克霍森（Joaehim Barkhausen）著　林孟工譯　《成吉思汗帝國
　　　史》　臺北市　中華書局　2008年

多桑（Constantin D'ohsson）著　馮承鈞譯　《多桑蒙古史》　北京
　　　市　東方出版社　2013年

西摩・查特曼（Seymour Chatman）著　徐強譯　《故事與話語》
　　　北京市　中國人民大學出版社　2013年

席慕蓉的「詩」字與神秘詩學

蕭　蕭

明道大學講座教授兼人文學院院長

摘要

　　席慕蓉自一九八一至二○一一年,三十年間出版七本詩集,其中應用「詩」字之作,從《七里香》六首六次,逐冊增多到《以詩之名》二十三首四十六次,合計七冊為九十三首、一百五十六次,形成特殊的另一種「席慕蓉現象」。本文即透過這九十三首有「詩」字的詩,加以觀察、分析,見到席慕蓉三十年間的思路進程。

　　依其先後出版序,逐冊增多「詩」字的詩集,可以看出席慕蓉詩作由首冊詩集《七里香》所透露的詩是最初的美好與悸動,逐漸潛思冥想,至乎《無怨的青春》裡思考詩的由來與價值。轉入《時光九篇》時,正視詩如何奔赴生命的邀約,積極與生命、心靈對話,甚至於回到自己的原鄉草原,在《邊緣光影》裡發現詩與靈魂相互輝映的光。到了《迷途詩冊》中,詩人和自己狹路相逢,席慕蓉著意在詩中思考詩、思考自我、思考族群,《我摺疊著我的愛》顯露出她的自信,確信詩自足於詩,終至於《以詩之名》宣示自我的覺知,敢以靈魂的撫觸與震顫築造自己的神祕美學,回應原鄉的呼喚。

關鍵詞　席慕蓉、詩字、神秘詩學、靈魂、蒙古原鄉

一　前言：席慕蓉的青春王國——畫與詩的相互支撐

　　席慕蓉（1943-）出生於重慶，成長於臺灣，父母皆為來自內蒙古的蒙古人，蒙古語名為「穆倫‧席連勃」，其意為「大江河」，「慕蓉」是「穆倫」的近似音譯。一九五九年席慕蓉進入臺灣師範大學藝術系，隨陳慧坤、袁樞真學素描，跟馬白水、李澤藩學水彩，還跟林玉山、吳詠香、黃君璧、張德文等大師習國畫，主修油畫的老師則是李石樵、廖繼春。一九六三年席慕蓉師大畢業，曾任教北市仁愛初中一年，次年席慕蓉即赴比利時布魯塞爾皇家藝術學院，入油畫高級班修習。一九六五年應邀參加比京皇家歷史美術博物館舉辦之「中國當代畫家展」。回國後，曾任職新竹師專（今新竹教育大學）美術科、東海大學美術系。這一系列的美術類學經歷，直接奠立她畫家的身分，間接影響她擷取美的質素的能力，創造「詩意象」的取境效果，成就了情境構圖的敘說功夫。

　　早年席慕蓉曾以蕭瑞、漠蓉為筆名，間用本名「穆倫‧席連勃」創作散文。一九八一年大地出版社發行席慕蓉的第一本詩集《七里香》，獲得讀者群的喜愛，也獲得學術界曾昭旭（1943-）的推崇，稱她是「藉形相上的一點茫然，鑄成境界上的千年好夢——使人在光影寂滅，猶見滿山的月色，如酒的青春。」詩評界蕭蕭（蕭水順，1947-）則稱她是「自生自長，自圖自詩，不知有漢，無論魏晉，是詩國裏一處獨立自存的桃花源。」[1]從此，席慕蓉以清朗真摯的獨特風格，觸動了華文世界許多讀者的青春心靈。

　　其實更早以前，席慕蓉的同學、小說家七等生（劉武雄，1939-）就曾發表長論〈席慕蓉的世界——一位蒙古女性的畫與詩〉論評她的

1　蕭蕭：〈綻開愛與生命的花樹——談席慕蓉〉，《現代詩縱橫觀》（臺北市：文史哲出版社，2000年），頁246。

《畫詩》（素描與詩）[2]，《畫詩》（1979）包含素描與詩，書名「畫」在「詩」之前，被歸類為畫冊，其出版早於《七里香》（1981），顯然席慕蓉的畫家身分在論述詩作時應該受到重視，而畫家兼小說家的七等生，重視畫面鋪陳與敘事特質的評論，也以相同的力量在支撐這樣的論點。

七等生在提到《畫詩》「集一：歌」中有十二首詩（歌），依序是「山月／給你的歌／十六歲的花季／接友人書／暮色／邂逅／樹的畫像／銅版畫／舊夢／回首／月桂樹的願望／新娘」，他認為「看這樣的排列，彷彿是她個人的成長藉著幾個重要斷面，跳接連綴進展的生命過程；裡面的主詞都是意象，是創作者的我注視原本生活情態的真我，內在的事實完全布滿在這些詩句中，以歌將它唱出。」[3]作為一個畫家兼小說家七等生所看見的是：這些篇名（歌名）是意象呈現，是有畫面的，而且是進展的生命斷面。也就是七等生看見了畫面、看見了敘事性，他看見了詩裡面的情節（本事）、席慕蓉的小說企圖。

接著，七等生還提到《畫詩》「集一：歌」的第一首〈山月〉的前兩行是：

　　我曾踏月而來
　　只因你在山中

他說這兩行「意象鮮明，真理俱在」，而且點出「愛是生命個體出生後，尋找、交纏、恩怨、蛻變、離開、懺思、復合、死亡的故

2　席慕蓉：《畫詩》（素描與詩）（臺北市：皇冠文化出版公司，1979年）。

3　七等生：〈席慕蓉的世界——一位蒙古女性的畫與詩〉，席慕蓉：《七里香》（臺北市：圓神出版社，2000年），頁199。

事」[4]，你我終其一生，不能或忘的。也就是說，單從這兩句，小說家、讀者會從其中的畫面、敘事過程，夾纏進自己的故事，加以衍生。畫家席慕蓉的基本素養影響著詩人席慕蓉的寫作。

反過來思考，一個畫家的畫冊出版，通常文字儉省，文字只用以陪襯、說明，但席慕蓉的第一本書卻是「畫／詩」同列，不相依傍，站在畫家的立場思考，「詩」不也是佔著相當大的衝擊力勁？

多年來閱讀席慕蓉的詩作，我們可以發現有些字詞在她的詩作中一再重複出現，例如：夢、美、淚、愛、詩、青春、記憶、月光、你、我等等，其中「你、我」成為敘事的主體，可以對晤、對話，虛擬成境，同時又可拉近讀者與作者的距離，彷彿這就是「你和我」的故事，虛擬成真。其他各字「夢、美、淚、愛、詩、青春、記憶、月光」，則可顯露席慕蓉詩作的風格與特質，構築出席慕蓉的青春王國。

在《草原的迴聲──席慕蓉詩學論集》中，有兩篇論文提及這樣的現象，李翠瑛論述「夢」字，根據她的統計，七本新版詩集中[5]，夢字出現八十六次。[6] 李桂媚的論題是〈情絲不斷，情詩不斷──席慕蓉詩作的雨意象〉，她統計的結果是七本詩集裡合計運用了五十二次「雨」。[7]但是比起「詩」字，夢字、雨字又不算多了。

4　七等生：〈席慕蓉的世界──一位蒙古女性的畫與詩〉，席慕蓉：《七里香》，頁200。

5　圓神出版社於二〇〇〇年起重新整理席慕蓉詩集發行，依原寫作順序為：《七里香》、《無怨的青春》、《時光九篇》、《邊緣光影》、《迷途詩冊》、《我摺疊著我的愛》、《以詩之名》。茲依原寫作順序，列出圓神的出版年代：《七里香》（2000）；《無怨的青春》（2000）；《時光九篇》（2006）；《邊緣光影》（2006）；《迷途詩冊》（2002、2006）；《我摺疊著我的愛》（2005）；《以詩之名》（2011）。本文所引詩句，均以圓神新版為準。

6　李翠瑛：〈夢的時空擺盪──論席慕蓉詩中的夢、焦慮與追尋〉，蕭蕭、羅文玲、陳靜容編：《草原的迴聲──席慕蓉詩學論集》（臺北市：萬卷樓圖書公司，2015年）。

7　李桂媚：〈情絲不斷，情詩不斷──席慕蓉詩作的雨意象〉，蕭蕭、羅文玲、陳靜容編：《草原的迴聲──席慕蓉詩學論集》。

　　席慕蓉七本詩集中應用「詩」字，《七里香》六首六次、《無怨的青春》七首十次、《時光九篇》十首十四次、《邊緣光影》二十首三十三次、《迷途詩冊》十五首二十七次、《我摺疊著我的愛》十二首二十次、《以詩之名》二十三首四十六次。合計為九十三首、一百五十六次。[8]使用次數是「雨」字的三倍，與「夢」字相比也近兩倍。而且，第一冊詩集《七里香》六首六次，第七冊詩集《以詩之名》比起《七里香》擁有「詩」字的首數增加為四倍、次數則是七點六倍，《以詩之名》使用「詩」字首數最多，次數也最多。而且，七本詩集中有兩冊詩集之名就有「詩」字：《迷途詩冊》、《以詩之名》；篇名有「詩」字的，也有三十篇之多，其中《以詩之名》佔八篇最多。[9]

　　詩中有「詩」，未嘗不是詩壇「詩集暢銷長銷」之外的另一種奇異的「席慕蓉現象」，跡近瘋狂，值得探索。本文即藉由文末附錄之統計數字，探討「詩」在席慕蓉詩之寫作進程中的深層意義。

二　《七里香》透露詩是最初的美好與悸動

　　《七里香》（大地出版社，一九八一年七月）與《無怨的青春》（1983年2月）是席慕蓉最早崛起於臺灣詩壇的兩部詩集，兩部詩集的出版時日僅相差一年六個月，不與當時主流詩壇以主知為尚、唯現代主義是從相類近，青春、抒情的兩個渦旋交互作用，有如颱風的藤原效應（Fujiwara effect），一時風行雲從，所向披靡。因而，這兩部詩集出現的「詩」字，最能代表席慕蓉最初珍愛「詩」、不經思辨的原衷。

　　在《七里香》中出現「詩」字的有六首，可以歸納為兩個聚焦點：

8　本文附錄：表一至表七。

9　本文附錄：表八。

（一）詩是美好而短暫的過去的記憶

　　《七里香》中的〈致友人書〉是首次在詩中出現「詩」字的篇章，詩篇說：辜負了的春日、忘記了的面容、塵封了的華年、秋草，都會是無聲的歌、無字的詩稿，也就是說他們不一定真落實為紙上的文字，至少是心中縈繞的詩（意）。[10]這些詩可能短暫如彩虹，隨之也會雲淡風輕（把含著淚的三百篇詩　寫在／那逐漸雲淡風輕的天上），終究是席慕蓉珍視的「過去」，或許是剛消逝的夏季，或許是剛哭過的記憶。[11]這些關於「過去」的記憶都是短暫的，席慕蓉在〈悟〉這首詩中所悟得的是「江上千載的白雲／也不過　只留下／了幾首佚名的詩」，甚至於與詩相連的「愛情」，「再回首時　也不過／恍如一夢」[12]，「無論我曾經怎樣固執地／等待過你　也只能／給你留下一本／薄薄的　薄薄的　詩集」。[13]

（二）詩是被縱容的愛

　　關於「愛情」，席慕蓉有一個愛情基型，那就是〈抉擇〉詩中所言「只為了億萬光年裡的那一剎那／一剎那裡所有的甜蜜與悲悽」。你我在世上相聚的那一剎那，那一剎那就是詩、就是美好、就是愛情。以此基型去對應席慕蓉的名篇〈一棵開花的樹〉，時間誇飾為五百年，愛情一樣展現在如何讓你遇見我，在我最美麗的時刻；[14]或者去對應鄭愁予（1933-）的〈錯誤〉，愛情也一樣是在過客的馬蹄聲響

10　席慕蓉：〈致友人書〉，《七里香》（臺北市：圓神出版社，2000年），頁90-91。
11　席慕蓉：〈彩虹的情書〉，《七里香》，頁138-139。
12　席慕蓉：〈悟〉，《七里香》，頁144-145。
13　席慕蓉：〈致流浪者〉，《無怨的青春》（臺北市：圓神出版社，2000年），頁106-107。
14　席慕蓉：〈一棵開花的樹〉，《七里香》，頁38-39。

起時女子掀簾的那一剎那。[15]

　　但在《七里香》的「詩」字篇章裡，席慕蓉加上了被縱容、受縱容的那種「愛」的感念。如〈他〉這首詩所述：他給了我整片的星空，好讓我自由的去來，這就是一份深沉寬廣的愛，可以讓我在快樂的角落裡，從容地寫詩、流淚，因為我是一個「受縱容的女子」。[16]在《無怨的青春》〈我的信仰〉裡，她說：「三百篇詩反覆述說的，也就只是年少時沒能說出的那一個『愛』字。」[17]〈自白〉中她說：「屬於我的愛是這樣美麗／我心中又怎能不充滿詩意」「我的詩句像鍛鍊的珍珠……每一顆珠子仍然柔潤如初」。[18]詩是什麼？詩就是愛，愛就是美，「愛、美、詩」三位一體，這是席慕蓉詩作的基本信仰，也是她擄獲無數青春心靈的主要因素。即使到了第三本詩集《時光九篇》裡，閱讀《樂府》〈子夜歌〉，心裡想著的是要把這段沒有結局的愛情故事寫成一首沒有結局的詩，要讓隨我腳步的女子明白「詩裡深藏著的低徊與愛」，即使這愛是被淚水洗過的悲傷——「一襲被淚水漂白洗淨的衣裳緊緊裹住我赤裸熾熱的悲傷」也要讓她成詩。[19]

　　《七里香》的「後記」〈一條河流的夢〉一開始就說自己「一直在被寵愛與被保護的環境裡成長。」所以，「我一直相信，世間應該有這樣的一種愛情：絕對的寬容、絕對的真摯、絕對的無怨和絕對的美麗。假如我能享有這樣的愛，那麼，就讓我的詩來做它的證明。假如在世間實在無法找到這樣的愛，那麼，就讓它永遠地存在我的詩裡、我的心中。」[20]席慕蓉是具有潔癖的「絕對愛情」的尊崇者，不

---

15 鄭愁予：〈錯誤〉，《鄭愁予詩集I》（臺北市：洪範書店，1979年），頁123。

16 席慕蓉：〈他〉，《七里香》，頁186-187。

17 席慕蓉：〈我的信仰〉，《無怨的青春》，頁52-53。

18 席慕蓉：〈自白〉，《無怨的青春》，頁78-79。

19 席慕蓉：〈子夜變歌〉，《時光九篇》（臺北市：圓神出版社，2006年），頁138-141。

20 席慕蓉：〈一條河流的夢〉，《七里香》，頁190-193。

論是現實中的實存，或是想像裡的或然，她總是那樣堅定要將這樣的
愛情封存在自己的詩中成為永恆。

　　《七里香》的時代，席慕蓉即以愛、青春、美好的過往記憶，作
為詩作的內涵而發軔，一直持續到《無怨的青春》繼續發皇。我們可
以選擇〈讓步〉這首詩見證席慕蓉寫作的初心——為愛、為青春、為
美好，即使因而憂傷終老也無所悔憾。

> 只要　在我眸中
> 曾有妳芬芳的夏日
> 在我心中
> 永存一首真摯的詩
>
> 那麼　就這樣憂傷以終老
> 也沒有甚麼不好[21]

　　即使到了中壯年，席慕蓉還信守著這種對詩神的承諾：「我依舊
相信／有些什麼在詩中一旦喚起初心／那些曾經屬於我們的／美麗與
幽微的本質　也許／就會重新甦醒」[22]。那些甦醒的、所謂「美麗與
幽微的本質」，不就是詩學神秘的某一介面？

三　《無怨的青春》呈顯詩的由來與價值

　　圓神版的席慕蓉詩集卷前都有一篇新版序〈生命因詩而甦醒〉，
其中第 V 頁說：「不管日常生活的表面是多麼混亂粗糙，在我們每個

---

21 席慕蓉：〈讓步〉，《七里香》，頁131。
22 席慕蓉：〈契丹的玫瑰〉，《迷途詩冊》（臺北市：圓神出版社，2006年），頁141。

人內心最幽微的地方，其實永遠深藏著一份細緻的初心——那生命最初始之時就已經擁有的，對一切美好事物似曾相識的鄉愁。」席慕蓉沿著這一基調，吟詠她的人生。

所以，《無怨的青春》持續前一冊詩集的追求，追求愛、追求青春、追求美好，持續著以最簡潔的語言鋪排心靈的優雅，透露出人世間的真摯與芬芳。再看一次〈我的信仰〉，席慕蓉相信「愛的本質一如生命的單純與溫柔」，這其間的互動又像「光與影的反射和相投」那樣和諧、清幽、自然。席慕蓉說：

> 我相信　滿樹的花朵
> 只源於冰雪中的一粒種子[23]

這一粒種子指的就是一個字「愛」，「愛」是席慕蓉根深柢固的信仰。一般人提到「種子」會說是土中的一粒種子，頂多說是黑泥暗土裡的種子，但席慕蓉用的是「冰雪中的一粒種子」，時間拉遠、空間拉遠，現實經驗拉遠，神秘感也就呈現了。

比較《七里香》、《無怨的青春》兩冊詩集的基調大抵相同，但《無怨的青春》在馨香與愛的追求之外，還在叩問詩的由來與價值。如〈詩的價值〉中談到詩的由來，不完全只是美好，更堅實深刻的卻是「痛苦」，以席慕蓉的話來說：「我如金匠　日夜捶擊敲打／只為把痛苦延展成／薄如蟬翼的金飾」。痛苦成詩，這就是詩的價值：「把憂傷的來源轉化成／光澤細柔的詞句／是不是　也有一種／美麗的價值」。詩的由來，是憂傷、痛苦，是佛家的無常觀，是基督教的原罪說；詩的美，是薄如蟬翼的金飾，顯現光澤細柔的特質；合而鍛冶

---

23 席慕蓉：〈我的信仰〉，《無怨的青春》，頁52-53。

之,造就出人生的救贖,詩的價值。[24]

延續到《時光九篇》,痛苦而成詩依然是席慕蓉成詩的源頭:「而我的痛苦 一經開採/將是妳由此行去那跟隨在詩頁間的/永不匱乏的 礦脈」[25],痛苦是永遠開採不完的礦脈。宗教家有的認為人有與生俱來的罪罰,有的認為人所面臨的是不測、無常,這種薛西佛斯(Sisyphus)式的推石上山的苦難折磨,席慕蓉承認且接納這些,卻將他們視之為永不匱乏的詩的礦脈,樂天達觀,才能鍛冶自己的苦痛為美,以美消解眾人的憂憤。

感性、理性之間偏倚感性多一些的席慕蓉,也曾以「試驗」來求證詩的可能,〈試驗之一〉的「已知項」是:「一塊小小的明礬就能沉澱出所有的渣滓」,「求知項」則是「如果在我們的心中放進一首詩是不是也可以沉澱出所有的昨日」[26]?答案其實很清楚,詩的價值之一是沉澱,沉澱醜陋、傖俗的渣滓,讓美好的過往情愛可以更清澈。

甚至於在〈結局〉這首詩中,席慕蓉認為春天會再來,春天再來的時候野百合仍然會在同一個山谷生長、羊齒的濃蔭處仍然會有馨香,但沒有人記得我們、記得我們的歡樂與悲傷,一切會被淡忘,席慕蓉卻又樂觀地相信:最終總會留下幾首佚名的詩、一抹淡淡的斜陽。詩與斜陽同在,這是席慕蓉的信仰,不也是詩的價值?詩,來自痛苦、憂傷,卻能走向斜陽式的恆常。曾昭旭(1943-)在鑑賞《無怨的青春》這本詩集時曾言席慕蓉此集所要傳達的訊息,無非是「無怨的青春」與「無瑕的美麗」,如何達致這無暇、無怨?哲學家點化我們:「往事本來純淨,而所有的瑕疵只是人莫須有的妄加。因此,只要人隨時把那妄加的障翳撤除了,那本來的純潔便爾重現,而這重現

---

24 席慕蓉:〈詩的價值〉,《無怨的青春》,頁18-19。
25 席慕蓉:〈餽贈〉,《時光九篇》,頁70-71。
26 席慕蓉:〈試驗之一〉,《無怨的青春》,頁138-139。

的表徵便是詩。詩，乃所以濾除憂傷痛苦而鍛鍊永恆的憑藉啊！」[27]

四　《時光九篇》正視詩是生命的邀約

在青春與愛的禮讚，痛苦與憂傷的審視之後，《時光九篇》正視所有詩人（世人）不能不正視的時間，正視時間，其實也是正視生命。《時光九篇》以「詩」字入詩的第一篇是〈生命的邀約〉，席慕蓉認為生命必定由豐美走向凋零，所幸這其間必有愛戀的詩句存在。〈在黑暗的河流上——讀「越人歌」之後〉，席慕蓉所擬設的情境，鋪陳出一個女子遇到光華奪目的王子，她有兩種選擇，一是積極示愛，會像飛蛾撲火，燃燒之後必成灰燼；一是選擇退縮，但退縮後這一生又能剩下什麼？一顆「逐漸粗糙　逐漸碎裂／逐漸在塵埃中失去了光澤的心」而已。所以，在詩中，她勇敢選擇撲向烈火，用輕越的歌、真摯的詩，用一個女子一生中所能準備的極致，撲向命運在暗處佈下的誘惑。《時光九篇》仍是愛戀的詩篇，卻不止於愛戀的歌詠，將詩放在更高的層次：「生命」、「生命中的極致」去審視、去思考、去定位。

〈餽贈〉一詩的小標題「把我的一生都放進你的詩裡吧。」是愛戀的祈求，卻也是生命的啟示：我的一生是痛苦的，卻是你詩的礦脈。[28] 在此詩之前，席慕蓉或許會強調「痛苦」，在〈餽贈〉這首詩說的卻是「一生」。其後的〈雨後〉詩，逐段肯認「生命　其實也可以是一首詩」、「生命　其實到最後總能成詩」，詩中的生命歷程，席慕蓉借用這樣的意象去呈現：「加深的暮色、不可知的泥淖、暗黑的雲

27　曾昭旭：〈光影寂滅處的永恆——席慕蓉在說些什麼？〉，席慕蓉：《無怨的青春》，頁202-203。

28　席慕蓉：〈餽贈〉，《時光九篇》，頁70-71。

層、留下了淚」,「滂沱的雨、潔淨心靈、不定的雲彩因雨匯成河流」,前一組是黑暗痛苦的受難意象,後一組則是洗滌除穢的淨化意象。[29]也就是說在《時光九篇》的階段,席慕蓉的詩正視生命(包括生命中的痛苦),也淨化生命,回歸到生命的本質、詩的本質。

生命有其歷程,早期席慕蓉的詩關注「過往」,《時光九篇》時期她注意的焦點是「時光」本身。詩是生命,此一命題為真;詩是時光,在席慕蓉詩中,此一命題亦真。如〈雨夜〉這首詩,描述雨夜中有人撐著黑色舊傘走過,雨水把他的背影洗得泛白,這情景「恍如歲月 斜織成/一頁又一頁灰濛的詩句」。[30]歲月是詩。再如長詩〈夏夜的傳說──一沙一界,一塵一劫〉結語是「我們在日落之後才開始的種種遭逢/會不會/只是時光衪脣邊一句短短的詩/一抹不易察覺的微笑」[31],時光的微笑是詩。

回到〈我〉的反思,席慕蓉說「我」的「喜歡」,一個是「我喜歡出發」,喜歡一生中都能有新的夢想;一個是「我喜歡停留」,喜歡生命裡只有單純的盼望。前者所喜歡的是未來,「那沒有唱出來的歌」;後者指的是過去,「歲月飄洗過後的顏色」。未來與過去,都是歲月、時光,都是詩、歌,都是「我」所「喜歡」。此詩的第三段只有兩行:「我喜歡歲月飄洗過後的顏色/我喜歡那沒有唱出來的歌」,以互文或借代的修辭學角度來看,「我喜歡歲月/我喜歡詩歌」的句法中是可以理解為歲月即詩歌。

《時光九篇》還有幾首詩可以為「詩是生命的邀約」做旁證,〈歷史博物館〉的副標題就是「人的一生,也可以像一座博物館

---

29 席慕蓉:〈雨後〉,《時光九篇》,頁78-79。
30 席慕蓉:〈雨夜〉,《時光九篇》,頁48-49。
31 席慕蓉:〈夏夜的傳說──一沙一界,一塵一劫〉,《時光九篇》,頁200。

嗎？」[32]其後有幾首稍長的詩〈子夜變歌〉、〈在黑暗的河流上〉、〈夏夜的傳說〉，都與時光、歷史、樂府、傳說或故事相涉，都關涉著愛、詩、生命。甚至於到了第五冊詩集《迷途詩冊》，詩人還說：「無從橫渡的時光之河啊／詩　是唯一的舟船」[33]。以這幾首詩還看，讀者可以發現，時間的長河裡，席慕蓉所選擇的時間點是子夜、黑暗、夏夜，空間感與事物焦點是變歌、河流上、傳說，這正是醞釀「神秘」最佳的選擇。

五　《邊緣光影》輝映著詩與靈魂的光

在《邊緣光影》中的〈歲月三篇〉[34]之第三篇，以〈詩〉為名，持續著詩是生命邀約的理念，最後的結語說：「我的心如栗子的果實在暗中／日漸豐腴飽滿　從來沒有／像此刻這般強烈地渴望　在石壁上／刻出任何與生命與歲月有關的痕跡」。〈歲月三篇〉像是在講歲月，其實仍然在談詩，第一篇〈面具〉說我們是照著自己的願望定做面具，諸如謙虛、愉悅等等，但內心中有著澆不息的憤怒和驕傲的火焰，深植到骨髓裡的憂愁，甚至於猝不及防的孤獨感，這些都是生命的刻痕，都是席慕蓉詩作的主要內涵。第二篇名為〈春分〉，緊扣〈歲月〉的總題，其實仍然在說記憶即便是剝落毀損，那些過往如針刺的痛楚、如鼓面般緊緊崩起的狂喜，都可能成為我們的詩句。呼應著、承襲著前面三部詩集的詩意思。

「生命只能在詩篇中盡興」[35]，多有力的一句話！《邊緣光影》

---

32 席慕蓉：〈歷史博物館〉，《時光九篇》，頁118-119。

33 席慕蓉：〈光陰幾行〉，《迷途詩冊》，頁72。

34 席慕蓉：《邊緣光影》，頁28-31。

35 席慕蓉：〈謝函〉，《邊緣光影》，頁144。

繼續呼應、承襲前面詩集的詩意思，特別是「敬呈詩人瘂弦」的〈風景〉，總括了席慕蓉先前的詩觀，譬如：詩是純淨的心，詩帶領我們跨越黑暗而又光耀的時空邊界，詩讓我們瞥見了生命的原形，詩是詩人用一生來面對的荒謬與疼痛。[36]特別是「給喻麗清」且取來當書名的〈邊緣光影〉，仍在傳播「有愛斯有美、有美斯有詩」的核心價值：「美　原來等候在愛的邊緣／是悄然墜落時那斑駁交錯的光影」[37]。

不過，《邊緣光影》集中的「詩」句，還要從謙虛、愉悅、憤怒、驕傲、孤獨的生命刻痕中，更深一層地撫觸生命內裡的「靈魂」，讓詩與靈魂相映照，相輝耀。

最先觸及到靈魂的是〈靜夜讀詩〉，靜夜讀詩的感受是「彷彿是跟隨著天使的翅膀／即或是極輕微的搧動也能掀起疾風／使我的靈魂猛然飛昇或者　迂迴下降」，因為詩人能記下生命裡最美麗的細節，諸如羽翼在風過時如波紋般的顫動，他俯身向我時那逐漸變得沉重的月色和呼吸。[38]席慕蓉從視覺的圖畫美去審視風的波紋、月色與呼吸，更細緻的美與愛，從生命的現象去思維生命背後靈魂的震顫。

即使是「借句」，從隱地（柯青華，1937- ）說的「一生倒有半生，總是在清理一張桌子」的感慨中，生出「那深藏在文字裡的我年輕的靈魂」又該如何清理、如何封存？

《時光九篇》、《邊緣光影》都在爾雅出版，前者一九八七年，後者一九九九年，二書相距十二年，是席慕蓉與原鄉蒙古互動頻繁的十二年，一九八八年三月席慕蓉出版詩與散文合集《在那遙遠的地方》（圓神），一九九〇年出版散文集《我的家在高原上》（圓神）、編輯蒙古現代詩選《遠處的星光》（圓神），因而可以發現席慕蓉的詩作在

---

36 席慕蓉：〈風景——敬呈詩人瘂弦〉，《邊緣光影》，頁206-208。
37 席慕蓉：〈邊緣光影——給喻麗清〉，《邊緣光影》，頁212-213。
38 席慕蓉：〈靜夜讀詩〉，《邊緣光影》，頁20-21。

二書之間有著本質上的變化，有如〈龍柏・謊言・含羞草〉裡她藉
〈含羞草〉所做的發言：「沉默的退縮與閉合有絕對的必要／否則
我的詩／如何能從一無干擾的曠野／重新出發」[39]，所以這十二年詩
人時時在省思自己燈下寫成的詩篇是不是「每一顆心裡真正想要尋找
的／想要讓這世界知道並且相信的語言」[40]？詩人在刪除與吐露之間
一直在反省、在斟酌[41]，在十字路口幾度躑躅，希望能修改那些不斷
發生的錯誤[42]，最終的發現或許是：生命中發著亮光的時刻宛如流
水，我們並不需要刻意去複習水聲潺潺，因為詩已是「本體」——無
論是微笑與擁抱，都有著悅耳的韻腳。[43]

　　在與原鄉蒙古碰撞後，在幾度反思之後，《邊緣光影》將詩當作
「本體」，抹除了那些浮現在表層的外緣、現象，直探靈魂深處。所以
在「為內蒙古作家達木林先生逝世周年獻詩」的〈祭〉，她說：「在火
焰熄滅了之後　我們／才開始懷想／你那曾經熱烈燃燒過的靈魂」[44]，
在「敬致詩人池上貞子」的〈執筆的欲望〉裡，她確信這執筆的欲望
絕非來自眼前的肉身，有可能是「盤踞在內難以窺視的某一個無邪又
熱烈的靈魂」[45]。

　　在這個階段，詩是靈魂的窺探與追索，而「靈魂」何曾淺露？那
一次的靈魂震顫不是神祕的經驗，神祕的冒險？

39　席慕蓉：〈龍柏・謊言・含羞草〉，《邊緣光影》，頁34-35。

40　席慕蓉：〈留言〉，《邊緣光影》，頁58。

41　席慕蓉：〈詩的末路〉，《邊緣光影》，頁49。

42　席慕蓉：〈旅程〉，《邊緣光影》，頁124。

43　席慕蓉：〈流水〉，《邊緣光影》，頁66。

44　席慕蓉：〈祭——為內蒙古作家達木林先生逝世周年獻詩〉，《邊緣光影》，頁168。

45　席慕蓉：〈執筆的欲望——敬致詩人池上貞子〉，《以詩之名》（臺北市：圓神出版社，
　　2011年），頁30。

六 《迷途詩冊》中詩人和自己狹路相逢

　　《邊緣光影》的〈序言〉，席慕蓉已宣示：「詩，不可能是別人，只能是自己。這個自己，和生活裡的角色不必一定完全相稱，然而卻絕對是靈魂全部的重量，是生命最逼真精確的畫像。」[46]所以，繼《邊緣光影》之後的《迷途詩冊》，席慕蓉在詩中和自己狹路相逢。

　　詩，寫到《迷途詩冊》，詩之成，對抗的不再只是生命的哀傷，而是萬物的寂滅。「窗外　時光正橫掃一切萬物寂滅／窗內的我　為什麼還要寫詩？」詩人自知這是絕無勝算的爭奪與對峙，「如熾熱的火炭投身於寒夜之湖」[47]，但在《迷途詩冊》裡，詩人反身面對自我，蓄存能量以對抗外在的傖俗與荒涼。

　　〈洪荒歲月〉的副題是「也許只有在詩中才能和自己狹路相逢」，不論是多熱鬧的歡呼、慶賀，當一切歸於沉寂，在我們身邊流動著的，還是洪荒歲月，這是詩人體認的孤獨感，每個人都是孤獨的個體，都是在黑暗的荒莽中穴居的人，詩人透過書寫、透過詩，更加認識自我，用以對抗洪荒。[48]

　　關於自我，席慕蓉稱之為「詩中詩」，是最深最深的內裡的我，以形象語來形容：「這花瓣層層緊裹著的蓮房／這重重蓮房深藏著的蓮子　這每一顆／蓮子心中逐漸成形的夢與騷動」[49]。席慕蓉以詩之奧來暗喻自我的難以窺探，更何況是面對另一個你，另一個「詩之奧」，即使我顯豁如「明信片」，所要投遞的卻是你「從未曝光的深

---

46 席慕蓉：〈序言〉，《邊緣光影》，頁5。

47 席慕蓉：〈詩成〉，《迷途詩冊》，頁23。

48 席慕蓉：〈洪荒歲月──也許只有在詩中才能和自己狹路相逢〉，《迷途詩冊》，頁28-29。

49 席慕蓉：〈詩中詩〉，《迷途詩冊》，頁36-37。

心」[50]。你我之間，是「詩中詩」對「詩中詩」，層層緊裹對重重深藏，何等不易！

　　七部詩集中，席慕蓉寫了許多給詩人的詩，這種「詩中詩」卻不深奧，大多能體貼當冊詩集的旨意，如〈等待——給小詩人蕭未〉的末段說「只有在詩中才能再次相遇／你和你還全然不自知的美麗」[51]。我們不認識蕭未，卻知道詩人唯有在詩中才能與自己狹路相逢。在《迷途詩冊》中還有一首是讀夏宇（黃慶綺，1956-）《Salsa》的讀前感，夏宇詩風與席慕蓉完全走在不同的航向上，但此詩處處透露她對夏宇詩的感激，可以當作席慕蓉以夏宇作為對照組，是自己對詩的反思，另一種對既成詩觀的對抗，因為夏宇不在乎讀者愛不愛她，擁不擁護她的詩，她也不想教化誰、成全誰[52]，夏宇以獨立自主的手段完成不同階段的自我，所以此詩席慕蓉採用極端口語的方式，蕭散的散文體完成，不與其他詩作類近。

　　經過許多反思、否定，這一階段的席慕蓉多次以詩與自我對話，勇於對抗虛偽、浮泛，膚淺，顯現出堅定自信的自我，如同沈奇（1951-）所言：「這夢，已不再是年輕心事與青春理想之無著的幻想和無由的憂傷，而漸次收攝於生命與詩的對質，並最終認領以詩與藝術為歸所的救贖之途。」[53]因而有了這樣的〈結論〉：「在生活裡從來不敢下的結論／下在詩裡／／詩　應該是／比我還要勇敢的我／比真實還要透明的真實」[54]。

50　席慕蓉：〈明信片〉，《迷途詩冊》，頁40-41。

51　席慕蓉：〈等待——給小詩人蕭未〉，《迷途詩冊》，頁88-89。

52　席慕蓉：〈我愛夏宇——《Salsa》讀前感〉，《迷途詩冊》，頁96-97。

53　沈奇：〈邊緣光影佈清芬——重讀席慕蓉兼評其新集《迷途詩冊》〉，《迷途詩冊》，頁168。

54　席慕蓉：〈結論〉，《迷途詩冊》，頁146。

七　《我摺疊著我的愛》讓詩自足於詩

　　《我摺疊著我的愛》距離上冊詩集的出版才兩年半（2002年7月至2005年3月），要從中提出詩的新義，其實並不容易，但在〈夏日的風〉的第二段，席慕蓉如此書寫，真實探究詩的本質，令人驚喜：

> 　　每一首詩　也都是
> 　　生命裡的長途跋涉
> 　　遙遠的回顧
> 　　在風中　歲月互相傾訴與傾聽
> 　　在詩中　我們自給自足[55]

　　將「詩」視為生命跋涉的軌跡，是遙遠的過去的回顧，說「在風中　歲月互相傾訴與傾聽」，這些都能在《時光九篇》時期找到論述，但此一時期，我們必須更專注於「在詩中　我們自給自足」這句話，這句話緊緊呼應著〈詩的本質〉這首詩。〈詩的本質〉這首詩，就內涵而言是「誠實地註記下生命內裡的觸動」，就真正的詩精神而言，卻是改裝紀伯倫（Khalil Gibran, 1883-1931）「愛是自足於愛的」這句話，確認「詩是自足於詩」[56]。紀伯倫的原意是說：「愛不取什麼，只取他自己；愛不給什麼，只給他自己；愛不占有，也不被占有，因為愛是自足於愛的。」這是不談條件的愛，不是「你不好好讀書我就不愛你」，不是「你愛我太少我要離開你了」這種恐嚇式的愛、比較性的愛。至於「詩是自足於詩」的真諦，應該比較像莊子

55　席慕蓉：〈夏日的風〉，《我摺疊著我的愛》（臺北市：圓神出版社，2005年），頁40-41。

56　席慕蓉：〈詩的本質〉，《我摺疊著我的愛》，頁80-81。

「無用之用」的說法，詩，不是為了使人愉悅，不是為了使人心靜，不是為了社會運動、福國淑世，但，有一於此，也無妨。

以〈幸福〉為例：「要有一支多麼奢華的筆／才能寫出一首　素樸的詩／但是如果一切都是有備而來／我愛　我們將永遠也不能／記得彼此」[57]。這種無心的愛，就是自足的愛，不待外求，自然溢出。詩的寫作亦然。詩要有意象，詩要能諧韻，詩要有架構，詩要這樣開展那樣收束，這都不是詩的必要條件，但也都無妨於詩的創作。自在的揮灑，揮灑自在，詩與生命就這樣自然地互為表裡，但又不會相互牽制。

進一步以〈素描簿〉來說明，「那些埋伏在字句間而又呼之欲出的意象是一首詩的生命」，這是有條件的詩創作論；「在我們真正的生命裡，那些平日暗暗牽連糾纏卻又會在某一瞬間錚然閃現的記憶」[58]，則是無條件的詩的本質論。讓詩自足於詩，就是不要用前面的條件去束縛詩人、恐嚇新手，而是讓好鳥枝頭、落花水面，都可以成為朋友，都可以化成文章，魔幻寫實、跳躍想像、閨秀唯美，或者「反覆低迴　再逐層攀昇」的蒙文「諾古拉」所習得的「我鋪展著我的愛／我的愛也鋪展著我／我的鋪展著的愛／像萬頃松濤無邊無際的起伏／遂將我無限的鋪展開來」[59]，都可以順手拈來，入詩入歌，可誦可唱，形成詩自己的風格。

愛，席慕蓉堅持的基調；摺疊，呼應席慕蓉不自覺卻處處顯露的類疊、複沓、設問的修辭特色。《我摺疊著我的愛》，讓詩自足於詩，席慕蓉自足於席慕蓉。

57　席慕蓉：〈幸福〉，《我摺疊著我的愛》，頁52。
58　席慕蓉：〈素描簿〉，《我摺疊著我的愛》，頁78-79。
59　席慕蓉：〈我摺疊著我的愛〉，《我摺疊著我的愛》，頁130-133。

八 《以詩之名》宣示自我的覺知

《以詩之名》是席慕蓉最新的詩集，出版於二〇一一年。承繼前六部詩集的詩體認，將奠基於《我摺疊著我的愛》的「詩自足於詩、席慕蓉自足於席慕蓉」的思理，更加堅實地樹立起綱維，撐開詩的天地。

席慕蓉的覺知以四大綱維張揚開來：

（一）情愛的觸發與湧現

寫於一九八四年的〈眠月站〉，收入在《以詩之名》中，已經十分清楚地標誌著席慕蓉以詩宣示自我的覺知。

> 古老的奧義書上是這樣說的——顯現與隱沒都是從自我湧現出來的。所以，正如那希望與記憶一樣，在我終於明白了的時刻，才發現，從你隱沒的背影顯現出來的所有詩句，原來都是我自己心靈的語言。所有的一切都是來自領悟了的自我。[60]

席慕蓉在阿里山眠月站觀賞山林，畫畫寫詩，體驗到山、林與霧、嵐的互動，想起古老的奧義書說的話：顯現與隱沒都是從自我湧現出來的，想起詩，當然也是極其自我的產物。〈眠月站〉詩前引用〈自說經·難陀品·世間經〉的話語做為小序：「有情所喜，是險所在，有情所怖，是苦所在，當行梵行，捨離於有。」[61]觀察〈眠月站〉此篇詩文，席慕蓉的用意不在於悟得「捨離於有」、鼓勵大家「當行梵行」。卻在昭告天下「有情所喜，是險所在」，我們仍要以詩冒險前

---

60 席慕蓉：〈眠月站〉，《以詩之名》，頁118。
61 席慕蓉：〈眠月站〉，《以詩之名》，頁114。

行;「有情所怖,是苦所在」,我們不惜茹苦含辛,不怖不懼,因為情之所鍾,正在我輩。

　　與愛同行,不捨不離,席慕蓉的詩作秉持這樣的意念,設計情事,模擬情境,思考情節,就是要你感受、激動。時間可以推到〈白堊紀〉,她以熔岩噴湧、雲霧蒸騰,形容青春,即使是這樣的青春,也不一定給我們留下隻字片語,「唯有這剛剛滴落的淚水炙熱如昨／提醒我確實曾經深深的愛過」。「還需要寫詩嗎?」[62]這就是詩啊!或者,我們所製作、翻閱的〈紀念冊〉,大家所在意、注目的是紀念冊的圖文內容,席慕蓉詩中卻蹦出一個「他」:「他總是站在記憶中的窗邊／在第一頁／在最早的時刻／在所有的／詩句／之前」[63]。「他」在,情愛在,詩與紀念冊才有在的必要。「他」是誰?——讓心靈悸動的神祕靈魂。

　　我讀過青年詩人嚴忠政(1966-)的一字詩,題目是〈原來我們都模仿愛〉,文本是「海」。[64]海很大,海卻是模仿「愛」。席慕蓉在二〇〇九年寫的〈寂靜的時刻〉也這樣稱述:「即使是再怎樣悠長的一生啊／其實也只能容下　非常非常／有限的　愛」[65]。這麼大、這麼悠長、這麼充沛的「愛」,即使伴隨著淚痕斑斕,即使留下的詩行間有著許多追悔,她一直是席慕蓉詩的源頭、詩的血脈,一直在席慕蓉的詩中觸發、湧現。

(二)詩心的期許與堅持

　　《以詩之名》的集名那樣清楚而霸氣地以「詩」為名,集中有

62　席慕蓉:〈白堊紀〉,《以詩之名》,頁52-53。

63　席慕蓉:〈紀念冊〉,《以詩之名》,頁68。

64　嚴忠政:〈原來我們都模仿愛〉,《聯合報》副刊,2014年3月17日。

65　席慕蓉:〈寂靜的時刻〉,《以詩之名》,頁59。

「詩」字的作品共二十三首，出現四十六次，這樣的數字或許還不足以證明席慕蓉對詩的熱愛與堅持，我們或可借文本來驗證。

為年輕的詩人，席慕蓉寫下〈詩的曠野〉，說「詩　就是來自曠野的呼喚／是生命擺脫了一切束縛之後的／自由和圓滿」，所以在詩的曠野裡，要如一匹離群的野馬不依附、不投靠，獨自行走。[66]此詩將詩的空間設定為曠野，拓荒、奔馳的野性，不可滅除，大膽擺脫僵硬的韁索，才有自己的自由和圓滿。為年長的詩人，她寫〈給晚慧的詩人〉，依時間之序而談，年長者一天或者一週七日都在尋詩，不是生命的荒廢；更長的時日是一生，要讓一生都不會後悔，除了寫詩，也沒有別的更好的方式。[67]年少年長，早熟晚慧，詩是一生的志業。至於〈我的願望〉，她希望自己所愛的詩人，開自己的花，結自己的果，不要成為一間面目模糊的小雜貨舖，這是「我的願望」，深自期許詩與自己的話。

讀詩的經驗，她認為在親切平淡之後，總會有猝不及防的意象，如冰山從暗夜的海面森然顯現，卻「深藏著你一生的憾痛／恍如對鏡／是何其遲來何其悔之不及的甦醒」[68]。這種偶遇是讀詩的驚喜，卻未嘗不是告訴讀者「詩，深藏著你一生的憾痛」，怎能不讀詩，怎能不以詩甦醒自己！

不論讀或寫，「一生　或許只是幾頁／不斷在修改與謄抄著的詩稿」[69]。一生，或長或短，席慕蓉堅持藉詩來認知自我、印證心靈。

---

66 席慕蓉：〈詩的曠野——給年輕的詩人〉，《以詩之名》，頁114。
67 席慕蓉：〈晚慧的詩人〉，《以詩之名》，頁140-141。
68 席慕蓉：〈偶遇〉，《以詩之名》，頁102-103。
69 席慕蓉：〈執筆的欲望——敬致詩人池上貞子〉，《以詩之名》，頁30。

（三）靈魂的撫觸與震顫

　　宇宙不停地在消蝕崩壞，詩人還是在燈下不放棄執筆的欲望，因為「難以窺視」、「無邪又熱烈」的那個靈魂盤踞在內。寫詩一直是靈魂的冒險──我們的靈魂在冒險；或者是靈魂的窺探──我們在窺探靈魂的奧祕。[70]這是席慕蓉為池上貞子教授日譯她的詩集《契丹的玫瑰》（東京都：思潮社，2009年）所寫的序文前的序詩〈執筆的欲望〉，大抵可以視為席慕蓉的詩觀，她對陌生讀者的自我介紹詞。

　　靈魂是神祕的，閱讀席慕蓉的詩，未嘗不可以當作是神祕美學的體驗，所以，對於一首詩的進行，席慕蓉在面對文學大師齊邦媛教授（1924-）時脫口而出的就是「在可測與不可測之間」，她藉由山林的雲霧嫋繞、藤蔓的糾葛、野鹿的穿梭、溪流的奔跳，形容那種神祕的氛圍：「意念初始如野生的藤蔓　彼此糾纏／是忽隱忽現的鹿群　挪移不定／我摸索著慢慢穿過／那些被迷霧封鎖住的山林　深處／聽見溪澗輕輕奔流跳躍的聲音／我的詩也逐漸成形　終於／來到了皓月當空的無垠曠野」，這是一般詩人也可以釀製的神祕，關於詩創作的進程。但是更進一步的，詩的閱讀，靈魂與靈魂的對話，席慕蓉卻有獨特而罕見的想像：

　　　　在字裡行間等待著我的解讀的
　　　　原來是一封預留的書信
　　　　是來自遼遠時光裡的
　　　　一種　彷彿回音般的了解與同情[71]

---

70 席慕蓉：〈執筆的欲望──敬致詩人池上貞子〉，《以詩之名》，頁30-33。
71 席慕蓉：〈一首詩的進行──寄呈齊老師〉，《以詩之名》，頁34-39。

甚至於「再寄呈齊老師」時，她以「明鏡」為喻，認為《巨流河》這樣的大著作是「文字加時間再乘以無盡的距離」，遂成明鏡。《巨流河》是時代的明鏡，是繫住靈魂免於漂泊的另一根金線，是歷經歲月挫傷依然無損的生命本質，應該是「近乎詩」。[72]

靈魂的呼應與探索，詩與大河小說同樣具有神祕的撫慰能量。席慕蓉認為來自靈魂所選擇的信仰似近又遠，「彷彿是自身那幽微的心房」，「又彷彿是那難易觸及的渺茫的穹蒼」，是心與天地的共鳴與互通。[73]

（四）原鄉的呼喚與共鳴

齊邦媛教授的《巨流河》被稱為是一部反映中國近代苦難的家族記憶史，一部過渡新舊時代衝突的女性奮鬥史，一部用生命書寫壯闊幽微的天籟詩篇。席慕蓉的蒙古語本名「穆倫・席連勃」，意義就是「大江河」，「大江河」、《巨流河》相互呼應，曾為《巨流河》寫了兩首好詩的席慕蓉，一樣馴服於她的蒙古原鄉，從她的原鄉獲得依傍，早已用散文、新詩，寫下她生命裡蒙古的《巨流河》。

與集名相同的詩篇〈以詩之名〉，有著四次的呼唱，呼唱「以詩之名，搜尋記憶」、「以詩之名，呼求繁星」、「以詩之名，重履斯地」、「以詩之名，重塑記憶」，歷史、生態、文化、愛的鄉愁，盤根錯節，糾結在心中，虯曲在詩篇裡。更早之前，席慕蓉就曾以詩尋找族人，她說在她朗誦了一首詩之後，異於尋常靜默的族人會在黑暗中整雙眸子燃燒起來[74]，她以燃燒的眸子辨識出喧嘩世界裡隱藏著的族人，這是聲息相通、脈息呼應，詩的呼喚，族的馴服。因此，她相信

---

72 席慕蓉：〈明鏡——再寄呈齊老師〉，《以詩之名》，頁40-43。

73 席慕蓉：〈祕教的花朵〉，《以詩之名》，頁46-47。

74 席慕蓉：〈尋找族人〉，《迷途詩冊》，頁122。

孤獨的胡馬的嘶鳴，即使是在中唐韋應物（737-792）的〈調笑令〉詞中[75]，千百年來也不會有人忘懷！[76]

她羨慕蒙古國詩人巴‧拉哈巴蘇榮，可以用一整個族群在時光的洪流裡披沙揀金而成的蒙古語、蒙古文寫詩，指日就是日，指月就是月，音韻天成，字詞精確。[77]她寫長達十六頁的「類史詩」歌頌英雄噶爾丹。[78]因為她聽見了她的族群眾多善良的靈魂竟被逐寸輾碎，她聽見了她的族群最後僅存的草原被撕裂被活埋。[79]

因為這樣的聆聽與共鳴，自我有所覺知，她的詩有了另一種勁健的美。

九　結語：席慕蓉以詩撐起的天地

席慕蓉詩集含「詩」字的篇數，從《七里香》的百分之九點五二起跳，逐冊增多，增至第四冊詩集《邊緣光影》時已達百分之二十八點九九，最大的高峰是兩冊書名含有「詩」字的的詩集：《迷途詩冊》百分之三十五點七一，《以詩之名》百分之三十七點七〇，這樣的數字十分驚人[80]，經由逐冊檢視這些「詩」字詩篇，終於可以更深入了解「詩」在席慕蓉寫作進程中的深層意義。

依其先後出版序，逐冊增多「詩」字的詩集，可以看出席慕蓉詩作由首冊詩集《七里香》所透露的詩是最初的美好與悸動，逐漸潛思

75　〔唐〕韋應物（737-792）〈調笑令〉：「胡馬，胡馬，遠放燕支山下。跑沙跑雪獨嘶，東望西望路迷。迷路，迷路，邊草無窮日暮。」

76　席慕蓉：〈胡馬之歌——唐‧韋應物有詞寫胡馬〉，《以詩之名》，頁162-163。

77　席慕蓉：〈母語——寫給蒙古國詩人巴‧拉哈巴蘇榮〉，《以詩之名》，頁164-165。

78　席慕蓉：〈英雄噶爾丹（1644-1697）〉，頁218-233。

79　席慕蓉：〈他們的聲音〉，頁214-215。

80　參考本文附錄：表九。

冥想，雖然仍在青春鮮嫩中喚醒喜悅，但已在《無怨的青春》歲月裡
思考詩的由來與價值。多少詩評家還逗留在席慕蓉最初的兩冊詩集中
訕笑自己的青澀歲月，不知道席慕蓉已面對時光，進入《時光九篇》
中，正視詩如何奔赴生命的邀約，積極與生命、心靈對話，甚至於回
到自己的原鄉、草原、曠野、蒼穹，發現中國的邊緣可能成為她文學
生命的中央，發現《邊緣光影》裡詩與靈魂相互輝映的光。今年來的
三冊詩集，《迷途詩冊》中，詩人和自己狹路相逢，顯然並未在詩冊
中迷途，從這一冊詩集開始，席慕蓉著意在詩中思考詩、思考自我、
思考族群，《我摺疊著我的愛》她已充滿自信，知道詩自足於詩，席
慕蓉自足於席慕蓉，到了最新的一部詩集《以詩之名》，可以看出她
的英豪之氣，以詩宣示自我的覺知，覺知情愛的最初觸發與湧現，堅
定自己的詩心期許，以靈魂的撫觸與震顫築造自己的神祕美學，回應
原鄉的呼喚，積極擴大詩的影響力。

　　閱讀過席慕蓉三八八篇詩，精讀了她九十三首有「詩」字的詩，
釐清了她七本詩集的思路進程，我們雖然無法預測她未來的走向，但
可以肯定未來席慕蓉的詩篇裡仍然會出現詩字，源源不絕，也還會有
人繼續觀察她的「詩」字詩，又鋪展出的詩天地，或許就像二〇一五
年三月二十三日她在《中國時報》「人間副刊」發表的新作，詩，會
是〈發光的字〉：

　　　總有那麼一日
　　　讓我能找到　一首
　　　好像只是為了我而寫下的詩
　　　讓心不再刺痛　讓自己
　　　在瞬間　好像就已經完全明白

如蒼天之引領萬物
錯落的詩行由詩人全權散布
請看　那夏夜的群星羅列
彼此相隨　在詩的軌道上
我們的世界如此緻密　如此深邃

總有那麼一日吧
那些發光的字　終於前來
為我　把生命的雜質濾淨
把匕首　挪開　　　　　　　　　　　　（2015.2.21）

——本文發表於2015濁水溪詩歌節「席慕蓉詩學討論會」（2015年10月）

參考文獻

席慕蓉　《七里香》　臺北市　大地出版社　1981年　臺北市　圓神
　　　出版社　2000年

席慕蓉　《無怨的青春》　臺北市　大地出版社　1983年　臺北市
　　　圓神出版社　2000年

席慕蓉　《時光九篇》　臺北市　爾雅出版社　1987年　臺北市　圓
　　　神出版社　2006年

席慕蓉　《邊緣光影》　臺北市　爾雅出版社　1999年　臺北市　圓
　　　神出版社　2006年

席慕蓉　《迷途詩冊》　臺北市　圓神出版社　2002、2006年

席慕蓉　《我摺疊著我的愛》　臺北市　圓神出版社　2005年

席慕蓉　《以詩之名》　臺北市　圓神出版社　2011年

附錄

表一：席慕蓉《七里香》詩意象統計

題目	詩句	頁數
〈接友人書〉	無字的詩稿	91
〈抉擇〉	完成了上帝所作的一首詩	101
〈讓步〉	永存一首真摯的詩	131
〈彩虹的情詩〉	把含著淚的三百篇詩　寫在	139
〈悟〉	幾首佚名的詩	144
〈他〉	從容地寫詩　流淚	186

合計六首六次　　李桂媚、王薇淳、蕭蕭二〇一五年九月三十日製表

表二：席慕蓉《無怨的青春》詩意象統計

題目	詩句	頁數
〈詩的價值〉	若你忽然問我／為什麼要寫詩	18
〈我的信仰〉	我相信　三百篇詩／反覆述說著的　也就只是／年少時沒能說出的／那一個字	53
〈自白〉	別再寫這些奇怪的詩篇了	78
〈自白〉	你這一輩子別想做詩人	78
〈自白〉	我心中又怎能不充滿詩意	78
〈自白〉	我的詩句像斷鍊的珍珠	78
〈致流浪者〉	也只能／給你留下一本／薄薄的　薄薄的　詩集	107
〈試驗——之一〉	一首詩／是不是　也可以／沉澱出所有的　昨日	139

題目	詩句	頁數
〈請別哭泣〉	我已無詩／ 世間也在無飛花　無細雨	170
〈結局〉	只剩下幾首佚名的詩　和／ 一抹／淡淡的斜陽	173

合計七首十次　　李桂媚、王薇淳、蕭蕭二〇一五年九月三十日製表

表三：席慕蓉《時光九篇》詩意象統計

題目	詩句	頁數
〈生命的邀約〉	或者偶爾寫些／有關愛戀的詩句／ 其實也沒有什麼好擔心的	19
〈最後的藉口〉	一切錯誤都應該／被原諒　包括／ 重提與追悔／包括　寫詩與流淚	32
〈雨夜〉	恍如歲月　斜織成／ 一頁又一頁灰濛的詩句	49
〈饋贈〉	──把我的一生都放進妳的詩裏吧	70
〈饋贈〉	而我的痛苦　一經開採／ 將是妳由此行去那跟隨在詩頁間的／ 永不匱乏的　礦脈	71
〈雨後〉	生命　其實也可以是一首詩	78
〈雨後〉	生命　其實到最後總能成詩	79
〈我〉	我喜歡在夜裏寫一首長詩	109
〈歷史博物館〉	涉江而過　芙蓉千朵／ 詩也簡單　心也簡單	119
〈子夜變歌〉	只想把這段沒有結局的故事／ 寫成一首沒有結局的詩	140

題目	詩句	頁數
〈子夜變歌〉	詩裏深藏著的低迴與愛	140
〈在黑暗的河流上〉	用我清越的歌　用我真摯的詩／用一個自小溫順羞怯的女子／一生中所能／為你準備的極致	171
〈夏夜的傳說〉	並不知道她從此是他詩中／千年的話題	188
〈夏夜的傳說〉	只是時光衪脣邊一句短短的詩／一抹不易察覺的　微笑	200

合計十首十四次　李桂媚、王薇淳、蕭蕭二〇一五年九月三十日製表

表四：席慕蓉《邊緣光影》詩意象統計

題目	詩句	頁數
〈靜夜讀詩〉	在靜夜裏翻讀著我深愛的詩人	20
〈靜夜讀詩〉	詩　原來是天生天長	21
〈靜夜讀詩〉	而我深深愛慕著的詩人啊／你們應是一棵又一棵孤獨的樹	21
〈借句〉	不斷撕毀那些無法完成的詩篇	23
〈歲月三篇・春分〉	我真的有過／許多如針刺如匕首穿胸的痛楚？／許多如鼓面般緊緊繃起的狂喜？／許多一閃而過的詩句？	30
〈龍柏・謊言・含羞草〉	否則　我的詩／如何能從一無干擾的曠野／重新出發	35
〈詩的末路〉	當要刪除的　終於／超過了要吐露的那一部分之時／我就不再寫詩	49
〈留言〉	將遲疑的期許在靜夜裡化作詩句	57

題目	詩句	頁數
〈留言〉	在每一盞燈下細細寫成的詩篇／ 到底是不是每一顆心裏真正想要尋找的／ 想要讓這世界知道並且相信的語言	58
〈流水〉	生命中發著亮光的時刻宛如流水／ 詩已是本體　並不需要／ 刻意去複習　水聲潺潺	66
〈控訴〉	是誰挪用了你原來的／文字　是誰／ 掠奪了我真正的詩	72
〈給黃金少年〉	那個昨天還有狡黠的笑容／ 說話像是寓言與詩篇的孩子	93
〈點著燈的家〉	請讓這島嶼的傷痛終於成歌成詩	97
〈植樹節之後〉	寫一首詩其實真的不如／ 去種　一棵樹	104
〈植樹節之後〉	如果全世界的詩人都肯去種樹	105
〈植樹節之後〉	每一座安靜的叢林　就都會充滿了／ 一首又一首／耐讀的詩	105
〈光的筆記〉	白晝間努力追隨著你的種種舉止／ 在夜裡以細微的差距都進入了我的詩	120
〈旅程〉	而那些墨跡未乾的詩篇／ 轉瞬之間讀來竟都成讖言	123
〈旅程〉	那些燃燒著的詩句還正熾烈光焰照耀四野	124
〈月光曲〉	學會了像別人一樣也用密碼去寫詩／ 讓欲望停頓在結局之前的地方	130
〈秋來之後〉	──歷史只是一次又一次意外的記載， 詩，是為此而補贖的愛。	138

題目	詩句	頁數
〈謝函〉	終於相信生命只能在詩篇中盡興	144
〈祭──為內蒙古作家達木林先生逝世週年獻詩〉	如今你的名字是一首暗啞的詩／正在高原上沉默地傳唱	169
〈短箋〉	有誰會將詩集放在行囊裡離去／等待在獨居的旅舍枕邊／一頁一頁地翻閱	202
〈風景──敬呈詩人瘂弦〉	詩　其實已經寫好了	206
〈風景──敬呈詩人瘂弦〉	詩中只留下了你純淨的心	206
〈風景──敬呈詩人瘂弦〉	誰還會去追問／詩成之時的你的年齡	206
〈風景──敬呈詩人瘂弦〉	詩　其實已經寫好了	206
〈風景──敬呈詩人瘂弦〉	只有詩人才能碰觸	207
〈風景──敬呈詩人瘂弦〉	只有詩人　才能帶領我們／跨越那黑暗而又光耀的時空邊界	207
〈風景──敬呈詩人瘂弦〉	詩　其實早已寫成留待後世吟誦	208
〈風景──敬呈詩人瘂弦〉	然而這卻也正是詩人用一生來面對的／荒謬與疼痛	208
〈邊緣光影──給喻麗清〉	多年之後　你在詩中質疑愛情／卻還記得那棵開花的樹　落英似雪……	212

合計二十首三十三次

李桂媚、王薇淳、蕭蕭
二〇一五年九月三十日製表

表五：席慕蓉《迷途詩冊》詩意象統計

題目	詩句	頁數
〈詩成〉	窗外　時光正掃射一切萬物寂滅／ 窗內的我　為什麼還要寫詩？	23
〈洪荒歲月〉	——也許只有在詩中才能和自己 狹路相逢	28
〈詩中詩〉	這詩中的詩啊　是否就是／ 對一切解釋都保持沉默的／ 那最深最深的內裡的我？	37
〈明信片〉	最幽微的花香／在若無其事的／ 詩句中　緩緩綻放	40
〈多風的午後〉	日落之前　緩緩穿越過時間的草原／ 終於明白　該如何去細讀你的詩篇	50
〈神話〉	在遙遠的地方　還能／ 翻讀著彼此的詩句而入睡	52
〈早餐時刻〉	詩　其實也不能怎麼教育我	66
〈早餐時刻〉	然而是何等的幸福　如果可以／ 在早餐的桌上遇見一首好詩	66
〈早餐時刻〉	如果可以在早餐的桌上／ 與詩人同行　走進幽深小徑	67
〈光陰幾行〉	無從橫渡的時光之河啊／ 詩　是唯一的舟船	72
〈光陰幾行〉	我無所事事／ 並且滿足於只用光陰來寫詩	75
〈靜靜的林間——敬呈詩人王鼎鈞〉	據說在那裡，詩是火焰，是唯一的光	78
〈靜靜的林間——敬呈詩人王鼎鈞〉	白髮詩人／ 一身飄然曠野	78

題目	詩句	頁數
〈女書兩篇〉	年少時光曾經擁有多麼狂野的文筆和浪漫的詩情	85
〈女書兩篇〉	如今卻是與詩人結褵了半生的沉默又木然的妻	85
〈等待——給小詩人蕭未〉	只有在詩中才能再次相遇／ 你和你還全然不自知的美麗	89
〈花開十行——給邱邱〉	詩　也許只是／我們在結構完整緊密的一生裡／努力去剔除　匿藏的／種種飄忽的真相	94
〈我愛夏宇 —— Salsa 讀前感〉	還沒打開詩集只看到封面就讓我如此快樂又俯首貼耳地準備讓她帶我去旅行	96
〈我愛夏宇 —— Salsa 讀前感〉	更不在意我有沒有準備好去研究她的詩	96
〈我愛夏宇 —— Salsa 讀前感〉	我不能決定到底是應該使用刀片還是手指在讀詩之前先劃開書頁	97
〈我愛夏宇 —— Salsa 讀前感〉	從來沒有那個詩人能讓我們	97
〈我愛夏宇 —— Salsa 讀前感〉	能讓我們在讀詩時 如此貼近並且用這樣傾斜的姿勢	97
〈我愛夏宇 —— Salsa 讀前感〉	還不敢打開詩集因為不知道 這次她要怎樣設定距離	97
〈契丹的玫瑰〉	多希望一首詩的生命能如／ 一朵　契丹的玫瑰	140
〈契丹的玫瑰〉	有些什麼在詩中一旦喚起初心／那些曾經屬於我們的／美麗與幽暗的本質　也許／就會重新地甦醒	141
〈結論〉	在生活裡從來不敢下的結論／下在詩裡	146

題目	詩句	頁數
〈結論〉	詩　應該是／比我還要勇敢的我／比真實還要透明的真實	146

合計十五首二十七次　　　　　　　　　李桂媚、王薇淳、蕭蕭

二〇一五年九月三十日製表

表六：席慕蓉《我摺疊著我的愛》詩意象統計

題目	詩句	頁數
〈夏日的風〉	每一首詩　也都是／生命裡的長途跋涉	40
〈夏日的風〉	在風中　歲月互相傾訴與傾聽／在詩中　我們自給自足	41
〈譯詩〉	一首轉譯的詩　多半不能讓我／感覺到原來游走在字面上的色光	42
〈譯詩〉	也難以重現　那在完稿的剎那／曾經是如此綿密／或者　如此空茫寂靜的詩行	42
〈譯詩〉	要如何譯出詩人在多年前所書寫的／Je nai pas oublie	43
〈幸福〉	要有一支多麼奢華的筆／才能寫出一首　素樸的詩	52
〈秋光幽微〉	這時日的消逝是否　也正以／悲喜交雜的方式在成就著我們的詩？	54
〈試卷〉	在最後　只能示之以／無關的詩	59
〈真相〉	偶爾，在無邊的曠野之上，在古老的詩行之間，在月光下，還會傳來一些微弱的回音	73

題目	詩句	頁數
〈四季〉	一個古老的木製書架上放了幾本,她的詩集。／窗外,有豐美的四季	77
〈素描簿〉	如果,那些埋伏在字句間而又呼之欲出的意象是一首詩的生命	78
〈素描簿〉	那麼,在我們真正的生命裡,那些平日暗暗牽連糾纏卻又會在某一瞬間錚然閃現的記憶,是不是在本質上就已經成為一首詩?	78
〈詩的本質〉	翻開剛剛送來的詩集的校樣	80
〈詩的本質〉	再閱讀一次自己的詩	80
〈詩的本質〉	儘管時光越走越急,她的詩卻越寫越慢	81
〈詩的本質〉	是的,詩也是自足於詩	81
〈尋找族人〉	是何等異於尋常的靜默／那一雙眸子卻在黑暗中燃燒起來／在我朗誦了一首詩之後	122
〈劫後之歌〉	這悲傷的刻度　到最深處／能不能　轉換成一首詩?	124
〈劫後之歌〉	用風來測試　用淚來測試／在茫茫的人海裡／用一首又一首的詩……	125
〈兩公里的月光〉	有人說　時光總在深夜流逝／(是的在十三歲的日記本裡／我也寫過相類似的詩句)	146

合計十二首二十次

李桂媚、王薇淳、蕭蕭

二〇一五年九月三十日製表

表七：席慕蓉《以詩之名》詩意象統計

題目	詩句	頁數
〈執筆的欲望──敬致詩人池上貞子〉	一生　或許只是幾頁／不斷在修改與謄抄著的詩稿	30
〈一首詩的進行──寄呈齊老師〉	一首詩的進行／在可測與不可測之間	34
〈一首詩的進行──寄呈齊老師〉	是什麼　還在誘惑著我們／執意往詩中尋去	37
〈一首詩的進行──寄呈齊老師〉	我的詩也逐漸成形　終於／來到了皓月當空的無垠曠野	37
〈一首詩的進行──寄呈齊老師〉	並茄終於相信了／那一個　在詩中的自己	38
〈明鏡──寄呈齊老師〉	經歷歲月的反覆挫傷之後／生命的本質　如果依然無損／就應該是　近乎詩	42
〈秘教的花朵〉	詩的秘密在於出走或者隱藏	46
〈白堊紀〉	還需要寫詩嗎？	53
〈寂靜的時刻〉	多年前寫下的詩句／如今都成了隱晦的夢境	58
〈紀念冊〉	她總是站在記憶中的窗邊／在第一頁／在最早的時刻／在所有的／詩句／之前	68
〈小篆〉	故土變貌　恩愛成灰／只剩下詩行間的呼吸與追悔	70
〈詮釋者──給詩人陳克華〉	詩人所說　一個人真好的那種感覺	77
〈詮釋者──給詩人陳克華〉	還要向詩人多求些什麼呢？	77

題目	詩句	頁數
〈詮釋者——給詩人陳克華〉	他已經給了你　他最好的詩	77
〈詮釋者——給詩人陳克華〉	譬如　一次在早餐桌上的閱讀／使我能與詩人同行	77
〈詮釋者——給詩人陳克華〉	在新葉初發的櫻樹林間／（何等美好的孤獨！）／一如　在他的詩中	78
〈詮釋者——給詩人陳克華〉	還要向詩人再多求些什麼呢？	78
〈詮釋者——給詩人陳克華〉	他已經給了你　他最好的詩	78
〈詩的曠野——給年輕的詩人〉	在詩的曠野裡／不求依附　不去投靠	90
〈詩的曠野——給年輕的詩人〉	詩　就是來自曠野的呼喚／是生命擺脫了一切束縛之後的／自由和圓滿	91
〈偶遇〉	你只是從此記住了一個詩人的名字	103
〈偶遇〉	記住了他的一首詩　記住了	103
〈偶遇〉	記住了／你讀詩的這一刻　一如／記住這夜的窗外／曾經有過微微透明的月色	103
〈桐花〉	可以放進詩經	110
〈桐花〉	雪白的花蔭與曲折的小徑在詩裡畫裡反覆出現	111
〈眠月站〉	從你隱沒的背影裡顯現出來的所有詩句，原來都是我自己心靈的言語	118
〈我的願望〉	不希望　我愛的詩人／最後成為一間面目模糊的／小雜貨舖	136

題目	詩句	頁數
〈晚慧的詩人〉	如果／想要把一天／或者七日都全部荒廢／可以去／試著寫一首詩	140
〈晚慧的詩人〉	除了寫詩　恐怕／也沒有別的更好的方式	141
〈恐怖的說法〉	詩　是何等奇怪的個體	142
〈恐怖的說法〉	詩繼續活著	143
〈恐怖的說法〉	無關詩人是否存在	143
〈恐怖的說法〉	要到了詩人終於離席之後	143
〈恐怖的說法〉	詩／才開始真正完整的／顯露出來	143
〈陌生的戀人〉	失去了你的悲傷　將來或許可以／一字一句寫成詩行	153
〈以詩之名〉	以詩之名　我們搜尋記憶	158
〈以詩之名〉	以詩之名　呼求繁星	159
〈以詩之名〉	以詩之名　重履斯地	159
〈以詩之名〉	以詩之名　我們重塑記憶	160
〈胡馬之歌〉	空留那孤獨的嘶鳴在詩中	162
〈母語——寫給蒙古國詩人巴・拉哈巴蘇榮〉	為你披沙揀金而成的語言和文字／可以　一生都用母語來寫詩	165
〈黑駿馬〉	已經走遠了的那個我們深愛的詩人啊／騎在黑駿馬的背上	172
〈黑駿馬〉	所吟誦的詩篇　最起初／應該也只是為了／一個　極為孤獨的自己而已	173

題目	詩句	頁數
〈他們的聲音〉	我的詩心　漸漸冰封即使仍在溫暖的島嶼／我的書桌卻落滿了霜雪恍如寒夜	214
〈他們的聲音〉	為什麼久不見從前那樣美麗的詩作／我只能誠實回應因為我聽見了他們的聲音	215
〈英雄噶爾丹（1644-1697）〉	這一支如史詩所描述的雄獅隊伍／果然　在轉瞬間／就掌握了天山南北兩路	224

合計二十三首似十六次

李桂媚、王薇淳、蕭蕭
二〇一五年九月三十日製表

表八：席慕蓉詩題含詩之詩篇

題目	詩集	頁數	備註
〈短詩〉	《七里香》	94-95	內文無詩字
〈彩虹的情詩〉	《七里香》	138-139	《七里香》2篇
〈詩的價值〉	《無怨的青春》	18-19	
〈燈下的詩與心情〉	《無怨的青春》	182-183	內文無詩字《無怨》2篇
〈詩的成因〉	《時光九篇》	16-17	內文無詩字
〈中年的短詩〉	《時光九篇》	88-91	內文無詩字《時光》2篇
〈詩的蹉跎〉	《邊緣光影》	18-19	內文無詩字
〈靜夜讀詩〉	《邊緣光影》	20-21	
〈歲月三篇·詩〉	《邊緣光影》	28-31	內文無詩字

題目	詩集	頁數	備註
〈詩的末路〉	《邊緣光影》	48-49	
〈請柬——給讀詩的人〉	《邊緣光影》	110-111	內文無詩字
〈祭——為內蒙古作家達木林先生逝世週年獻詩〉	《邊緣光影》	168-169	
〈風景——敬呈詩人瘂弦〉	《邊緣光影》	206-208	《邊緣》7篇
〈詩成〉	《迷途詩冊》	22-23	
〈詩中詩〉	《迷途詩冊》	36-37	
〈靜靜的林間——敬呈詩人王鼎鈞〉	《迷途詩冊》	78-79	
〈等待——給小詩人蕭未〉	《迷途詩冊》	88-89	
〈詩的囹圄〉	《迷途詩冊》	92-93	內文無詩字《迷途》5篇
〈蜉蝣的情詩〉	《我摺疊著我的愛》	34-35	內文無詩字
〈譯詩〉	《我摺疊著我的愛》	42-43	
〈詩的本質〉	《我摺疊著我的愛》	80-81	
〈創世紀詩篇〉	《我摺疊著我的愛》	96-100	內文無詩字《摺疊》4篇
〈執筆的欲望——敬致詩人池上貞子〉	《以詩之名》	30-33	
〈一首詩的進行——寄呈齊老師〉	《以詩之名》	34-39	
〈詮釋者——給詩人陳克華〉	《以詩之名》	76-79	
〈詩的曠野——給年輕的詩人〉	《以詩之名》	90-91	
〈晚慧的詩人〉	《以詩之名》	140-141	

題目	詩集	頁數	備註
〈以詩之名〉	《以詩之名》	158-161	
〈母語——寫給蒙古國詩人巴・拉哈巴蘇榮〉	《以詩之名》	164-165	
〈塔克拉瑪干——並致詩人吳晟〉	《以詩之名》	174-175	《以詩》8篇

合計三十篇　　　李桂媚、王薇淳、蕭蕭二〇一五年九月三十日製表

表九：席慕蓉詩集含詩字之詩篇比例

詩集	出現次數	出現篇數	全集詩篇數	出現比例（篇）
《七里香》	6	6	63	9.52%
《無怨的青春》	10	7	61	11.48%
《時光九篇》	14	10	50	20.00%
《邊緣光影》	33	20	69	28.99%
《迷途詩冊》	27	15	42	35.71%
《我摺疊著我的愛》	20	12	42	28.57%
《以詩之名》	46	23	61	37.70%
總計	156	93	388	23.97%

李桂媚、王薇淳、蕭蕭二〇一五年九月三十日製表

詩說與側寫

感覺與夢想齊飛
——試評席慕蓉「無怨的青春」

張　默

「創世紀詩社」詩人

莫非真的是現代詩的「盛唐」已經來臨？

近年來由於報紙副刊刊載新詩的量有顯著增加，各種新詩期刊的埋頭苦幹、力爭上游，以及一些有遠見的出版社，源源推出各種性質的新詩選集與個人詩集，甚或有少數個人詩集，居然能在一年之內創下銷售一萬冊以上的最佳紀錄。難道這些還不足以證明現代詩的讀者是一天一天的多起來了？

在萬紫千紅、百家爭鳴的中國現代詩壇，近幾年來赫然出現一匹勁頭十足的黑馬，她，不是別人，她，就是創下卅多年來以一本詩集在一年之內銷售七版（每版二千冊）傳奇性的女詩人席慕蓉。

民國七十年七月，她的第一本詩集《七里香》，由大地出版社出版，迅即席捲整個讀書界，今年二月，她的第二本詩集《無怨的青春》再由大地推出，迄今甫及四月，又再版了四次，席慕蓉之所以受到廣大讀者如此的熱愛，想來不是沒有緣故的。

詩評家蕭蕭說：「她自生自長，自圖自詩，不知有漢，無論魏晉，是詩國裏一處獨立自存的桃花源」。文評家曾昭旭說：「她只是藉形相上的一點茫然，鑄成境界上的千年好夢——使人在光影寂滅處，猶見滿山的月色，如酒的青春」。

　　筆者在「剪成碧玉葉層層」一書中，對她曾有如下的評述：「語言平白，意象單一，節奏流暢，她那十分精緻的小詩，再配置一些夢幻型的素描，席慕蓉的作品，給予讀者的感受是多面的，而為她獨自鍾情的經驗世界，也是盡在不言中」。當然還有不少詩評家的見解，此處未能一一羅列。

　　不論吾人以何種態度來看席慕蓉的詩，以目前讀書界對她熱烈的程度，恐怕還會繼續一段光輝的歲月，作者如何繼續保持她美好的名聲，以及不斷提升作品的藝術境界，當是她今後面臨最大的挑戰與課題。

　　「無怨的青春」，概分九輯，計收新舊詩作七十首，每輯之前，有一段簡短的引言，可以看出作者創作的意圖。例如第一輯，她這樣寫著：「在年輕的時候，如果你愛上了一個人，請你，請你一定要溫柔地對待他。……長大了以後，你才會知道，在驀然回首的剎那，沒有怨恨的青春才會了無遺憾。……」

　　作者清清淺淺地述說她的愛情觀，可能是年輕一代樂於接受的，且在以後的詩篇中，欲隱欲現地表達她的那些動人的景象與意念。

　　例如：〈愛的筵席〉——

　　　　是令人日漸消瘦的心事
　　　　是舉箸前莫名的傷悲
　　　　是記憶裏一場不散的筵席
　　　　是不能飲不可飲，也要拼卻的

　　　　一醉

　　作者的態度是真誠的，語氣是肯定的，調子是先緩後急，漸臻高潮。

　　年輕的時代，每個人都在追求自己的愛情，但是對愛情的解釋、感受與處理方式，每個人都不一樣，作者那種欲說還休的語調，可能是最最令讀者激賞的。

　　作者對生命的禮讚，對愛情的歌頌，對青春的詠歎，應是這本詩集所包含的絕大部分的素材，有人指出，作者的詩集曾經在校園造成相當大的震撼與迴響，毋庸置疑，作者無心抑或有心在詩中表現自己對生命青春愛情的怨懟，隱憂與期盼之情，而她也的的確確曾經很率真地愛過、怨懟過，由於她的那些十分光潔晶瑩而又親切的詩句，正好渾渾擊中時下一些年輕人的心靈，所以他（她）們熱烈高舉她的詩，捧讀她的詩，如醉如狂地朗誦她的詩。

　　我發現席慕蓉的詩，有些調子近似民歌，但比民歌更耐人回味。作者在〈疑問〉一詩中更十分真誠而又犀利地展現了現在一些年輕人心中的「疑問」──

　　　　我用一生
　　　　來思索一個問題

　　　　年輕時　如羞澀的蓓蕾
　　　　無法啓口

　　　　等花滿枝椏
　　　　卻又別離

　　　　而今夜相見
　　　　卻又礙著你我的白髮

可笑啊　不幸的我
終於要用一生
來思索一個問題

　　這首詩祇有短短的十一行，可是它卻充滿不凡的情趣，也許是盡
在不言中。「我用一生——來思索一個問題」，這個問題是什麼？作者
未予說明，因為在人生的長程上，每個人都有「疑問」，有的可以解
開，而有的卻永遠如墮入五里霧中，作者的「疑問」是存在於每個年
輕人的內心深處。筆者不知這首「疑問」是否譜成民歌，假如可能透
過音樂的力量，一定會造成更大更熱烈的擁抱。何況提升民歌歌詞的
水準，現代詩人似可貢獻一些心力。而席慕蓉的詩，很多可以譜成民
歌，我想有心人一定會注意及此，我也就不再嘮叨了。

　　作者的小詩，佔全書的份量很重，筆者至為欣賞她那清澈如水的
意象，〈試驗之一〉堪稱佳構。這首小詩曾選入《七十一年詩選》（爾
雅版）及《創世紀》詩刊第六十一期「小詩選」，並由楚戈配畫，甚
博好評，原詩如下——

他們說　在水中放進
一塊小小的明礬
就能沉澱出　所有的
渣滓

那麼　如果
如果在我們的心中放進
一首詩
是不是　也可以
沉澱出所有的　昨日

　　本詩語句平白，意象純一，可是作用於讀者心中的感受卻十分躍動，讀者在閱讀時會隨著作者的想像、情感而飛升，語言的魅力就在作者看似不甚著力的氣氛中完成。

　　讀席慕蓉的詩，似乎可以永無遮攔地讓一己最奇幻的感覺與夢想齊飛。

　　在本書代序中，作者很率真地說：「詩仍然是要寫下去的，只是，在明天，我會寫些什麼，或者我將要怎麼寫，就完全不是此刻的我可以預知的了。」那麼作為一個讀者，似乎不必急切地一定要知道席慕蓉今後的創作動向吧！

　　　　　　　──本文原刊於《文訊》月刊第一期（1983年7月）

臺灣大眾詩學
——席慕蓉詩集暢銷現象

孟　樊

臺北教育大學語文與創作學系教授

一　大眾詩的界定

大眾詩（mass poetry）是大眾文化的一環，大眾文化又和當代大眾社會的興起有關，簡言之，大眾文化是大眾社會的產物；而大眾社會基本上是一個高度工業化、大量生產的社會（an industrial, mass production society），依據美國社會學家范登海（van den Haag）的說法，這種社會有下列幾種特徵：（一）國民所得增加；（二）社會流動性變得更頻繁；（三）閒暇時間增多；（四）財富分配及各種機會的平等化；（五）傳播、交通、教育的發展；（六）職業的專門化及個性所能發揮的領域之縮小化等。臺灣社會在邁入八〇年代以後，大致已具有上述這幾個特點，而這些特點正是臺灣大眾詩崛起的社會背景。

那麼什麼是大眾詩呢？大眾詩，顧名思義指的即是被大眾所喜歡或接受的詩。當然這個定義太過簡單，有必要進一步予以闡釋。首先，「大眾詩」一詞並不具有貶義，如果換成是「通俗詩」，那麼由於後者有一「俗」字，俗即不高雅之意，則此詞所含之貶義不問可知；但大眾能接受的文學，往往是通俗的作品，也因此「大眾」一詞就很難和「通俗」劃清界限。其次，所謂「大眾」涉及的是量的問題，就

新詩而言，這個問題顯得極為敏感，因為眾所皆知，新詩一直是隸屬於小眾傳播而不屬於大眾傳播的領域（大眾傳媒較難接受詩），換言之，新詩的讀者長久以來率多為小眾而不是大眾，也因此詩人的詩集在書肆中經常滯銷，被出版商視為票房毒藥。而大眾詩之所以能「傲視群雄」、「脫穎而出」，是因為它較一般詩能普獲大眾的青睞，反映在詩集的銷售上，即表示其銷售成績不惡，不僅「不惡」，而且還進入暢銷書排行榜內，連連再版。

從這個出發點來看，可以發覺詩壇上能被冠上「大眾詩人」的稱號者寥寥可數。以久大書香世界所做的一項「卅年來的三十本暢銷書」的市場調查觀之，自一九五六年至一九八六年這三十年當中，擠進這份暢銷書名單的詩集只有兩本，即鄭愁予的《鄭愁予詩集》以及席慕蓉的《無怨的青春》，前者銷了二十八版，而後者銷了三十六版（至一九八六年為止），由於被列入這份暢銷書名單中的出版版次最低為六版，以此推論，則一般詩集的銷售版次顯然均未超過六版。如持這份暢銷書單的「暢銷標準」來看，六版的銷售版次似可做為大眾詩「量」的衡判依據。不過，這項調查研究儘管花了二個多月時間才完成，就詩集的統計而言，仍有遺珠之憾，余光中的《白玉苦瓜》及席慕蓉的另二本詩集《七里香》、《時光九篇》均應列入。

復次，在時間上，如開頭所言，大眾社會及大眾文化在八〇年代以後才逐漸成形，因之，所謂大眾詩的出現便具有時代的意義。進一步說，由於大眾社會的成形，所以才促使所謂「文化工業」（culture industry）的誕生，文化工業在這裏的意思是說，類似詩集這種文藝書籍，被視為等同於製造業的一種工商產品，而既被目為工商產品，自然而然也就被納入市場經濟的生產機制中，包括配銷與消費，均有其資本主義的運作規律。就臺灣的大眾社會而言，一九八三年金石堂書店以異軍突起的姿態所設立的暢銷書排行榜，可說是文化工業發展

的里程碑（相繼而起的還有新學友書局、時報廣場、民生報讀書版、久大書香世界、南一書局等各種暢銷書排行榜等），暢銷書排行榜直接將書籍的出版列入文化工業的一環，詩集之所以被戲稱為「票房毒藥」，追本溯源，可都是排行榜惹的禍。鄭愁予及余光中兩人的詩集並未承受過排行榜的壓力（初版均出版於八〇年代以前），蓋他們的詩集出版之時，臺灣的文化工業尚未完全成形，反倒是後來居上的席慕蓉的詩集，通過了殘酷的暢銷書排行榜的考驗，但也因此被納入文化工業的生產／消費體制中。

最後，誠如上所言，詩人所寫之詩是不是大眾詩，要由詩集銷售量的多寡（亦即讀者群之多寡）來加以判斷，然而我們還要追問：大眾這個「量」的形成，究竟是經由長時間的累積（如鄭愁予的《鄭愁予詩集》和余光中的《白玉苦瓜》兩本詩集的初版時間均在一九七四年，亦即其花了十幾年的時間才賣到十幾二十版）？還是只消短時間就可以獲致？以席慕蓉這三本暢銷詩集為例：（一）《七里香》上市一年多，即銷到第十版；（二）《無怨的青春》問世兩年多，更創下了三十版的新紀錄；（三）《時光九篇》出版三年多，也有二十七版（刷）的成績——即這三本詩集眾多的讀者數量是在短短幾年之間形成的，而毋須像《鄭愁予詩集》及《白玉苦瓜》要經起碼是十年以上的長時累積，始能招徠一定數量的讀者，換言之，長銷書《鄭》及《白》二冊詩集）並不能和暢銷書（席書）劃上完全的等號。而大眾詩所要強調的是，這個所謂的「大眾」，並不需要長期的累積。

大眾的形成既是短時間之事，那麼就很可能造成流行（popular），職是，在這種情況之下，大眾詩也可說是流行詩（popular poetry），本文立論的角度，即從這裏出發。固然如學者所言，大眾文學未必就是流行文學，蓋前者是從它空間的普及性來說的（亦即其被讀者接受的程度如何），而後者係從它時間的暫時性而言的（亦即它可以流傳

的時間有多久）；然而，從目前文化工業的宰制情況來看——如前所述，這就有其時代性的意義——所謂「大眾文學」（大眾詩）要能夠成立的話，其前提條件即它必須先成為「流行文學」（流行詩），而能不能流行，則要視其文化工業（包括出版社、配銷的中盤商、書店，以及廣告、宣傳等）能夠發揮多少力量而定。顯然，席書和鄭、余兩氏的詩集最大的不同是，前者已被納入典型的文化工業的生產體制之中，後兩者則無；更具體地說，暢銷書排行榜（當然還有詩集的包裝、廣告的宣傳等等因素的配合）助長了席書的聲威，為她在短時間之內爭取到「大眾詩人」的稱號。

二 大眾詩的特性

事實上，大眾文學之所以是一種流行文學，追溯起來，有其歷史性的意義，郝澤（Arnold Hauser）在他的名著《藝術社會學》（*The Sociology of Art*）一書的第二十八章〈大眾藝術〉（Mass Art）裏即談到，當今流行藝術所具有的大眾特質，必須從現代工業及商業經濟的層面來看，譬如從文藝復興以來，西方也有所謂的暢銷故事書（chapbook）的出版，這些書填滿了不同大眾的需要，不過這些大眾指的是那些群集在市場、展覽會、廟會等地方的「訪客」，要等到工人群居在城市，並且和較低層的布爾喬亞階級融合之後，我們才可以談到所謂的「大眾藝術」。郝澤闡釋道：

> 流行藝術成為大眾藝術要在這個時期之後，而且它有著雙重的意義，即其為廣大的大眾提供了藝術性的娛樂（artistic entertainment），同時也提供了畫一的市場性產品，而其產品數量如此之多，遠非在此之前的他們所能想像。大眾藝術係來自文化的

　　民主化；而大量的藝術產品則源自晚近的商業和市場手法──
商業和市場的經營手法係受制於電子工程學的進展狀況。

　　按此看來，過去的流行文學轉變為今日的流行文學，且和大眾文
學劃上等號，重點在其所提供的自娛娛人的效能以及文學書籍的大量
生產上，而量產本身則和市場經濟的商業體制息息相關。當然，今日
所謂的大眾不僅僅當時流行文學的「大眾」的擴大而已，它有更複雜
的社會因素，其與文學本身的關係亦更具多樣性──即使整體上來
說，文學的內容要變得更膚淺、更貧乏。

　　大眾詩之被視為流行詩，也要從這點加以觀察，換句話說，大眾
詩一來給讀者提供了「娛樂」的效果，二來它之所以量產係由於純商
業的經營手法使然，前所說的席慕蓉的詩集便具有這兩個特點。首
先，席詩中展現出來的那種柔情似水的愛，由於在現代社會中難覓，
很能引起人間男女的嚮往，讀者讀詩之餘，心理得到替代性的補償
外，尚可獲得亞里士多德所謂的「淨化」的發洩，產生一種「無害的
快感」，這「無害的快感」可說是另一種娛樂。其次，席書的插畫、
用紙等包裝設計，突破了以往的傳統（可與《鄭愁予詩集》及《白玉
苦瓜》做比較），令人一新耳目，並經廣告的宣傳、暢銷書排行榜的
助威，終於連連締造詩集銷售的空前紀錄。空前紀錄的締造，當然要
歸功於書商的銷售得法。

　　可是如果我們再仔細分析，會發現大眾詩之所以能讓書商擅於經
營，事實上是和其本身具有提供讀者娛樂效果的本質有著密切的關
係；而它之所以具有娛樂效果則又和它本身所展現出來的形式及內容
息息相關，以席詩而言，我們認為至少有四項相當明顯的特徵：

　　（一）語言淺白，風格明朗，「音韻、節奏自然有致，閱讀起來絲
毫沒有『隔』的感覺，平白易懂」；蓋大眾詩如果語言過於制約，甚

至晦澀如超現實主義者，就無法被一般的讀者親近，所謂「大眾」也就無法形成。

（二）情節定型化。大眾詩雖然不像流行小說那樣具有豐富的情節，但其情節的定型化則如出一轍，席詩的框套式情節即愛別離的故事，如〈生別離〉、〈送別〉、〈非別離〉、〈訣別〉、〈溶雪的時刻〉、〈遠行〉、〈距離〉、〈十字路口〉、〈詠嘆調〉、〈雨中的了悟〉、〈難題〉、〈海的疑問〉、〈餽贈〉……可謂不勝枚舉，類似這些詩，寫的都是分離（後）的滋味，分別儘管帶來憂傷和寂寞，但詩人仍說：「在長夜痛哭的人群裏，她可知道，我仍是啊╱無悔的那一個」（無悔的人）。不過就這點而言，倒是和羅曼史小說那種「有情人終成眷屬」的定型結局不同（「愛情至上」的理念則不變）。

（三）結局的悲劇化。如上所述，席詩對「愛別離」（每一首詩背後似乎都藏著一個淒美的故事）看來頗情有獨鍾的樣子，然而就因為她太強調別離之情、之思、之苦，所以背後每一個淒美的故事，幾乎全以悲劇收場；而「相愛既要分離，那麼就成了一份殘缺、不完滿的愛，是永遠不能實現的夢想」，正因為如此，詩人的淚水便特別多，三本暢銷詩集中處處皆可看到淚漬斑斑的水痕，如〈暮色〉、〈悟〉、〈山月——舊作之三〉、〈淚·月華〉、〈遠行〉、〈際遇〉、〈請別哭泣〉、〈蛻變的過程〉、〈成長的定義〉、〈餽贈〉、〈子夜變歌〉等等。

（四）反模擬寫實（non-mimetic）。席詩所塑造的愛情世界，的確充滿「詩意」，但如同瓊瑤小說一樣，太過「空幻」，和時下真實人生中的愛情故事有一段距離，人間男女的「紅塵有愛」，那種匆匆即逝的「慾」，遠非席詩中的女子可以想像，純情以及永恆可能只是一場「夢的想像」，最明顯的差別有：紅塵間的男女之愛有性的關係，席詩裏的感情世界則無性的存在，感官的刺激是不被允許的。所以，席詩裏的愛情世界並非現實生活的複本。

　　關於最後這一點，霍爾（John Hall）在他的《文學社會學》（*The Sociology of Literature*）裏曾經談到，西方浪漫的羅曼史小說，通常都恪守著傳統的道德觀，那些「非道德的因素」（the elements of immorality）多半被摒除在小說之外（像《包法利夫人》、《安娜・卡列尼娜》中主角的「非道德」表現，就必須付出很大的代價），儘管我們期望這種綺情浪漫的小說對於性的態度能夠輕鬆一點，其實不然，霍爾即謂：「在羅曼史的暢銷書裏，起著作用的基本道德，一般而言，係植基在許多的規範之上，最明顯的就是環繞著『接吻』的這個神話，與其應該被視為和滿足有關，不如應該說是對於『善的慾望』（a desire for goodness）的一種表達；真正的感情幾乎從來就不曾表示出來，而且在那樣場合時，我們看到的總是用一種很草率的態度來表達。」總之，西洋的綺情浪漫文學作品，清教徒式的道德觀起著重要的影響──席詩裏的道德觀，也吻合了霍爾所分析的羅曼史小說的這種特性。

三　大眾詩的環境

　　正如本文開頭所說，大眾詩崛起的背景系當代（特指八〇年代以後）的大眾社會，也就是密西根大學教授卡特納（George Katona）所說的「大眾消費社會」（the mass consumption society）：大眾消費社會具有三個主要的特徵，即富足（affluence）消費者的力量（consumer power）以及消費者心理的重要性（importance of consumer psychology）。因為社會富裕，所以消費者才有力量，書商（出版者與配銷者）才會挖空心思想賺消費者的錢，也因此才有所謂文學類暢銷書排行榜的炒作，進一步言，如果不是近十年來讀者的口袋愈來愈飽滿，像席慕蓉這三本詩集（加起來共有一二二版）也不可能賣到這麼

高的版次，當然書商更不會一再炒作（附加價值如畫冊，散文集等的出版）。但我們如果是從消費者心理的角度來檢視大眾詩產生的社會環境，可能更別具意義。

根據亞伯萊契（M. C. albrecht）的研究，發現只有那些被壓抑的且難以受到支持的社會價值，才會成為流行的大眾文學的主題；可以想像的是，為社會大眾所認可的事物，很難在創作上構成藝術性的張力。臺灣大眾消費社會裡的男女之愛，由於難以見到真正的「純」情與「專」情，大眾傳播媒體到處傳播的愛情觀事實上幾和「性」情離不開關係，晚近的小說和新詩作品，不少都在撩人情（性）慾，「純」情的愛情觀反而受到壓抑了，一度沒落的瓊瑤小說會東山再起受到讀者的歡迎，以及席慕蓉的詩集可以爭得和瓊瑤小說平起平坐的地位，都和她們表達被遺忘或疏忽的「純」情有關。從這裡我們可以看出，像席慕蓉這樣受歡迎的大眾詩，背後所反映的是一個以「性慾」為主的速食式愛情的社會。

諷刺的是，速食式愛情的社會卻能接受席慕蓉這種不染煙塵的情詩，她的書不僅暢銷，而且她的詩句也被廠商印製在精美的書籤上，大量出售，相當流行——這是文藝通俗的又一例證，在大眾消費社會中，由於廠商商業文化的經營，一般產品也著上一層藝術的外衣，藝術和商品互相搭配出售，可以有相當的普及率，這種「書籤席慕蓉化」的現象之所以會出現，背後正是因為存在著一個高科技的社會（也是大眾消費的社會），在大陸學者花建和于沛合著的《文藝社會學》一書中便提到：「以著名學者阿爾溫・托夫勒為代表的一批未來學家提出取消美術品與實用品局限，讓美術因子滲透到一切實用品之中，正反映了發達國家的人們對藝術消費的增長的巨大需求。現代人要求通過藝術消費來充滿感情，復歸人性，尋求更高級的精神平衡。」最後這句話正好說明了「書籤席慕蓉化」的現象，而托氏所謂的「高

情感的社會」，真正的意思應該是指「社會需要高情感」，而不是「社會已經高情感」，因為當今社會的男女（也不只限於男女之愛）已缺少真正而又濃厚的情感（低情感）；退一步說，即使高技術／高情感的社會確實存在，那麼這樣的社會也是被資本主義的生產體制所刻意製造出來的「偽感情的社會」（the pseudo-passion society），套用馬克思主義的話說，即是「異化的社會」。感情異化的現象，就臺灣社會而言，城市要比鄉村來得明顯（儘管近些年來由於鄉村城市文化的結果，城鄉界限逐漸在消泯之中），所以坎柏斯（Iain Chambers）在《流行文化——都市的經驗》（*Popular Culture: The Metropolitan Experience*）中即言：「當代的流行文化是一種城市現象。」以書籍的出版來講，出版社及其出版的圖書，極不平均地集中在城市，譬如一九八九年臺灣地區的出版社，集中在城市的有三一一〇家（臺北市有二五八一家），而分布在鄉鎮的只有三四八家（如又扣掉臺北縣的一五八家，則只剩一九〇家，佔總數的百分之五點五），顯然書籍的出版均集中在城市裡，這當然也會反映在讀者的消費上，像前所舉幾個暢銷書排行榜的製造者，都是集中在都市（臺北市及臺南市）。席書的出版的銷售，從暢銷書排行榜所透露出來的訊息，顯見是一種城市的現象；當然這不是說她的詩集沒有鄉鎮地區的讀者，而是說她的詩之所以會成為大眾詩，基本上是一種「城市經驗」所製造出來的文化現象。

四　大眾詩的出版

　　如前所述，暢銷書排行榜對於大眾詩之所以能被廣泛流傳的推波助瀾之功，基本上是一種城市文化的現象，而由「城市經驗」所製造出來的大眾詩，又和其出版的被納入資本主義的生產體制或市場體制中有很密切的關係，席書若不是因為大地、爾雅、圓神等出版社對她

的詩青睞有加，若不是有強大的傳播媒體為之造勢（包括廣告，宣傳以及演講等等），若不是由於進入暢銷書排行榜而能一炮而紅（原先她是以畫家而不是詩人的角色被臺灣文壇定位的），則她的詩也很難成為獨樹一格的大眾詩。她是出版商的「詩的寵兒」。

事實上，如果我們進一步分析詩集和詩刊的出版的情況，就可以發現：大眾詩的出現，偶然性的成分很高。首先，就詩集的出版來說，以一九八八及八九年兩年為例，在出版的文類分布上，小說類佔百分之四十一，散文類佔百分之三十五，新詩類佔百分之六，評論類佔百分之十三，其他類（含戲劇、史料、報導文學、合集）佔百分之五，新詩在主要的創作文類中所佔比例不僅最低，而不成比例，如果再扣掉其中九本大陸詩人的詩集（總冊數為一一一本），則其總比例將會更低，可見詩集之會被出版商認為是「票房毒藥」，並非空穴來風，從其出版比例之低即可見一斑。正因為如此，所以大部分（特別是年輕的）詩人皆自掏腰包出版自己的詩集，這也就是說，在資本主義生產體制的管道，當然大眾詩也就是很難被催生，譬如自資出版的夏宇的《備忘錄》（一九八五年初版），雖然不到一年時間初版即售罄，這在年輕詩人自費出版的詩集中已算「暢銷」了（再版也很快就賣完），儘管如此，還是不能成為暢銷的大眾詩。

其次，再看看詩刊的印行。詩刊在臺灣一向是最前衛的文章學刊物，常常走在文學思潮的前頭，然而也因此無法獲得一般大眾詩的青睞，和詩集相比，它的景況更為淒慘，也就是它的出版與發行不被納入正常的生產／配銷／消費管道，以目前仍「存活」的詩刊而言，「我們可以看到除了《藍星詩刊》是由九歌全數資助費用並負責發行之外，其他的各種詩刊大多得『自力更生』，他們的資金來源除了少數訂戶的支持與廣告贊助之外，大都是由同仁認捐或者是平均分攤費用，至於發行更屬不易，部分在書店擺售之外，大多流通在詩的同好

之間。」「《笠》的刊期最準確，廿餘年來從未脫期間斷，復刊後的《藍星》因為有九歌出版社的財力奧援，亦屬得天獨厚而能無後顧之憂。其餘各種詩刊，大多可能面臨編輯人手的不足，財力的匱乏而使得刊期不夠準確或者過長，刊期不準確或過長的弊病是會讓那些有心訂閱的人士欲前而止。」退一步說，即使是背後有財力奧援的《藍星》，每期的印製數量最多不過一千五百本，從未脫期間斷的《笠》也只有一千本，所以刊登在詩刊的詩，可以說根本沒有機會有朝一日能成為大眾詩；至於詩刊江河日下的情形則更不用說了（八〇年代初大約有二十個上下的詩刊，到了九〇年代初，數目正好減半）。

研究小說甚力的張大春曾說，就臺灣的小說而言，「目前為止，我們未曾看到有人能夠脫離寫實為主義而造成流行。」以新詩而言，則可以說情詩或者浪漫情懷的詩，長久以來較能成為一般讀者所接受，早期的徐志摩就不用提了，膾炙人口的《鄭愁予詩集》，若是仔細分析其所以能成為長銷售的原因，恐與此不無關係，而席慕蓉的詩集會成為暢銷書，正拜其皆為情詩集之賜；亦由於她的詩集暢銷，流風所及，造成往後一股情詩集的出版熱（如皇冠、漢藝色研、海風……）。

對於上述的情形，著名的法國文學社會學家埃斯卡皮（Robert Escarpit）曾分析道，首先，「對出版商來說，最理想的就是覓得一位『專屬』作者，投資風險和費用也就實際上只須承擔一次，作者的效益一旦確定，幾乎便等於不用冒險，盡可以放手讓作者以既有手法繼續生產作品。」由於席慕蓉的第一本《七里香》造成轟動，奠定了出版商以後循此路線出版的模式，所以出版她的第二本詩集《無怨的青春》，締造的銷售佳績尤勝於往，也因之隨後有爾雅（《時光九篇》）和圓神（《在那遙遠的地方》）等出版社的跟進，主要是《七里香》的成功，使詩人的「效益」已經確定，投資席書的風險降到最低，於是

大地、爾雅、圓神等出版社，便「儘可以放手讓作者以既有手法繼續生產作品」，結果是席慕蓉的這幾本詩集，好像是同一個模子印出來的，同質性太高。

其次，埃氏又道：「出版商為了左右大眾，還會帶動一些閱讀習性，這些習性，這些習性或趕時髦充內行，或一窩蜂迷戀某位作者的個人魅力；更深潛者則表現在矢忠於某種思維方式，某種風格，或某種類型的作品。」從席書出版以來出版商帶動起來的一般情詩流行風潮（最明顯的例子為前所說的「情詩和書籤的結合」），最足以做為埃氏這段話的具體例證，而席慕蓉的個人魅力因其浪漫（加哀怨）的風格而被確立，其影響力甚至隔海披及大陸，間接造成彼岸近年來的「汪國禎熱」。

──本文原分（上）（下）載於《當代青年》（1992年1月、2月）

平易與深沉的旋律
——讀《席慕蓉‧世紀詩選》

吳　當

詩人／作家

　　二十世紀的中國詩壇，在形式上充滿了實驗的風潮，在文句上鋪滿了嘗試的聲音，席慕蓉卻能自外於這些浪濤，堅持著一貫平實的風格；不料這樣的詩作，反成了新詩「票房毒藥」的異數，是少數暢銷詩集的作者，令人無限欽羨！新近，詩人蒐集了《七里香》、《無怨的青春》、《時光九篇》、《邊緣光影》四本詩集共六十二首作品成為《世紀詩選》。詩人先前詩集大多配以精彩的畫作，這本詩選回復素樸的面貌，讓讀者在文字中細細聆聽她迷人的音韻。

　　席慕蓉的詩平易近人，老嫗能解，有盛唐詩人白居易的風範。對此，詩人倒有幾番自剖：在〈詩的價值〉裡她說：「我如金匠　日夜捶擊敲打／只為把痛苦延展成／薄如蟬翼的金飾」，而不知這樣的努力「是不是　也有一種／美麗的價值」。唯美是她創作的第一個標準；但美並非唯一，詩人認為詩還要有反思的作用，因此在〈試驗〉中，她問：在水中放進一塊明礬，就能沉澱出所有的渣滓，「如果在我們的心中放進／一首詩／是不是　也可以／沉澱出所有的　昨日」，昨日的煙雲在詩中轉化、提升成生命的精華，詩成了心靈的芳香劑。在〈請柬〉裡，她與讀詩人的對話，把詩喻為煙火，「去看那／繁花之中如何再生繁花／夢境之上如何再現夢境」，詩是生命的喜

悅與刺痛,是綻放芬芳的園圃,是逐夢的沃土,生命在此茁壯與超越,詩儼然成了人類運命之所繫。在詩人的心裡,有一腔對詩最聖潔、偉大的鍾愛,借用她在〈秋來之後〉所說的,她是一個「無可救藥的樂觀女子」吧!詩人對寫作的態度,也可從〈書寫〉中窺見一二:「有人終其一生都在書寫標語和大綱/只有少數的人書寫細節那千絲萬縷/當靈魂和生命的髮膚互相碰觸/互相刺入時的種種感覺」,依此看來,詩人鳥瞰眾生,洞察人性的意圖與方向,是我們賞讀詩作時的羅盤了。

詩人的作品中,蘊含了女性的多情,把情感寫得像天邊的彩虹,加入許多糖粉,烘烤得美麗又迷人,打動無數少男少女的心,如〈一棵開花的樹〉寫為了要「讓你遇見我」,她在佛前求了五百年,才把它化為一棵樹,開在「你必經的路旁」;接著她寫花樹的心情:「朵朵都是我前世的盼望/當你走近　請你細聽/那顫抖的葉是我等待的熱情/而當你終於無視地走過/在你身後落了一地的/朋友啊　那不是花瓣/是我凋零的心」,這層溫婉動人的情意,誰能不為之迷戀!跳開情詩的層次,吟詠在花與人之間,對愛花、賞花的情懷,詮釋得多麼貼切,這種愛既甜蜜又深刻,令人喜愛。

愛情在席慕蓉的詩作中佔了極大的分量,痴情的語句,讓許多已經無情的現代人覺得「肉麻」,如〈婦人之言〉:「其實　我一直都在靜靜等待/等待花落　風止　澤竭　星滅/等待所有奢華的感覺終於都進入記憶/我才能向你說明」,她要說明的是「因為這不能控制且終必消逝的一切而愛你」,這份愛是何等深重,有令人難以承受之感。再如〈短箋〉:「這一生實在太短/拿不出任何美麗的信物可以與你交換/雖然　在蓮荷的深處/我曾經試過　我確實曾經試過啊/要對你　千倍償還」,這種愛,目前唯有在純情的少男少女中才能溫熱了。其實這些作品並非「濫情」,它是源自於詩人對人與世界濃郁的

愛。正如徐志摩浪漫多情的《愛眉小札》，那份狂熱，多少人為之憧
憬、歌頌！她的愛是很有深度的，試看〈七里香〉：「溪水急著要流向
海洋／浪潮卻渴望重回土地／在綠樹白花的籬前／曾那樣輕易地揮手
道別／而滄桑的二十年後／我們的魂魄卻夜夜歸來／微風拂過時／便
化作滿園的郁香」。首二句以流水與浪潮喻人，急著流向海洋與渴望
重回土地，是青春與年邁兩種不同心境的映照。昔日輕易地揮手道
別，二十年後魂魄卻夜夜歸來，重溫綠樹白花之間的郁香；溪水的急
著與浪潮的渴望，正是生命的遞邅，宇宙不已的循環。這首詩在離與
合，捨與拾之間，道盡了人生的況味，何等深刻！

　　這種情愫，如果轉到了鄉土，又是如何？詩人係蒙古察哈爾盟明
安旗人，詩人雖然過去離別原鄉多年，但蒙古的草原與大漠，卻是魂
縈夢牽，戀戀難忘，這份感情，詩人在〈出塞曲〉中寫：「誰說出塞
歌的調子都太悲涼／如果你不愛聽／那是因為歌中沒有你的渴望」，
沒有渴望的愛，一切風物都掀不起任何情感的波瀾，真是一針見血！
所以她寫閃著金光的千里草原，風沙呼嘯的大漠，黃河岸，陰山旁，
英雄騎馬，何等豪壯！因為這是她生命的根與愛！再加〈長城謠〉：
「為什麼唱你時總不能成聲／寫你不能成篇／而一提起你便有烈火焚
起／火中有你萬里的軀體／有你千年的面容／有你的雲　你的樹你的
風」，同樣是源自心中濃烈的愛。而〈大雁之歌〉寫碎裂的高原，最
是悲壯傷懷：「祖先深愛的土地已經是別人的了／可是　天空還在／
子孫勇猛的軀體也不再能是自己的了／可是　靈魂還在／黃金般貴重
的歷史都被人塗改了／可是　記憶還在」，此處的天空、靈魂、記
憶，當是永恆的心靈，藉由大雁在蒼天展翼，刺痛著離鄉、失去土地
的子民，蒼涼的情懷，在席慕蓉的詩作中注入了深沉的韻味。對故土
的思念之情，〈鄉愁〉說得最貼切：「離別後／鄉愁是一棵沒有年輪的
樹／永不老去」，鄉愁永遠停駐在心的園圃裡醞釀，永遠青春、香

醇，不會老去，道盡了千古以還無數漂泊浪子的心聲，盈眶的熱淚。
如今席慕蓉擔任世界蒙古聯盟副主席，將長久的思念化為實際的行
動，積極投入原鄉的藝術與文化創作，關心人文與教育，令人動容。

　　文學作品，當然離不開對人生的思索與觀察，在《詩選》中，我
們看到了人生的縮影，如〈備戰人生〉賦予每個階段的生命不同的特
質：「極端的柔弱是給嬰兒用的／熱烈與無邪的笑容給孩童／如絲緞
一樣光滑的肌膚　如海邊的／鵝卵石那樣潔淨的氣味給少年／如薔薇
如玫瑰如梔子花的芳馥美麗／都要無限量地供應給十六歲的少女」，
這是詩人對生命的領悟；而在末句「美德啊　你是我最後的盔甲」
裡，又訴說著詩人在人生長路征戰的堅持，這是她生命深處的南鍼
了。另外，也有不少詩人掙扎、成長的痕跡，像〈禪意〉裡：「生命
原是要／不斷地受傷和不對地復原／世界仍然是一個／在溫柔地等待
我成熟的果園」，寫的是生命的試煉與成長。而在〈如歌的行板〉
裡，她這樣思索：「一定有些什麼／是我不能了解的／不然　草木怎
麼都會／循序生長／而候鳥都能飛回故鄉／一定有些什麼／是我無能
為力的／不然　日與夜怎麼交替得／那樣快　所有的時刻／都已錯過
憂傷蝕我心懷／一定有些什麼　在葉落之後／是我所必須放棄的」，
得與失，生與滅，化為一個個問號，在心頭閃爍，答案呢？其實就在
一連串解答的過程，在孔子「天何言哉！四時行焉，百物育焉」的話
語中。在反思的過程裡，詩人感嘆在時光的洪流中被輕易棄置的一
切，只是為了弄得窗明几淨，生命就可以重新開始，所以「不斷丟棄
那些被忽略了的留言／不斷撕毀那些無法完成的詩篇／不斷唒嘆　不
斷發出暗暗的驚呼／原來昨日的記憶曾經是那樣光華燦爛／卻被零亂
地堆疊在抽屜最後最深之處」。但詩人也不禁迷惑，過往的一切都可
以更新，我們「要如何封存／那深藏在文字裡的我年輕的靈魂」，年
輕的靈魂能封存嗎？曾經走過的歲月像夏夜的星光，永遠在記憶深處

閃爍。經過一番思索，詩人終於領悟：一生雖然是週而復始的在清理一張桌子，但人生是無法清理的，它們像河流的上游與下游，像心臟與血脈緊緊相連；過去是現在的滋養，未來是現在的延續，硬要清除過去，就將同時斬絕了未來，生命成為無根的浮萍，遊蕩的靈魂。另一篇〈給黃金少年〉，是詩人在街頭巧遇一群剛上國中的少年，制式的髮型、衣服，口袋上繡印著講究的學號，他們惶惶然的神情，規定不可開口的沉默，讓詩人黯然落淚。黃金少年像欣欣向榮的草木，像初長的蓓蕾，在教育的春風吹拂下，應該蓬勃生長，為什麼成為這樣呆板、死寂的模樣？詩人除了檢討教育，也哀悼那些失去黃金少年特質的生命：「那個昨天還有著狡黠的笑容／說話像是預言與詩篇的孩子／那個像小樹一樣像流泉一樣／在我眼前奔跑著長大了的孩子啊／到什麼地方去了」，讀來，令人神傷與警惕。

　　更深入的來看，《詩選》裡的作品，滿含著詩人堅持理想的聲音，永不後悔的昂然挺進的身影，如在〈長路〉裡，詩人面對漫漫的人生，認為這個世界也許不是當初的理想，「可是　已經有我的淚水／灑在山徑上了　已經有／我暗夜裡的夢想在森林中滋長／我的渴望和我的愛　在這裡／像花朵般綻放過又隱沒了」，正因為有了詩人努力的汗水與淚水，生命變得有意義，長路也變得有情了。詩人在〈沉思者〉中復寫道：「我終於來到了生命的出海口／留在身後的／是那曾經湍急奔流過的悲喜／是那曾經全力以赴　縱使粉身碎骨／也要掙扎著像你剖白過的自己」，這樣的生命，何等堅強，多麼精彩！這一系列詩篇中，〈天使之歌〉是最令人擊節的代表作。這首詩是為六四那一群為自由，為理想而戰的青年而寫，昂然的靈魂，震撼天地的吶喊，帶給詩人無限的感動：「我閉目試想　總還能剩下一些什麼吧／即使領土與旗幟都已被剝奪／盔甲散落　我　總還能剩下一些／他們無從佔領的吧／諸如自尊　決心以及／那終於被判定是荒謬與絕望的

理想」，在這一場世紀的戰役上，奮鬥至最後，即使被繳械，永不屈服的應是那一顆卓絕的靈魂吧！詩人的「總還能剩下一些什麼吧」多麼引人深思！「應該還是可以站起來的吧」又是何等堅決！

多情的詩人也許不愛說理，但《詩選》中，也有幾首富有哲理的作品。如〈秋來之後〉：「總有些疏林會將葉落盡／總有些夢想要從此沉埋總有些生命／堅持要獨自在暗影理變化著色彩與肌理」，生命繁複的變化，像萬花筒，令人目不暇給，認清這些現象，面對絢爛與平淡，繁華與冷清，苦與樂，美與醜，都應該懂得如何自處了吧！所以在〈幕落的原因〉裡，詩人為我們寫下了一首偈語：「在似乎最不該結束的時候／我決定謝幕　也許／也許有些什麼可以留在／那光燦和豐美的頂端了／如果我能以背影／遺棄了觀眾／在他們終於／遺棄了我之前」，主動選擇最光燦和豐美時離開觀眾，而不是在觀眾覺得索然無味離棄你之時，其間的拿捏，需要何等的智慧！詩人當然尚未到達落幕的時刻，但這一番思索，卻為生涯點亮一盞明燈，了解用進舍藏之道，生命變得瀟灑自在，悠遠無盡了。

很喜歡那首既浪漫復傷懷的〈山路〉，詩人在燈下梳理初白的頭髮，忽然憶起在一個遙遠的春日下午，答應和「你」一起走上那條美麗的山路的諾言，然後無限期待的問：「在那山路上／少年的你　是不是／還在等我／還在急切地向來處張望。」在山路上的少年，其實是每個曾經年少的自己，我們曾經做過許多浪漫詩情的夢，夢中有詩樣的年華，有繁花開遍的美麗小徑；但生命匆促，許多夢常常只是掛在嘴邊，成為沒能實現的諾言，只在忙碌生活的縫隙，偶爾探出頭來呼吸，但它們並不曾消失，仍在等你，急切地向來處張望，只要你未曾忘卻它，永遠不算遲。

讀詩，是不是你年輕時許下卻又忽略的一個諾言呢？在接觸的過程中，詩是不是曾讓你失望？那麼，來讀讀席慕蓉的詩吧，這本《世

紀詩選》會讓你重拾詩的信心與熱情，因為它是如此平易、深沉且多情，有著人間最美妙的旋律。

——本文原刊於《創世紀詩雜誌》一百二十八期（2001年9月）

把草原上的月光寫入詩中
—— 側寫席慕蓉

向　陽

臺北教育大學臺灣文化研究所教授暨圖書館館長

一

　　寒假整理書物，在一包已經存放三十年的封袋中發現詩人席慕蓉寄給我的信，這張信使用藍色墨水於稿紙紙背書寫，經過時光的浸染，信件形成上下、左右、正反交錯疊印的現象，虛與實、昔與今、都在這一紙舊札中呈現。這封信這樣寫：

　　　　寄上詩稿與畫稿各五張，已編好號，請您按照秩序發表好嗎？
　　　　因為原圖大小不一，您編排時恐怕會添不少麻煩，要請您原諒。
　　　　謝謝您寄來的陽光小集。

　　短札署的時間是「七十一、十二、廿」，整整三十年，我存放至今，固然係因年輕時就重視詩文同好來信，但也兼有對於慕蓉姊當時慷慨應允供稿《陽光小集》詩雜誌的感念。當時的慕蓉姊甫於前一年出版第一本詩集《七里香》（臺北市：大地出版社，1981年），並即在閱讀市場捲起熱潮，詩集狂銷，一年之內就已連刷七次，受到出版界、文學界的矚目。她以詩、圖互詮之美，表現女性內在世界的幽

微、細緻以及柔情,在鄉土文學論戰之後、寫實主義勝場的詩壇中崛起,展現了和現代主義、寫實主義兩相不同的抒情詩風,這或許是她的詩能普獲讀者喜愛,開拓新詩閱讀市場的主因吧。

而當時的《陽光小集》詩雜誌,則是非主流的青年詩刊,一九七九年十一月創刊於高雄,由張弓(張雪映)、陳煌、李昌憲、莊錫釗、陌上塵、林野、沙穗與我等八位創刊同仁以詩作合集的形式出版(故稱「小集」);迄一九八一年三月才改移臺北,轉為詩雜誌形態,廣邀外稿;並展開包括詩與歌、與畫的跨界合作與運動。此一個時期,我先在《時報周刊》、後到《自立晚報》主編副刊,因此也負責約集部分詩人詩作,我記得當時只是以電話向慕蓉姊約稿,她很爽快地答應了,一九八一年七月廿九日《陽光小集》第六期推出〈席慕蓉詩畫展〉;就在同時她的詩集《七里香》也出版了;可以說,慕蓉姊是把她最心愛的詩畫,交給了當時年輕、新銳而帶點激進色彩的《陽光小集》。這是我與她結緣的開始。

一九八三年春,《陽光小集》第十一期推出前,我再向慕蓉姊約詩畫,想要推出她的詩畫展,她依然爽快應允,並隨即寄來詩作、畫作各五張,詩作分別是〈一個畫荷的下午〉、〈山路〉、〈婦人的夢〉、〈燈下的詩與心情〉與〈散戲〉,這些詩作都屬精品,是席慕蓉抒情時期的代表作;而工整精密的針筆畫及其及具想像空間的構思與布局,也令人充滿想像,其中兩幅畫作上,都有一棵孤獨的小樹,對映著廣袤的平野、草原、空山、明月,細緻中展現了高曠、寬闊、華美的格局。

此際的慕蓉姊已是名家,約稿不斷,但她對《陽光小集》這份非主流刊物卻一點也不吝嗇;收到這樣的佳構,當然令當時年輕的我狂喜。我保留這封已經三十年整的信,感念的,就是一個詩人書寫的真實,以及她對於當時作風激進的《陽光小集》的包容與呵護。

二

　　一九八三年可說是席慕蓉最受注目的一年。這年三月她的第二本詩集《無怨的青春》由大地出版社出版，延續著前一年的氣勢，這本詩集一樣席捲出版市場，形成至今仍難被超越的「席慕蓉現象」。一方面，她的詩廣受讀者的喜愛；另方面，她的詩也遭到詩評家不同程度的褒貶。褒者認為她之所以能在詩壇快速崛起，與她的語言流暢，意象清新、抒情節奏特出，且能抓住讀者的心有關；貶者則視之為「裹著糖衣的毒藥」，認為她的作品太過甜美，缺乏詩語言應有的深度。

　　慕蓉姊對於這些褒貶，也和她對待《陽光小集》的態度一致，他仍持續寫詩、作畫，從未做出任何辯駁或回應。一如她詩畫中常見的明月意象，盈虧順時，不因風雨狂吹或陰雲籠罩而損其雍容。她不在原地打轉，到了一九八七年初版第三本詩集《時光九篇》（臺北市：爾雅出版社，1987年）之際，她的詩開始探究時間的課題，嘗試拔高詩的視野，在持續抒情詩風的同時，也加入了對於時間的內在思索。這本詩集和一九九九年出版的《邊緣光影》（臺北市：爾雅出版社，1999年）可視為同一階段的佳構。她對時間的敏感，通過詩來表現，一如她在〈光陰幾行〉中的詩句「無從橫渡的時光之河啊／詩　是唯一的舟船」所示，她此一階段的詩作，開始以詩來為時間畫刻度，以詩來為生命與歲月做箋註。

　　她的第三個階段的詩路，則從《迷途詩冊》（臺北市：圓神出版社，2002年）到最新詩集《以詩為名》（臺北市：圓神出版社，2011年），在這個階段，她仍延續探究時間議題，而更值得注目的，則是她開始為她的父祖、以及故鄉蒙古寫詩，她的詩風一如蒙古大漠，轉趨蒼茫、冷凝而又厚重，特別是《以詩之名》中，「篇九英雄組曲」一輯，她以史詩寫〈英雄噶爾丹〉、〈英雄哲別〉和〈鎖兒罕‧失

刺〉，每首詩都以厚重的認同，出入歷史、文化與民族想像的多重空間，表現出高曠、豪邁的美感。這時的席慕蓉，已經從青春的詠歎，經由時間的沉思，而進入了她的民族與歷史的建構階段。

我從年輕時讀慕蓉姊的詩到此際，不敢說對她的詩有多深刻的認識，但如果從這三個階段的書寫來看，她不斷在詩中拔高自己，廣度和深度兼具，從一棵空原上的小樹，到如今的果實纍纍，她已無愧於詩這個志業。她是一個令我尊敬的詩人。但即使如此，我與她的見面，多是在詩壇的活動場合，更多是的是同臺朗誦詩作。我已記不得從何時開始，我們幾乎每年都有同臺朗誦的機會，有時是在中秋夜大安森林公園、有時是在詩人節朗誦會、有時則在臺北詩歌節的中山堂；近幾年來則是在她大姊席慕德精心為詩人、作曲家和聲樂家策劃的音樂會中。慕蓉姊說話優雅、談吐不俗，朗誦詩作更是能夠將詩中的內涵銓解得感人十分。閱讀她的詩作，感覺如月光照水，心中一片澄澈；聆聽她的朗誦，則如清風拂吹，有春風怡然之感。

儘管不常見面，慕蓉姊對我的關心，相較於我的疏懶，也讓我感動。二〇〇三年聯合文學為我出版散文集《安住亂世》，我寄書給她，一個月後收到她寄來的明信片，這樣寫著：

> 拜讀《安住亂世》，真的使心思澄明，感謝詩人的禪心。
> 由於差不多整個九月都在蒙古高原，十月初旬又去了馬來西亞，所以把給你的這封信遲延到今天才回，要請求原諒。
> 在蒙古高原上也摘了幾片銀杏葉，確實是絕美。您的大作就在素淡的封面與真摯的的內文裡帶引我們安住亂世。

這張明信片簡短而真誠，送朋友一本小書，有時只是代替問候，告訴朋友「我還在寫」，如此而已；慕蓉姊卻敬重其事，還「請求原

諒」，讓我難安，但也足見她謙沖周到。這和三十年前她給我的第一封信的態度是一致的，當中不變的是詩人永在的純真。

三

慕蓉姊不僅以詩聞名，她的散文也同樣動人。一九八四年我在自立副刊推出當代散文展，向慕蓉姊邀稿，過了一陣子後，她寄來一篇約兩千五百字的散文〈生命的滋味〉，以四則小品連綴而成。主旨在於闡述生命的意義，強調人要學會不後悔，不重複錯誤，從容品嚐生命的滋味。

這是一篇立志散文，寫不好就會流於說教。然則這散文不是，第一則以朋友的來電起筆，朋友說他為一件忍無可忍的事發脾氣罵人，而覺得後悔，「就好像在摔了一個茶杯之後又百般設法地要再黏起來的那種後悔」；接著引發作者對於「後悔」這樁事的思索。從日常生活的切入，帶出文章主題，這就是一個好的文章開頭；第二則，承續前述的議題，以反省自我的方式，在一連串的反問句中，探問生命的意義；第三則則引 E‧佛洛姆談論愛的箴言，引申而出作者某夜看海時的心境和感受；作後收尾於作者的感悟。表面上，這是一篇充滿論述的文章架構，但是通過故事的引入、自問自答的省思、名人語錄的新詮，加上作者的高明修辭，頓使此文生動鮮活起來，而能吸引讀者認同、感悟以及分享。

這篇文章發表後，立刻獲得甚多讀者的熱烈迴響，其後這個散文展的眾多文章也集結成書，交由自立晚報社於一九八四年出書，書名就採用《生命的滋味》。

多年後的此時，我燈下重看慕蓉姊的手稿，回想我與她其淡如水的交往，以及她漫長的詩路歷程，這才更加清楚慕蓉姊是用愛與感謝

來寫詩，用詩來銘刻生命意義的詩人。貫徹在她的詩作與人生之中的
信念，她早在三十年前就寫下了：

> 請讓我生活在這一刻，讓我去好好地享用我的今天。
> 在這一切之外，請讓我領略生命的卑微與尊貴。讓我知道，整
> 個人類的生命就有如一件一直在琢磨著的藝術創作，在我之前
> 早已有了開始，在我之後也不會停頓不會結束，而我的來臨我
> 的存在卻是這漫長的琢磨過程之中必不可少的一點，我的每一
> 種努力都會留下印記。

是的，以詩之名，席慕蓉通過她的詩見證了青春的無怨，時間的
鑿痕，最後終於找到屬於她的國度，不僅止於她的故鄉蒙古，同時也
是屬於她的生命與詩的國度。

──本文原刊於《文訊》三百二十九期（2013年3月）

作者簡介

楊宗翰

　　一九七六年生於臺北，曾任《文訊雜誌》企畫總監等職，現為淡江大學中國文學系專任助理教授。著有評論集《臺灣新詩評論：歷史與轉型》（新銳文創）、《臺灣現代詩史：批判的閱讀》（巨流）、《臺灣文學的當代視野》（文津）、詩合集《畢業紀念冊：植物園六人詩選》（臺明），主編《逾越：臺灣跨界詩歌選》（福州海風）、《跨國界詩想：世華新詩評析》（唐山）等書。作品入選《中華現代文學大系 II》（九歌）、《臺灣文學三十年菁英選：評論三十家》（九歌）、《馬華文學讀本 II：赤道回聲》（萬卷樓）等。

汪其楣

　　臺灣大學中國文學系畢業，美國奧勒岡大學戲劇碩士。曾任教於文化大學、臺北藝術大學、成功大學等校。長期耕耘臺灣劇場，編導的作品有：《青春悲懷——臺灣愛滋戰場紀實戲劇》、《人間孤兒》、《大地之子》、《海山傳說・環》、《天堂旅館》、《記得香港》、《複製新娘》、《一年三季》、河南梆子《拜月亭》，聾人手語劇《聾與龍》、《悠悠鹿鳴》、《我帶你遊山玩水》等，並親自主演《舞者阿月——臺灣舞蹈家蔡瑞月的生命傳奇》、《歌未央——千首詞人慎芝的故事》、《謝雪紅》這幾個當代女性經典人物。

　　著有散文集《海洋心情——AIDS文學備忘錄》、《歸零與無限——臺灣特殊藝術金講義》，主編《戲劇交流道——劇本系列》、《現代戲

劇集》、《國民文選・戲劇卷》。曾獲一九八八年國家文藝獎戲劇導演
獎、一九九三年吳三連戲劇文學獎、二〇〇四年賴和文學獎。

李癸雲

　　臺灣師範大學國文研究所博士，曾任政治大學中國文學系副教
授，現任清華大學臺灣文學研究所教授。研究領域為臺灣文學、女性
詩歌、性別論述。主要學術研究工作為結合精神分析學說與文學批評
所建構的「精神分析詩學」。專著有《結構與符號之間：臺灣現代女
性詩作之意象研究》（2008）、《朦朧、清明與流動：臺灣現代女性詩
作中的女性主體》（2002）、《與詩對話：臺灣現代詩評論集》
（2000），以及單篇論文〈文學作為精神療癒之實踐——以臺灣女詩
人葉紅為研究對象〉、〈戰爭・囚禁・逃亡——試探商禽的戰爭創傷書
寫〉等數十篇。曾獲臺北文學獎新詩評審獎、臺中縣文學獎新詩
獎、南瀛文學獎「南瀛新人獎」、臺灣文學獎散文獎、政治大學教
學特優獎、清華大學校傑出教學獎，以及多次清華大學教師學術卓越
獎勵。

陳政彥

　　南投縣埔里鎮人。中央大學中國文學所碩士、博士。曾任中央大
學、中原大學、長庚技術學院兼任講師、嘉義大學助理教授。現任嘉
義大學中國文學系副教授，臺灣詩學學刊社務委員，《吹鼓吹詩論
壇》主編。著有《現代詩的現象學批評：理論與實踐》、《跨越時代的
青春之歌：五、六〇年代臺灣現代詩運動》；與李瑞騰、林淑貞等人
合著《南投縣文學發展史》上下兩冊。

李翠瑛

筆名蕓朵，政治大學中國文學博士，元智大學中國語文學系副教授。臺灣詩學季刊編輯委員、臺灣詩學季刊社務委員、乾坤詩刊社務委員。以蕭瑤為筆名，散文創作曾獲二〇〇五年第四屆全國宗教文學獎二獎，書法創作曾獲全國書法比賽聖壽杯第一名、全國書法比賽慕陶杯第一名、國父紀念館全國青年書法比賽第二名等等。詩作發表於報刊，《吹鼓吹詩論壇》、《創世紀》、《乾坤詩刊》、《野薑花詩刊》等，二〇一二年出版詩集《玫瑰的國度》。著有詩論《雪的聲音——臺灣新詩理論》、《細讀新詩的掌紋》、《孫過庭書譜中書論術精神探析》、《六朝賦論之創作理論與審美理論》等，期刊論文及篇章著作五十餘篇。

蔡明諺

清華大學中國文學系博士，現任成功大學臺灣文學系副教授。研究領域為現代文學、臺灣文學、文學史。著有博士論文《一九五〇年代臺灣現代詩的淵源與發展》、專書《燃燒的年代：七〇年代臺灣文學論爭史略》。近年發表有〈戰後初期臺灣新詩的重構：以銀鈴會和《潮流》為考察〉、〈製作豐年：美國在臺灣農村的文化宣傳策略〉等論文。

陳義芝

臺灣花蓮人。初中畢業後，考入臺中師專就讀，後考取師範大學繼續進修，曾在小學、中學任教。一九九七至二〇〇七年任《聯合報》副刊主任，這份工作使他和海內外的華人文化圈有了深而廣的接觸。現於臺灣師範大學國文系任教，教授現代文學課程。

　　陳義芝年輕時期的詩溫文儒雅又充滿人間愛和泥土情，從傳統的抒情調子出發，表現出溫柔敦厚的風格；中年之後詩風轉變為靈動，他以身體、情欲為主題的不少詩篇，表現出現代人情感的幽微面，引起詩壇廣泛的注意。出版有詩集：《青衫》、《新婚別》、《不能遺忘的遠方》、《不安的居住》、《我年輕的戀人》等；另有散文集、論著、編選十餘種。曾獲時報文學推薦獎、聯合報最佳書獎、中山文藝新詩及散文二項大獎。詩集有英譯本 The Mysterious Hualien (Green Integer)、日譯本《服のなかに住んでいる女》（思潮社）。

蕭蕭

　　蕭蕭（1947-），本名蕭水順，臺灣彰化社頭人。輔仁大學中國文學系畢業，臺灣師範大學國文研究所碩士。曾任中學教職三十二年，現為明道大學講座教授，兼任人文學院院長。

　　蕭蕭詩人描述自己：「有 A 型的血液，愛天地間所有可愛或一般人認為不可愛的事物；有獅子座的思維，喜歡調理世間所有複雜或不複雜的事物；有豬隻的福氣，感激生命中及時出現或稍晚出現的貴人，及時降臨或稍晚降臨的機會。」曾獲《創世紀》創刊二十週年詩評論獎，第一屆青年文學獎，新聞局金鼎獎（著作獎）、五四獎（編輯獎）、新詩協會詩教獎等，是長期關注臺灣現代詩發展的現代詩創作人、現代詩教育工作者、現代詩評論家。

張默

　　本名張德中，安徽無為人，一九三一年生。一九四九年，由南京輾轉來臺，旋即參加海軍，服役二十二年，以少校軍階退役。一九五四年秋在左營，與洛夫、瘂弦共同創辦《創世紀》詩刊，二○一四年

十月，並在臺北舉辦六十年慶大會，當場由三位創辦人宣布，把這個老詩刊交棒給汪啟疆，辛牧等人繼續經營。

曾獲新聞局優良著作金鼎獎、國軍新文藝長詩金像獎、中山文藝獎新詩獎、第三屆五四獎文學編輯獎、中國文協榮譽文藝獎章、二〇〇八年度詩獎。詩作曾被譯成八、九種外國文字，對臺灣現代詩的耕耘，有目共睹。近年更全心全意從事「水墨無為」抽象畫的創作。著有詩集《張默・世紀詩選》、《獨釣空濛》、《張默小詩帖》等；詩評集《臺灣現代詩筆記》等；編有《六十年代詩選》、《新詩三百首》、《小詩・牀頭書》等。他一生為詩服役，無怨無悔，有口皆碑。

孟樊

本名陳俊榮，臺灣大學法學博士。曾獲中國文藝獎章、中國政治學會傑出碩士論文獎。現為臺北教育大學語文與創作學系暨臺灣文化研究所教授。曾長期於傳播界任職，擔任報社副刊編輯、主筆，雜誌社主編與出版社總編輯，並於國內外各大報刊開設專欄長達十數年。後於中國文化大學、輔仁大學、東吳大學、南華大學等校兼課，並曾任臺北教育大學語文與創作學系與佛光大學文學系系主任、香港浸會大學中文系訪問教授。出版有《S.L. 和寶藍色筆記》、《旅遊寫真》、《戲擬詩》、《知識分子的黃昏》、《臺灣文學輕批評》、《當代臺灣新詩理論》、《臺灣後現代詩的理論與實際》、《文學史如何可能——臺灣新文學史論》、《臺灣中生代詩人論》等等，包括詩集、散文集、文化評論、文學評論、學術論著與翻譯著作，凡三十餘冊。

吳當

　　臺灣臺東市人。曾任中、小學教師、海洋兒童文學研究雜誌主編、水芙蓉出版社編輯，現已從臺東高中退休。創作以散文、兒童文學及詩為主，作品著重理想、真理的追求，反對無病呻吟，堅信文學作品應多方發掘人性的純真、善良與愛。作品有《兩棵詩樹》、《旅行的翅膀》、《新詩的呼喚》、《新詩的智慧》、《楊喚童詩賞析》、《遊山玩水好作文》、《藝術的遐想：公共藝術品詩文集》、《鷹揚的年代》、《拜訪新詩》、《作文種籽》、《文學交響曲：文學評論集》、《與歲月握手》等。曾獲教育部人文及社會科研究著作獎、教育廳研究著作獎、《山海英雄》一書獲臺灣省新聞處優良作品獎；一九九七年並得到臺灣區特殊優良教師「師鐸獎」殊榮。

向陽

　　本名林淇瀁，臺灣南投人，一九五五年生。文化大學新聞碩士，政治大學新聞博士。曾任自立報系總編輯、總主筆、副社長，現任臺北教育大學臺灣文化研究所教授兼圖書館館長。曾獲國家文藝獎、吳濁流新詩獎、美國愛荷華大學榮譽作家、玉山文學獎文學貢獻獎、臺灣文學獎新詩金典獎、傳統暨藝術音樂金曲獎最佳作詞人獎。著有詩集《亂》、《向陽詩選》、《向陽臺語詩選》、散文集散文集《旅人的夢》、《寫字年代——臺灣作家手稿故事》、《臉書帖》，學術論文《書寫與拼圖：臺灣文學傳播現象研究》、《場域與景觀：臺灣文學傳播現象再探》等多種。

文學研究叢書·現代詩學叢刊　0807010

江河的奔向——席慕蓉詩學論集 II

主　　編	陳靜容、羅文玲、蕭蕭
責任編輯	邱詩倫
特約校稿	林秋芬
發 行 人	陳滿銘
總 經 理	梁錦興
總 編 輯	陳滿銘
副總編輯	張晏瑞
編 輯 所	萬卷樓圖書股份有限公司
排　　版	林曉敏
印　　刷	品頡印刷設計
封面設計	斐類設計工作室

發　　行　萬卷樓圖書股份有限公司
　　　　　臺北市羅斯福路二段 41 號 6 樓之 3
　　　　　電話 (02)23216565
　　　　　傳真 (02)23218698
　　　　　電郵 SERVICE@WANJUAN.COM.TW
大陸經銷　廈門外圖臺灣書店有限公司
　　　　　電郵 JKB188@188.COM
香港經銷　香港聯合書刊物流有限公司
　　　　　電話 (852)21502100
　　　　　傳真 (852)23560735

ISBN 978-986-478-001-3
2016 年 7 月初版
定價：新臺幣 460 元

如何購買本書：

1. 劃撥購書，請透過以下郵政劃撥帳號：
   帳號：15624015
   戶名：萬卷樓圖書股份有限公司
2. 轉帳購書，請透過以下帳戶
   合作金庫銀行　古亭分行
   戶名：萬卷樓圖書股份有限公司
   帳號：0877717092596
3. 網路購書，請透過萬卷樓網站
   網址 WWW.WANJUAN.COM.TW

大量購書，請直接聯繫我們，將有專人為
您服務。客服：(02)23216565 分機 10

如有缺頁、破損或裝訂錯誤，請寄回更換

國家圖書館出版品預行編目資料

江河的奔向——席慕蓉詩學論集 II／陳靜容,羅
文玲,蕭蕭主編.
 -- 初版.-- 臺北市：萬卷樓, 2016.07
　面；　　公分.
ISBN 978-986-478-001-3(平裝)
1.席慕蓉 2.新詩 3.詩評
851.486　　　　　　　　　　　　105007209